「タスケテクダサイ……」

Photo/Tatsuya Yoshimura

トンネル

吉村達也

角川ホラー文庫
13003

トンネル　目次

わずか半年ほどの間に発生したそれら異常な現象の数々が、すべてひとつの源に帰結されることは、あとになって判明したが、はじめのうちは、個々の出来事を相互に関連づけて考える者はいなかった。

当然といえば当然である。ひとつひとつは不気味な出来事に違いなかったが、事件と呼ぶにはあまりにも個人的な色彩が強かったから、マスコミで表立って騒ぎ立てられることはほとんどなかったのだ。

例外的に、高速自動車道のトンネルで起きた悲惨な多重追突事故だけは、テレビや新聞で大きく報道されたが、誰も事の背景にある恐ろしい真実に気づいていなかったため、それは大規模交通事故として扱われただけだった。

誰も気がつかなかった。

そう、誰も予感すらしていなかった。

渋谷《しぶや》の映画館で三百七十四人が消失するという、あの夜の騒ぎが起きるなどということは――

一　暴走する人々

1

最初の悲劇の発生が五月五日——こどもの日であったことに、とくに意味はない。

東京都渋谷区代々木《よよぎ》一丁目に住む藤田梨夏《ふじたりか》は十七歳、高校二年生だった。父親の照男《てるお》と母親の敦子《あつこ》は、ひとり娘の梨夏が幼いころは、こどもの日にどんなイベントを組んで盛り上げてやろうかと頭をひねったものだったが、それは小学生のころまでの話で、いまは娘がその日をどう過ごそうと、親の関知する問題ではなかった。

梨夏は、港区麻布十番《あざぶじゅうばん》にある私立女子高に毎日地下鉄大江戸線を利用して通っていたが、休みの日にはとことん朝寝坊する。だから、こどもの日の昼過ぎまで娘が起きてこなくても、母親の敦子は部屋の様子を見に行くこともなかった。

会社役員をしている父親の照男は、朝早くからゴルフの社内コンペに出かけて留守だった。そして敦子も午後の一時過ぎには車を運転して都心に買い物へ出かけた。

敦子が家に戻ってきたのは、すっかり日も暮れた夜の七時過ぎだった。家には電気が灯《とも》っておらず、鍵《かぎ》を開けて中に入るとシンと静まり返り、物音ひとつしなかったが、娘は友だちと遊ぶために出かけてしまったものと思って、敦子は梨夏の部屋をいちいち覗《のぞ》いたりはしなかった。

それから片づけものをしたり、ゴルフ帰りの夫が腹を空かせていたときに備えてサンドイッチを作ったりしているうちに午後の八時を過ぎ、そのあと自分の夕食用にスパゲティを茹《ゆ》でた。

家には自分ひとりしかいないと思い込んでいる敦子は、もちろん一人分のパスタしか茹でなかった。食後は大好きなコーヒーをドリップで淹《い》れ、テレビのバラエティ番組をつけた。

壁一枚隔てた部屋で、高校生の娘が死体となってベッドに横たわっているとは夢にも思わずに、敦子はお笑いタレントのギャグに大声を出して笑った。

照男がゴルフから戻ってきたのは午後の九時過ぎだった。準優勝のトロフィーと賞品のCDコンポを抱えて家に入ってきた一家の主は、いたくご機嫌だった。妻が用意した水割りを飲み、つまみのサンドイッチを頰ばりながら、きょうとったナイスバーディーの数々について、スウィングのポーズを交えながら詳細に解説した。

敦子も夫と同じくゴルフが第一の趣味だったし、おまけに夫の話に出てくる会社の人間はあらかた顔見知りだったから、話もはずんだ。敦子は、いつのまにか時計が夜の十一時を回っていることに気づいていなかった。

両親がリビングルームで盛り上がっている間、ひとり娘の梨夏は、スウェット姿でベッドにあおむけになったまま、時間の経過とともに徐々に冷たくなっていった。

ざっくり開いた左手首の裂け目からは、大量の血液が流れ出した跡がある。最初はシーツやカーペットを真っ赤に染めていたそれは、いまは完全に乾いて黒々とした不吉な模様を描き出していた。

自分で手首を切ったとき右手にしっかりと握りしめていたカッターナイフは、いまは彼女の手から離れてベッドの脇に落ちていた。銀色の刃先に付着した血液も、やはり完全に乾ききって錆色《さびいろ》に変色していた。

遺書は――それを遺書と呼べるかどうかは疑問だったが――勉強机の上に広げたノートに、マーカー用の赤いサインペンを使って大きな文字で書かれてあった。その大きさは、梨夏のいらだちの強さを表わしていた。

《バカみたい。こんなにいっぱい買ってきたのに、飲む直前に気がついた。あたしの場合、睡眠薬じゃ死ねないことを》

そのノートの横には、箱入りの睡眠薬が五箱も積まれてあった。

睡眠薬では死ねない——それは決して、睡眠薬の致死量を問題にしての発言ではなかった。もっと別の理由があった。そして、その理由こそが、十七歳の梨夏を死へ追い込んだものだった。

「おい、そういえば梨夏はどうした」

夫に言われて初めて敦子は、娘の「帰り」が遅いことに思い至った。リビングルームの掛時計は十一時二十分を指している。

「あら、もうこんな時間？」

敦子の声には、焦りの色がにじみ出ていた。

「こんな時間って、家にいるんじゃないのか」

いままで得意げにゴルフの話をしていた照男も、笑みを引っ込め、眉《まゆ》をひそめた。

「いったいどこに行っているんだ、明日は学校があるんだろう」

「ちょっと待って、ケータイにかけてみるから」

両親は高校生のひとり娘にいちおう門限は設けていた。午後九時までには自宅に帰ること。しかし、いまどき都会に住む女子高生にそんな早めの門限が守れるはずもなく、しかも塾通いで遅くなることを言い訳に、なし崩し的に梨夏の帰宅時間は深夜へずれ込む傾向があった。

だが、どんな理由であっても、門限を超えるときは携帯電話で家に一報を入れるようにと、敦子は厳しく言い渡してあった。そして梨夏は、少なくともそのルールはこれまできちんと守ってきていた。ましてきょうは、塾も休みである。それなのに、何の連絡もなしに深夜十一時を超えても帰ってこないのは、明らかにおかしかった。

たったいままで明るい雰囲気で笑いあっていた夫婦が、急に不安で顔を曇らせた。母親は、自分の携帯から娘の携帯につながる短縮番号をプッシュし、不吉な予感で胸の鼓動を速めながら、反応を待った。

トゥルルルル、トゥルルルル――

敦子の耳に呼び出し音が聞こえる。それとシンクロして、梨夏の好きなヒット曲をアレンジした着メロが鳴り出した。すぐ隣の部屋で。

「……」

敦子は、夫の照男と顔を見合わせた。

「ケータイ、忘れて出ていったのかしら」

「……」

「ねえ、そうなのかしら」

敦子は、夫に肯定の返事を求めた。

だが、照男は無言。

父親も母親もよく知っていた。梨夏が、昨今の女子高生の例に洩《も》れず、いつも携帯電話を肌身離さず持ち歩いていることを。財布を忘れることがあっても、携帯電話を持たずに外出することは、まずない。

「もしかして……」

耳元で聞こえる呼び出し音と、壁を隔てて聞こえる着信音の同調に不安を覚えながら、敦子はつぶやいた。

「もしかして、あの子、ずっと家にいたのかしら」

「電話を切ってみろ」

やっと照男が口を開いた。

その顔色は、コンペ準優勝を祝う勝利の美酒で赤らんでいたが、表情は急に硬くなっていた。

「おい、早く電話を切るんだ」

「なぜ」

「いいから、早く！」

夫の荒々しい言葉に気圧《けお》されて、敦子は自分の携帯電話を切った。

壁越しの着信音もやんだ。

「梨夏がケータイを家に置き忘れたまま夜遊びしているというなら、それはそれで心配だが……」

照男がつぶやいた。

「もしも自分の部屋にこもりきりだったなら、これだけ鳴らしておいて反応がないのはおかしいんじゃないのか」

「あなた……」

敦子は唇を震わせた。

「まさか、梨夏が部屋で倒れているんじゃ」

「見に行こう」

ソファから勢いよく立ち上がると、父親は、飲みかけの水割りのグラスを倒したことにも気づかず、娘の部屋へ走った。後ろから母親もついていく。

父親がノックもせずにドアを開けた。

「梨夏！」

と、娘の名前を叫び、父親は部屋の入口に立ちすくんだ。

「どうしたの、あなた。何が……ああっ！」

照男の肩越しに部屋の中を覗き込んだ敦子は、娘の姿を見たとたん悲鳴を発し、夫の背中に手をかけながら、ずるずると床へくずおれていった。

最愛のひとり娘が、ベッドで手首を切って死んでいた。

衝撃はそれだけではなかった。梨夏は両目のまぶたにマッチ棒を差し渡し、物理的にそれが閉じられることのないようにして息絶えていた。

つっかい棒を当てられ、不自然な開け方をしたまま白濁しつつある瞳《ひとみ》は、両親に向かって必死に何かを訴えたいが、それをうまく表現できないもどかしさを象徴しているようでもあった。

2

六月十二日、午前十時過ぎ――

降りしきる雨をついて東京から博多《はかた》へ向け疾走する新幹線のぞみ号は、熱海《あたみ》駅を通過してまもなく、三島《みしま》へ通じる新丹那《しんたんな》トンネルに入った。

同僚の横田浩《よこたひろし》とともに名古屋へ出張を命じられた三十八歳の会社員大久保《おおくぼ》英雄《ひでお》は、二人掛けの席の窓際に座っていた。通路側に座った横田は、缶入りウーロン茶を飲みながら週刊誌を読みふけっていたため、隣の大久保の状況にはまったく注意を払っていなかった。

異変は、新幹線が新丹那トンネルの中央あたりを走行中に突然起こった。

トンネルの闇を背景に、鏡のようになったガラス窓に映る自分の顔をじっと見つめていた大久保は、何のまえぶれもなく、急にカッと目を見開いた。そして瞳孔《どうこう》を大きく拡大させたまま、すさまじい悲鳴を張り上げた。

「どわああああーっ!」

唐突に響きわたる同僚の絶叫に、隣に座る横田は驚きのあまり、手にしたウーロン茶の缶を取り落とした。

驚いたのは彼ばかりではなかった。ほぼ満席だったその車輛《しゃりょう》の乗客全員がふり向いた。中には立ち上がって覗き込む者もいた。

「どうしたんだ、大久保！」

横田は相手の肩をつかみ、自分のほうに向き直らせようとした。

だが、大久保はその手を勢いよく振り払うと、目をギュッとつぶったまま自分の額を激しく窓に打ちつけた。何度も何度も打ちつけた。走行音よりも大きな音で、ガラスに額をぶつけるゴンゴンゴンという鈍い振動が車内に響いた。

そして大久保は泣き出しそうな声で叫んだ。

「やめろ、やめろ、くるな、くるなあ！」

「何がくるんだ。大久保、ちゃんと言えよ。いったい何がくるんだ」

「くるんだよ、くるんだよ！」

「だから、何がくるんだってきいてるんだ」

「白目」

「え？」

「白目をむいて、あいつがやってくる」

「どこに」

横田は、窓の外に何か見えるのかと、通路側の席から身を乗り出した。

だが、ガラス窓には、好奇と恐怖の眼差《まなざ》しでこちらを見つめる周囲の乗客たちの姿が映っているだけだった。その鏡状になったガラスの向こうを透かして見ても、高速で疾走する新幹線がときおり放つスパークで、トンネルの壁に新幹線の影が瞬間的に映し出されるほかは何も見えない。

「大久保、おまえ、だいじょうぶか」

横田は、同僚の精神状態を本気で懸念した。

だが大久保は、額を窓に叩《たた》きつける行為をやめたあとも、うわごとのように繰り返しつぶやきつづけた。

「見える、見える、見える」

彼は額に玉の汗を浮かべていた。

「目を閉じても見える……いや、目を閉じたときのほうが、もっとはっきり見える」

「何が見えるんだ」

「何度も言ってるじゃないか。あいつだよ」

「あいつ、だけじゃわからない。もっと具体的に説明しろ」

「できない。具体的になんか言えるものか。とにかくあいつが白目をむいて……あう、あう、あう……うわあああああ」

ふたたび絶叫を放つと、三十八歳のサラリーマンは背中を大きくのけぞらせて、全身を激しく痙攣《けいれん》させはじめた。

3

首都圏の学校の大半が夏休みに入った七月二十四日、山梨県富士吉田市《ふじよしだし》――

頭上にはぎらつく太陽、青い空、白い入道雲。まさに真夏の炎天下ではあったが、それにもかかわらず、市内にある大型レジャーランドでは、新たにオープンした最新型ジェットコースターの前に、日本「最恐」のスリルを求める若者たちが長蛇の列をなしていた。

この新型ジェットコースターにどうしても乗りたいと恋人の女子大生・田中りえから誘われたフリーターの石井寛之《いしいひろゆき》は、東京からはるばるドライブしてやってきた。そして一時間ほど並んで、ようやく順番待ちの先頭までたどり着いたが、彼は、着ているTシャツの色が変わるほど全身を汗で濡《ぬ》らしていた。

「どうしたの、すごい汗」

前髪からもぽたぽたとしずくを垂らしている恋人の姿を見て、りえがおかしそうに笑った。

「もしかして、乗る前から恐怖の冷や汗をかいていたりして」

「いや、そんなんじゃない。たんに暑いからだ」

「だけど、すごすぎない？　土砂降りの雨に打たれたって感じよ」

「ああ。そうかもしれないな」

「寛之って、そんなに汗かきだったっけ」

「いや、ふだんはそうでもないんだが」

「とにかく、これで拭《ふ》いたら」

夏向きの籐《とう》のバッグを肩からさげていたりえは、その中からタオル地のハンカチを取り出し、寛之に差し出した。

「ああ、悪いな。でも、汗でぐしょぐしょになっちゃうぜ、これ」

「いいわよ。きょう一日、ずっと使ってくれていて」

「それじゃ遠慮なく」

寛之は、顔から首筋にかけて噴き出した汗を、りえが貸してくれたタオル地のハンカチでぬぐい取った。だが、拭いたそばから、玉の汗が湧き上がってくる。

寛之にはわかっていた、その汗が真夏の暑さによって生じたものではないことを。

恐怖——そう、昨夜から一睡もできないほどの恐怖によって、全身から汗を絞りとられている感じだった。

だが、その恐怖の原因を恋人のりえには言えなかった。もし言おうものなら、おそらく彼女は寛之の精神状態を疑うことは間違いない。

やがて目の前に、空《から》のジェットコースターが滑り込んできた。いよいよ乗る番がきたのだ。

「きゃー、なんかすっごいワクワク状態」

高速アトラクションが何よりも大好きなりえは、きゃーと言いながら、少しも怖がっているそぶりがなかった。そして先頭の席にためらうことなく乗り込み、汗まみれの寛之がその隣に座った。

定員分の乗客が腰を落ちつけると、U字形をした太い安全バーが両肩の上にかぶさってきて、上半身を上からガッチリと押さえつけた。

発車のベルが鳴り、車体が動き出した。

水平であったのはスタート直後だけで、カタカタカタと静かな音を立てながらジェットコースターはぐんぐん仰角をつけてゆき、三十度から四十五度、四十五度から六十度と傾斜を深めていった。

乗っている寛之たちは、いわばリクライニングシートを徐々に倒していくように、あおむけの度合を強めてゆき、やがて背中が地面と平行になった。天に向かってそそり立つ、角度九十度のレールを上っていっているのだ。

まだ高速爆走モードに入る前から、すでに乗客のあちこちで悲鳴が湧き上がりはじめていた。こんなことなら乗るんじゃなかった、と泣きそうな声を出す男もいた。

「すご〜い。ここからバックドロップみたいにして、背中から落ちていくんだよ」

りえが喜んでいる。

寛之も、本来ならジェットコースターには強い男だから、りえといっしょになってはしゃぐところだが、珍しく今回は沈黙していた。そして——

「目を開けていなくちゃ」

自然と彼はつぶやいた。

「絶対に目を開けていなくちゃ」

「あったりまえだよ〜」

恋人のつぶやきの真意を誤解したりえは、無邪気に笑った。

「目をつぶったら、ぜんぜん面白《おもしろ》くないじゃん。私、両手を挙げたままだって平気だよ」

やがて、天を仰ぐ格好で座席に縛りつけられた乗客たちは、一瞬の静寂を迎えた。

ジェットコースターが、ほぼ九十度に屹立《きつりつ》するレールの頂点に達したのだ。そこで車体を支えていたギヤが外されると、一気に後ろ向きに落下する。

乗客はみな両肩を押さえつける安全バーを両手で握りしめ、緊張の面持ちでその瞬間に備えていた。そんな中で、田中りえだけは笑顔を絶やさず、とくに緊張もせずに無重力落下のときを待っていた。

だが——

ふと、隣の恋人のほうへ顔を向けたりえは、信じがたい光景を目にした。

前髪からポタポタと汗を垂らしながら、石井寛之は何を思ったか、全身の力を込めて安全バーを持ち上げようとしていた。

一人分でもバーがはずれると、警報装置が作動して機械にはブレーキがかかる。だが、彼は完全にバーを持ち上げることなく、少しだけ隙間を作ると、肩をねじってそこから片腕を抜いた。上半身の片側の拘束が解けた。

(なにをするの!)

りえは叫ぼうとした。

だが、声に出すよりも先に、ジェットコースターが猛烈な勢いで後ろ向きの落下をはじめた。

乗客たちから悲鳴が上がった。

りえは別の種類の悲鳴を上げた。

すでに寛之は、もう一方の肩も安全バーの拘束から抜け出していた。そんな行動に出た理由が、りえには想像もできなかった。彼の行動を止めることもできなかった。

ものすごい加速度の中で、りえは必死に片手を伸ばして寛之を引き留めようとしたが、彼女のほうは安全バーにガッチリ押さえつけられ、身動きが取れない。

ジェットコースターは垂直落下によってトップスピードに乗ると、乗客を後ろ向きにしたまま、いったん水平移動に移った。それから、コークスクリューと呼ばれる三回転宙返りのコースへ入っていった。

その入口までは、猛烈なGによって座席に押しつけられていた寛之だったが、宙返りコースに移ったところで遠心力の方向が急激に変わり、激しく横に揺さぶられたあと、彼の身体は、人間大砲を発射したように宙にすっ飛んだ。

そして青空をバックに、スカイダイビングを思わせる格好で四肢を広げたあと、勢いを失って地面に激突した。

落ちたのは、頭からだった。

4

八月八日、静岡県下田市《しもだ》の小さな神社で夏の縁日が開かれていた。

毎年この夏祭りに金魚すくいのコーナーを出す五十五歳のテキ屋山本力三《やまもとりきぞう》は、やせ型ながら身長百九十センチの大男で、アゴの長い特徴的な顔立ちは、相対する者に畏怖《いふ》を覚えさせるにじゅうぶんな迫力があったが、じつは仲間うちからは『人柄のリキさん』と呼ばれるほど人望の篤《あつ》い、見た目とは対照的に穏やかな性格の持ち主だった。

その日、午後六時からはじまった縁日のにぎわいの中で、力三はいつものように店を開いた。彼はもう十五年以上も繰り返しこの神社に訪れているから、地元でも『金魚屋のおじちゃん』として有名になっていた。だから力三も、知った顔があると、こっそりサービスをしてしまうこともあった。

母親やおばあちゃんに連れられた浴衣《ゆかた》姿の幼い子供たちが、だいたい客層の主流であるから、金魚をたくさんすくわれてしまう心配はなかった。薄紙を張ったすくい網も、何度か水の中で動かすうちにすぐ破けるし、一見すると網よりもうまく捕れそうな麩《ふ》でできたカップ型の道具も、水に濡《ぬ》らすとあっさり溶けるようにできている。一回百円だが、それで採算割れになったことは、いままでいちどもない。たまに家族の前でいいところをみせようとするお父さん連中が挑戦してくることもあるが、気負えば気負うほど失敗するのが金魚すくいである。

しかし、力三は大人からはドライに料金を受け取るが、小さな子供が失敗して涙ぐんだりしているのを見ると、残念賞として飴玉《あめだま》をやったり、ほかに客の目がないときは、こっそりと二匹ほどサービスして持ち帰らせたりもする。

のんびりやの力三は、決して商売熱心とは言えなかった。電灯の明かりに照らされた、広くて浅い容器に泳ぐ金魚を子供たちが取り囲んでいるときも、あまりそちらには注意を向けず、ねじり鉢巻き姿でタバコをふかしながら、浴衣姿で通りすぎる若い女の子たちを目で追いかけたりする。とりわけ最近は、女の子の浴衣がファッショナブルになってきているから、力三はそれを「縁日のファッションショー」と呼んで商売よりも楽しみにしているのだった。

午後七時過ぎ、例によって浴衣を着た女の子たちが目の前を行き来する様子をニヤニヤしながら追っていると、突然、力三のそばで激しく泣きじゃくる男の子の声がした。

何事かとそちらに目をやると、黄色いTシャツに半ズボンをはいた三、四歳ぐらいの男の子が金魚を入れたビニール袋を片手に号泣していた。

その男の子には見覚えがあった。ついさきほど見事に四匹をすくい上げ、それをビニール袋に入れてもらって得意げに帰った子だ。その笑顔から、ものの十分も経っていないというのに、男の子は顔をくしゃくしゃに歪《ゆが》めて泣きじゃくっていた。

「どうした、ぼく」

最初はくわえタバコのまま、のんびりたずねた力三だったが、男の子がさげたビニール袋の中身を目にしたとたん、顔色を変えた。

「なんだ、それは！」

叫んだ拍子に、くわえていたタバコを地面に取り落とした。そのことにも気づかないほどあわてて、力三は少年のところへ駆け寄り、ビニール袋を取り上げた。

金魚すくいにたかっていた子供たちも、力三と泣きじゃくる男の子を一斉に見た。

「こ、これは……」

水の入ったビニール袋を目の高さまで持ち上げた力三は、その中身を見て言葉を失った。

四匹入れてあったはずの金魚が、倍に増えていた……と、一瞬そう見えたのは錯覚で、すべての金魚が胴体のところで二つに切断され、八個の断片となって浮いていた。

「ぼく、誰がこんなことをしたんだ！」

力三が大声できいた。

「女の人」

「女の人って、どんな女だ」

「浴衣を着た……おねえさん」

ヒックヒックと、声を途切れさせながら、男の子は訴えた。

「浴衣を着た女？　何色の浴衣だ」

「わかんない」

「顔は？　どんな顔をしてた」

「わかんない」

「髪の毛は？　黒か、茶髪か、金髪か。長いのか、短いのか。メガネは？」

「よく……見て……なかった」

まくし立てる力三の迫力に圧倒され、半ズボンの男の子は、ますます涙声になった。だが力三は、なおも問いつめねば気が済まなかった。

「そのお姉さんが、こんなことをしたのか」

「うん」

「どうやって」

「その金魚をちょっとおねえさんに見せて、って言うから、ぼくがいいよって言ったら、バッと取って、袋を開けてハサミを突っ込んで……」

「ハサミを！」

「うん。それでね、そのハサミで……」

よほどその場面がショックだったのか、男の子は説明しながら震えだした。半ズボンからむき出しの膝頭《ひざがしら》が、ガクガクと左右に揺れていた。

「泳いでいる金魚を追いかけ回して、ハサミで、ちょきん、ちょきんって」

そこまで聞いた力三は、顔をしかめながら周囲を見回した。

たったいままで彼は、目の前を行き来する浴衣の女の子たちを楽しげに観賞していた。だがその中に、金魚を生きたまま切断する残虐な行為を平気でやる女がいたかもしれないのだ。もしかすると力三自身、やに下がった顔でその後ろ姿を追いかけていたかもしれないのだ。

彼は縁日の人ごみの中から、異常な行為を犯した人物を目で探そうとした。だが、女の特徴がまったくわからないうえに、浴衣を着た若い女性の数はあまりに多すぎた。

いくら周りを見渡しても無駄なことと悟り、山本力三はふたたび無惨な金魚の姿に視線を移した。見れば見るほど猛烈な怒りが込み上げ、同時に背筋が凍りつきそうな恐怖を覚えた。

彼が生業《なりわい》とする金魚すくいは、動物愛護団体からすれば動物虐待の一種なのかもしれない。だが力三は、自分の店で金魚をすくった子供たちが、何年もかけてそれらを小型の鯉と見間違えるほど大きく育てた例をいくつも知っている。中には、おじさん見にきてよと、その成長ぶりを見せるため家まで引っぱっていこうとする子もいるほどだ。

だから力三は、決して金魚をゲームのコマとか賞品のようには思っていない。それを持ち帰った人々が大切に育ててくれることを願っているのだ。だからこそ、このような残酷な仕打ちをした人間が許せなかった。

だが、ひどく恐ろしくもあった。

その女は、いかにも夏祭りを楽しみにきたという浴衣姿であった。それでいて、突然男の子から金魚の入ったビニール袋を取り上げると、泳いでいる金魚をハサミで追い回し、一四、二四、三四、四四と、すべての金魚を生きながらにして真っ二つに切断したのだ。

おそらくハサミは、そうした行為を事前に計画して用意していたのだろう。ということは、あらかじめ力三が店を広げた様子を、どこからかじっと見つめていたに違いない。残虐行為に及ぶチャンスを求めて……。

「誰なんだあ!」

周囲の人間が一斉にふり返る大声を、山本力三は張り上げた。

「誰がこんな残酷なことをした！　出てこい！」

彼は気がつかなかったが、石灯籠《いしどうろう》の陰から、怒りまくる力三をそっと覗《のぞ》いている浴衣姿の女がいた。太い黒縁メガネをかけていた彼女は、自分が引き起こした騒動の結果を無表情に眺めたあと、浴衣の片方のたもとにそっと手を差し入れた。

そこには金魚を切断したハサミが、まだ濡れたまま入れてあった。

5

十月二十七日、夜七時二十分、中央高速道路の大月《おおつき》―勝沼《かつぬま》間にある長さ四七八四メートルの笹子《ささご》トンネルの上り線で大事故が発生した。

二車線あるトンネルの追い越し車線に時速百三十キロのスピードで突っ込んできたスポーツタイプのベンツが、さらにトンネル内で時速百八十キロにまで加速し、前方の走行車線をゆっくり走るタンクローリーの後部に猛然と突っ込んだ。それはほとんど自殺行為といってもよい自暴自棄のドライビングだった。

追突されたタンクローリーは、その勢いで側壁に激突し、バランスを崩して横転した。

そこへ後続の車がつぎつぎと突っ込み、洩《も》れた可燃性の液体に引火し、トンネル内部にオレンジ色の火の玉が走った。

　巻き込まれた乗用車、トラック、バスの合計台数は三十五台。その中に紅葉狩りから帰る老人会のメンバーを満載した観光バス三台が含まれていたことと、可燃性液体の爆発的な燃焼力が、犠牲者の数を飛躍的に増やした。逃げ遅れた焼死者の数は百八人。

　それまで史上最悪といわれた高速道路のトンネル事故は、一九七九年に起きた東名高速日本坂トンネルで発生した百七十三台が関与する追突事故だったが、死者の数は七人に抑えられたのに較べると、ケタはずれの惨事だった。

　事故の大本を作ったSLクラスのベンツを運転していたドライバーは、全身が炭化してしまうほどの惨状だったうえに、車の所有名義人ではなかったため、身元の判明には時間を要した。

　だが、ひとたび被害者——というよりも加害者——の身元が判明したとき、世間は事故被害の規模とは別の意味で騒然となった。

　不可解な暴走によって大惨事を引き起こしたドライバーは女性で、あまりにも有名な芸能人だった。浜田玲菜《はまだれいな》、二十六歳。あるホラー作家の代表作が映画化されたさいに主演に抜擢《ばってき》されブレイクした女優で、次回作の製作発表記者会見も間近に控えていたところだった。そして彼女が運転していたSLクラスのベンツが、交際を噂されていた青年実業家が所有するものであったことから、芸能ジャーナリズムは、玲菜の暴走の原因を面白《おもしろ》おかしく推測して一斉に書き立てた。

青年実業家が他の女優に心変わりをしたことにショックを受けたあてつけ自殺説が最も多く、ついで仕事や異性関係のストレスを紛らわせるための過剰な飲酒が原因であったとするもの、よりスキャンダラスな薬物使用による精神錯乱説、あるいはもっと単純に、玲菜が左ハンドルの外車を運転するのが初めてであったための運転ミス説など、さまざまな憶測が入り乱れた。

しかし、彼女の身体はほとんど炭になるまで焼かれ、事故車そのものも超高熱火災によって原形をとどめぬほど溶けてしまったために、警察も事故原因の特定ができなかった。

なんとか事故のきっかけがわかっているのも、玲菜がタンクローリー車に追突した瞬間、その脇をすり抜けるようにしてかろうじて難を逃れた商用車の運転手の証言があったからにすぎなかった。

その証言にしても、事故発生の瞬間を外面的に捉《とら》えたものであり、何が浜田玲菜を破滅的な暴走に駆り立てたのか、その真相を知る者は誰もいなかった。

マッチ棒を上下のまぶたに渡して自殺した少女。トンネルを走行中の新幹線で絶叫した会社員。ジェットコースターから飛び出したフリーターの青年。夏の縁日で子供が持っていた金魚をハサミで切断した女——

それらの出来事と、中央高速道路笹子トンネルでの大惨事を結びつける者は、日本中でひとりとしていなかったのだ。十一月下旬につぎの事件が起きるまでは……。

二　特命捜査官

1

「諸君らにこうやって集まってもらったのは、言うまでもないが、また新たな極秘調査依頼が上から下りてきたためだ」

落ち着いた口調で切り出したのは、鷲尾康太郎《わしおこうたろう》内閣情報調査室特務主任。情報調査室のトップにあたる久光一行《ひさみついっこう》内閣情報官が県警本部長を経て警察庁の幹部から異動してきたように、鷲尾もまた警察の刑事畑からやってきた人間である。

八年前、警視庁捜査一課の警部であったころ、鷲尾は、警視庁刑事局内に極秘のうちに結成された特別犯罪捜査班『チーム4《クワトロ》』の初代メンバーに組み入れられ、その責任者としてリーダーシップを任された。（ワンナイトミステリー『「巴里《パリ》の恋人」殺人事件』参照）

初代のチーム4には、鷲尾以外は警察機構外部の一般職業を経験した人間が起用され、当時より目立ちはじめていた異常心理犯罪を新たな視点から解決に導くために四人で活動を開始した。だが、あれから八年の歳月が流れ、とくにインターネットと携帯電話の登場以来、異常心理犯罪の発生件数は激増し、もはやそれを特殊ケースという観点では捉えられなくなり、チーム4は発展的に解消して、刑事局の既存捜査組織に融合していった。

その一方で、少数精鋭による特殊事件の真相解明という発想は、組織の枠を超えて進化してゆき、やがて内閣官房に拠点を移して新たな極秘特命捜査チームが結成されることになった。

それが第二世代の『チーム・クワトロ』である。

内閣官房には、内閣総務官室、内閣広報室、内閣情報調査室といった組織のほか、官房副長官補の指揮下に、内閣危機管理チーム、個人情報保護担当室、情報セキュリティ対策推進室、行政改革推進事務局、遺棄化学兵器処理対策室、拉致《らち》被害者・家族支援室などの小組織が置かれている。

チーム・クワトロは、この中でとくに機密性の高い内閣情報調査室に属し、その組織内においてすら、存在を一切明らかにされない部署となっていた。

活字上の表記が『チーム4』から『チーム・クワトロ』に変わっただけではなく、任務の機密性と特殊性は大きくスケールアップし、警察組織から脱して内閣官房長官を最高指揮官とする特命捜査チームという性格に変貌《へんぼう》を遂げた。

それに伴い、メンバー構成も一新された。

初期のチームは、警察組織以外の異業種からのリクルートによって、新鮮な着眼点を持つスタッフを集めることに主眼が置かれたが、第二世代のチーム・クワトロは、第一世代でのリーダーであった鷲尾康太郎を最高責任者とし、その配下にきわめて特殊な——というよりも、特異な才能を持つ人間が四人集められた。

・**川上《かわかみ》キャサリン（27）**……父親がアメリカ人、母親が日本人のハーフで、東京生まれのニューヨーク育ち。二十歳から二十五歳までの五年間、極秘でFBIの超能力捜査チームに協力していた経験を持つ透視能力者。父親の死を機に拠点を日本に移したところを、チーム・クワトロにスカウトされる。
コードネーム『**ヒトミ**』。

・**稲本俊太《いなもとしゅんた》（21）**……高校一年、十六歳のとき、ハッカーとして内閣官房、外務省、財務省など重要官庁のコンピューターに侵入。数々の機密ファイルを盗むが、それを悪用せず、自分から名乗り出てセキュリティの甘さを関係官庁に警告。その天才的ハッキング能力に、政府は処罰の対象とはせず、隠密裏《おんみつり》にサイバーテロ対策員として育成中をチーム・クワトロに抜擢される。

コードネーム『**ネットウォーカー**』。

・**水村淳子**《みずむらじゅんこ》（**33**）……女子大時代に化粧品会社のモデルに起用されたのち、それが縁で、大手化粧品会社の開発研究室に勤務。やがて、美容と女性心理の相関関係を調べていくうちに、心理カウンセラーに転身。独自の精神病理学の著書を著したのが注目され、チーム・クワトロに参加が決まる。

コードネーム『**ビューティー**』。

・**難波**《なんば》**鉄之進**《てつのしん》（**72**）……長野県戸隠村《とがくし》に生まれ、幼いころより霊の存在を感じ取る能力を発揮。三十代半ばより約十年間、北京の研究機関に注目され、中国に居住。自らを実験台に置きながら霊能力のパワーアップを図る。七十歳を機に生まれ故郷の戸隠に戻り、人生最後の修行のため山にこもろうとしたとき、チーム・クワトロ入りを要請される。

コードネーム『**仙人**』。

十一月二十八日、土曜日――

この四人に向かって、鷲尾康太郎特務主任は新たな特殊事件の勃発《ぼっぱつ》を告げるために緊急招集をかけた。

時刻は午前三時半過ぎ。夕方の三時半ではない。深夜の三時半である。

だが、つねに緊急事態に対応できるよう、チーム・クワトロのメンバーは、官庁街の近くに住居を確保されてあった。だから、招集をかけてから永田町《ながたちょう》の一角にある建物に全員が集合するまで、二十分とかかっていない。全員が熟睡中を叩《たた》き起こされたにもかかわらず、眠気を引きずった顔をしている者はひとりもいなかった。

「朝刊の締め切りはとうに過ぎてしまったし、テレビの朝のワイド番組がはじまるには、まだ間があるが……」

時計を見ながら、鷲尾が言った。

「速報がインターネット版の新聞に掲示されるのは時間の問題だろう。つまり、日本中がセンセーショナルなニュースで大騒ぎになるまでに一時間か二時間、それぐらいしか余裕がないものとみておいたほうがよい」

白を基調とした無機質な会議室――その中央に置かれた円卓は、サミットで世界の首脳が囲む円卓とほぼ同じサイズで、最大十人が着席できるようになっていた。その椅子に、鷲尾とチーム・クワトロのメンバー合わせて五人が、ひとりおきに着いていた。テーブルには十七インチ液晶モニターが備えられ、ヘッドホンとマイクも人数分用意されてあったが、まだ画面は暗いままで、ヘッドホンも誰も着用していなかった。

またメモ用紙の代わりに半透明のデジタルパレットがテーブル面に埋め込まれており、専用のペンでそれをなぞれば、文字が各人の液晶モニターに浮かび上がる仕掛けになっていた。テーブルの下にはスライド式に引きだせるキーボードも設置してあり、それはケーブルを介して床下に埋められたコンピューターに直結している。

さらに鷲尾が背にしている壁には、大型プロジェクターのスクリーンが設けられており、場合によってはそこに映像を投影しながら会議を進行できる仕組みになっていた。

「三百七十四人が消えた」

いきなり鷲尾がそう切り出した。

しかし、チーム・クワトロの四人の表情に変化はない。

といって、驚いていないわけではなかった。彼らはそれぞれ突出した特異能力の持ち主ではあったが、感情的に特殊な人間ではない。ごくふつうの喜怒哀楽を持ち合わせており、人並みに笑うし、人並みに怒るし、人並みに泣いたり悩んだりもする。また、驚いたりあわてたりもする人間である。

ただし、ひとたび任務に就くと、厳格な感情の抑制を自らに強いるトレーニングを受けていた。

「繰り返すが、三百七十四人が消えた。ほんの三時間ほど前に。それも、大都会の渋谷の街中でだ」

鷲尾はつづけた。

「まったく奇妙キテレツな話だが、簡潔に概略を説明しよう。これがマスコミ相手の会見だったら、一般常識に凝り固まった記者連中は、話を十秒聞いただけで興奮しまくって、質問の嵐になるだろうが、きみら四人が相手ならば、よけいな前口上《まえこうじょう》は不要だから助かる。『みなさんはとても信じられないでしょうけれど』という前口上がな」

小柄な鷲尾は、ふつうに座ると目の前の液晶モニターが邪魔して顔が隠れそうになるので、それを斜め左に移動させて話をつづけた。

「日付としては昨夜の金曜日になるが、午後十一時半から、渋谷宇田川町《うだがわちょう》にある『渋谷フィルモ1《ワン》』という映画館で、三百数十人の観客を集めて『スペシャルホラーナイト』と題する深夜の試写会が行なわれた。インターネットで秘密めいた募集を行なって、それに当選して来場した一般客のほかに、関係者や映写技師など合わせて、現在判明しているところでは三百七十四人が劇場の中にいた。この映画館は座席数三百三十五だから、かなりの立ち見もあったということだな」

川上キャサリン、稲本俊太、水村淳子、難波鉄之進の四人は、とくにメモを取ることもなく、鷲尾の話にじっと聞き耳を立てている。

「今夜試写にかけられた映画は『トンネル』という題で、いわゆる商業ベースにのった作品ではない。一種のマニアックな実験映画らしい。それが証拠に、当該映画館も含めて上映予定はまだまったく決まっておらず、今夜は、製作者サイドが劇場に時間貸し契約を結んで場所を借りていたらしい」

「その映画は、どんな中身なんですか」

そこで初めてコードネーム『ヒトミ』の川上キャサリンが口を開いた。

「まだ具体的な内容はわかっていない」

ダークブラウンの髪に青い瞳をしたキャサリンに向かって、鷲尾が答えた。

「パンフレットとか、チラシとか、ポスターといったものは一切作られていないらしい。マスコミ用のプレスリリースすらないようだ。催しのタイトルが『スペシャルホラーナイト』だから、ホラー映画と解釈してよいのかもしれないが」

「撮ったのは誰なんですか、監督は」

と、三十三歳にして、まだ現役のファッションモデルをじゅうぶん務められそうな容姿を保持した、コードネーム『ビューティー』の水村淳子がきいた。

「それが、なんともややこしい字を書くんだがね」

鷲尾は、自分の手元にあるデジタルパレットに専用のペンで文字を書いた。

すると他の液晶モニターにも自動的に電源が入って、そこに鷲尾の筆跡で文字が浮かび上がった。

渦波　魅伊里

「こう書いて、カナミ・ミイリと読むそうだ。試写会招待を呼びかけたインターネットには、そのように出ていたらしい。もちろん本名ではあるまいが、それにしても世の中に覚えられそうもない名前だな」

「男ですか、女ですか」

豊かな白髪と白い鬚《あごひげ》にふさわしいコードネーム『仙人』を持つ、メンバー最年長の難波鉄之進がたずねた。

「性別も年齢も不明だ。それから、この映画に誰が出ていたのかという出演者情報についても一切不明だ。わかっているのは、この映画が奇妙な名前の監督によって撮られ、題名が『トンネル』で、上映時間がわずか五十七分であるということだけだ。そして、上映時間が終了した午前零時二十七分になっても、劇場の扉が開かなかった」

はるか年長の難波に対しても上司としての言葉遣いを保ったまま、鷲尾はつづけた。

「通常の上映ならば、映画が終わると劇場係員が外から扉を開けるが、このイベントは深夜の時間貸しであったため、そうした段取りは、すべて主催者が人手を用意して行なわねばならなかった。ところが、肝心の主催者もみな中に入って映画を見ていたため、扉の外には誰もいなかったそうだ。このイベントに立ち会っていた劇場の管理人が、途中までその状況を確認している」

「劇場側の人間がいたことはいたんですな」

「ただしその管理人は、外部との深夜出入口になっているドアのそばで、テレビを見呆《みほう》けていて、終演時間がきたことにまったく気づいていなかった」

難波に向かって、鷲尾が答えた。

「そして、ふと思い出して時計を見ると、午前一時過ぎ。終演予定の午前零時二十七分を三十分以上も回っていた。それなのに、誰ひとり客が外に出てこないし、客席扉もすべて閉まったままだった。そこでいぶかしく思った管理人がドアを開けてみると、満席で立ち見まで出ていたはずの客席は、ガランとして人影がない。驚いた管理人は、トイレや物置も含め、劇場内の隅から隅まで捜したが、誰ひとり姿を見つけることはできなかった」

「管理人がテレビに夢中になっている間に、全員が別の場所から出たということは考えられないのですか」

「防犯のために、通常の出入口は厳重に施錠されており、彼の前を通らずして外に出ることは不可能だった」

「マジックですな」

と、難波鉄之進がつぶやいたが、霊能者の彼がそう言っても、そこにはほとんど意外そうな響きはない。それで鷲尾康太郎は苦笑した。

「いちどに三百七十四人が消えたというと、本来なら一大事だが、あんたが『マジックですな』と言っても、猫が一匹消えた程度の驚きしか感じられないな」

「いやいや、そんなことはありません」

白い鬚を撫《な》でながら、難波は真顔で応じた。

「霊能者だからといって、奇妙な現象をなんでも平然と受け容れられるわけではない。私にいますぐ三百七十四人消失の理由を推理せよと命じられても、見当もつきません。マジックだと言ったのはホンネですよ」

「映写技師はどうしたんですか」

と、コードネーム『ビューティー』の水村淳子がきいた。

「彼もいなくなっていた」

「映写技師までが……」

淳子が形のいい眉《まゆ》をひそめた。

「それでとうとう劇場の管理人は、四百人近い人間が忽然《こつぜん》と消えたという信じがたい出来事を警察に連絡するよりなかった。それが午前一時半のことだ」

「一時半ということは、最初に異変に気づいてから通報まで、三十分以上も経過していますけれど」

論理的な思考を好む淳子は、管理人の行動の、そうした細かい疑問点にすぐ気づくタイプだった。その淳子の指摘に、鷲尾はうなずいた。

「たしかに三十分もの経過は長すぎるようにも思えるが、管理人はその間ずっと劇場の中を捜し回っていたわけではない。三百席規模の映画館で、捜すべきスペースなどしれたものだ。それなのに一一〇番通報までに時間がかかったのは、自分が直面している事態を受け容れられずに、しばし呆然《ぼうぜん》としていたからだという」

鷲尾の話を聞きながら、淳子はデジタルパレットにメモを書き綴《つづ》っていた。

その内容は、自分の目の前のモニターにだけ映し出され、同調スイッチを押さないかぎり、他の人間のモニターには映らない。

そこにはこう記されてあった。

《その映画のフィルムは？　それも消えた？　それとも映写室に残されている？　奇妙な名前の監督も消えたのか？》

鷲尾の話の腰を折らないように、確認しておきたい事項をそう書き留めていた。

「渋谷署の人間も、あまりにも通報内容が突飛《とっぴ》なので、最初はまともに取りあわなかったようだ」

鷲尾はつづけた。

「現場に駆けつけた署員は、おそらく管理人が爆睡しており、眠りこけている間に全員が出ていっただけではないか、と考えた。そのことに自分で気づかずにあわてているだけではないか、とね」

「当然の推測ですね」

「そこで渋谷署員は、確認のために試写会にきた連中と連絡をとってみようとした。都合のいいことに、入場受付のさいには試写会当選者リストと照合するようになっており、そのリストが受付台のところに残されていた。招待は二名一組が基本だったが、リストには代表者の連絡電話番号が記入されていたんだ。すべて携帯電話だ。ところが」

鷲尾は、そこで表情を引き締めた。

「署員が手分けして電話をかけても、誰ひとり電話に出ない。それも応答がないのではなく、揃いも揃って『電源を切っているか、電波の届かないところにいる』というメッセージが流れてくるんだ」

「全員が、ですか」

「リストに載っていた携帯番号は百五十以上あって、さきほどまでの間に、渋谷署員が手分けしてすべてかけてみたが、例外なくその反応だったそうだ。これが何を意味するかわかるかね、水村君」

「映画の上映中は、携帯電話の電源を切るのがマナーです。だから、試写会にきていた観客はみな携帯電話を切っていたはず。そして、その状態のまま消えてしまったから、誰の電話にかけても、電源が切れているというメッセージしか返ってこない。……つまり、彼らの消失は上映後ではなく、上映中」

「そういうことだ」

鷲尾は大きくうなずいた。

「現代人は、携帯電話と切っても切り離せない生活をしている。だから、映画が終わって客席の扉が開けば、ほとんど無意識の動作として携帯電話の電源を入れるはずなんだ。その動作を誰ひとりやっていないとなると、彼らは上映中に消えてしまったとしか考えられない」

「でも、劇場内に特殊な抜け道でもないかぎり、不可能ですよね」

「そのとおりだよ、水村君。しかし、いくら調べたって、そんな忍者屋敷のような抜け道は、ありふれた映画館に存在するはずもない」

「では、三百七十四人はどこに」

「それがわからないから、警視庁から異常事態発生の知らせを受けた内閣危機管理チームが内閣情報室に連絡し、我々に特命調査の指示が下りてきたわけだ。それも通報からほとんど間を置かず、すぐにだ。こういった特異なケースは、対応が早ければ早いほどいいからな」

と言って、鷲尾は川上キャサリンを見た。

「きみに期待されているものはわかるだろう、キャサリン」

「わかります。そのためには、まず現場へ行かせてください」

青い瞳《ひとみ》の透視能力者は言った。

「それからすべてがはじまります」

「よし、わかった。それじゃ、いまから……」

と、鷲尾が言いかけたとき、

「ちょっと待ってください」

と、いままで黙っていたメンバー最年少の天才ハッカー、コードネーム『ネットウォーカー』の稲本俊太が片手を挙げた。

2

いつのまにか彼はテーブルの下にあるスライド式トレーを引き出し、そこに置かれたキーボードを操作していた。二十一歳の俊太はチーム・クワトロ所属の経歴を伏せて都内の私立大学に通っているが、その初々しい面立ちは、同年代の仲間たちよりずっと若く見えて、高校生でも通用するほどだった。

「言いたいことがふたつあります。まず第一に、ぼくたちの世代は映画の上映中にも決してケータイの電源は切りません」

「え？」

鷲尾が眉をひそめた。

「しかし、上映中に鳴り出したら迷惑だろうが」

「もちろんです」

「それに、映画がはじまる前に、携帯電話の電源を切るようアナウンスや、字幕での注意が出るものじゃないかね」

「ですから、着メロが鳴らないよう、マナーモードにはします。けれども電源は絶対切らないですよ」

「なぜ」

「電源を切ってしまうと、その間の着歴《ちゃくれき》チェックができなくなりますから」

高校生のような幼さを残した二十一歳の学生ハッカーは言った。

「電話に出られないときでも、誰から電話があったのかという履歴はケータイに残るようにしておかないと、コミュニケーションの輪に乗り遅れます」

「そんなもんかねえ」

「メールにしても電話にしても、ケータイにくれた連絡にちゃんと返事をしない人間や、しょっちゅう電源を切ってる人間は、仲間うちからブーイングを食らうんですよ。だから、着信記録をしっかりとっておくためにも、すばやいレスをするためにも、ふだんから電源は切らないいんです。映画館でもコンサート会場でも、絶対に電源は落としません。そのためにマナーモードがあるわけじゃないですか」

「電車の中でもそうなの？」

と、上映中は電源を切るのが常識だという前提のもとに推理をしていた水村淳子がきいた。

「そうですよ」

「だけど、電車によっては電源さえ入れてはいけない車輌《しゃりょう》もあるでしょう。ペースメーカーみたいな医療器具をつけた人のために」

「そういう理屈はわかっていても、電源は切れないんです。ただし――自分だけイイ子ちゃんになるつもりはありませんけど――ぼくは切りますよ。いちおうこういう部署にいるわけだし、社会のルールは守らないとね。でも、ほとんどの学生は、電車の中でいちいち電源を切ったりしません。他人の心臓の具合を心配することよりも、着歴チェックをしたり、メールをすぐ読んで返事をするほうが大切ですから」

「やれやれ」

鷲尾が、淳子と顔を見合わせながら肩をすくめた。

「いまどきの若者特有の、究極のエゴイズムだな」

「いや、エゴイズムとは違いますね」

俊太が否定した。

「結果的には自己中心主義とか、利己主義ということになるかもしれませんけど、物心ついたときから携帯電話がある世代は、友だちとのコミュニケーションがいちばん重要なんです。そういう意味からすれば、ケータイの電源を切らずにいることは、かけてくる相手へのマナーでもあるんです。相手を思いやっているんです」

「そういうのを思いやりと呼ぶかねえ」

「もちろん、見知らぬ他人に対しては、エゴむき出しということになるでしょうけど」

「それが昨今の若者の特徴なんですよ、鷲尾さん」

仙人こと、難波鉄之進が苦笑しながら言った。

「友だちにはやさしく、知らない人間の都合は無視、というのがね。そして、友だちに親切な部分だけを自認して、なんて私はいい人なんだろうと、満足するわけです」

「その分析にはまったく同感だね。まあ、それはさておき……」

鷲尾は本筋に話を戻した。

「俊太の『電源切らない説』を採用するなら、どういうことになるのかな」

「仮に上映中、なにか特異な事態が発生して集団で劇場から消え去ることになったとしても、いま言ったように、彼らの携帯電話はずっと電源が入ったままだったと思います」

俊太が答えた。

「それなのに『電源を切っているか、電波の届かない場所にいる』というメッセージが返ってくるなら、それは電源を切ったのではなく、電波を受信できない場所にいる、ということになると思います。そっちが正解でしょう」

「だけど、渋谷だぞ」

鷲尾が問い返した。

「連中が消えたのは、人里離れた山奥じゃない。大都会のどまんなかにある映画館だ」

「そこから、いきなりケータイの圏外にワープしたのかもしれないですね」

「圏外にワープ？」

「それと関連しますけど、ぼくが言いたい第二のポイントは、これです。ちょっとこれを見てもらえますか」

そう言って、俊太は液晶画面の同調スイッチを押し、これからキーボードで打ち出す文字が、全員のモニターに映るようにした。

「ごぞんじのとおり、日本製キーボードのひとつひとつのキーには、その上部に、かな入力のためのひらがなと、ローマ字入力のためのアルファベットの両方が書かれています」

「それがどうした」

「消えた人たちが見ていた『トンネル』という映画、それを撮った監督の名前がさっきから気になっているんです」

俊太は、きびきびした口調で話を進めた。

「『かなみ・みいり』――本名とは考えられず、芸名にしてもなんだかおかしいでしょう。それでもしかすると、と思ったら、やっぱりでした」

「やっぱり、とは？」

「お手元のキーボードをごらんになればわかりますが、『かなみ・みいり』の『か』が書いてあるキーには、アルファベットの『T』がいっしょに記してあります。『な』には『U』、『み』には『N』……。その要領で、ローマ字入力方式で『かなみ・みいり』を打とうとすると、タッチするキーのアルファベットはこうなります」

稲本俊太は、キーボードをあらかじめ英字半角モードにしてから、『か』『な』『み』『み』『い』『り』というひらがなの刻印されたキーを押した。

そこで画面に出てきたアルファベットは――

「名前がトンネルになるわけね。……歪《ゆが》んでいるわ」

精神病理学を専門とする水村淳子がつぶやいた。

「トンネルという英単語に対応するキーボードの文字で監督名を考えたあと、それが人名としてすごく不自然であっても、ぜんぜん気にしていない。そこから想像すると、とてもひとりよがりで、社会との調和を考えていない人物だという気がするけれど」

「もうひとつ言えることは」

モニターに打ち出した『TUNNEL』の文字を指さしながら、俊太が言った。

「これでわかるように、『かなみ・みいり』という監督名は『トンネル』という映画で使ってこそ意味があるわけです。だから彼は――彼女は、かもしれないけど――今後もその名前を使って、映画界で商業的に成功しようなんて、まるで考えていないと思うんです。そうやってみると、『トンネル』がどんな内容の映画か知りませんが、それはなにか特殊な目的をもって製作された実験映画なのかもしれません」

「それは鋭い意見だ」

鷲尾は、若い俊太の着眼点に感心した。……

「特殊な実験映画であるところに、集団消失の謎を解くヒントがあるかもしれない。

よし、ともかく現場へ急ごうじゃないか」

鷲尾は真っ先に立ち上がり、部下の四人に出発を促した。

「キャサリンの透視能力を使うなら、現場到着は早ければ早いほどいい」

3

鷲尾康太郎特務主任に率いられたチーム・クワトロのメンバーが渋谷の映画館に向かったころ——すなわち、十一月二十八日の午前四時過ぎ。目黒区内の小さなマンションに、五つ年上の姉と住んでいる二十四歳の若手新聞記者・桜井賢二《さくらいけんじ》は、携帯電話のけたたましい着信音で目を覚ました。

通常はもっと穏やかな着メロを使っているが、ピリピリするような甲高いベルは、社のデスクからかかってきたとき専用に設定していた。この着信音が鳴ったときは、ほとんどの場合が緊急の呼び出しである。

ケータイのフタをハネ開けながら、薄明かりの中で時刻を確認する。午前四時十二分。

十一月の末だから、外はまだ暗い。そして、ベッドから抜け出すのが億劫《おっくう》になるほどの冷え込みが室内にまで侵入していた。

新宿にある料理教室でアシスタントを務める姉の耀子《ようこ》は、まだ隣の部屋で熟睡しているはずである。


生まれ故郷の四国徳島から出てきた二十九歳と二十四歳の姉弟が、学生時代からこうやって同じ部屋にいっしょに住んでいるのはふたつの理由があった。第一に、両親が早くに亡くなったため、姉弟は子供のころからずっとふたりで助け合って生きてきた。とりわけ耀子は、五歳年下の弟にとって母親代わりを務めてきたところもあった。だから、どちらかが結婚するまでは、いっしょに暮らすのが当然という意識があった。

第二に、家賃の高い都会でできるだけ便利なところに住もうとすれば、ふたりで共同して部屋を借りるのが経済的ということになる。

いまの目黒のマンションは、この春にふたりの給料がわずかばかりだが上がったので、横浜市戸塚区のアパートから引っ越してきた。いずれは、狭くてもいいから六本木あたりのメジャーなところに住みたいね、と姉弟でよく語りあっていた。

賢二はケータイの通話ボタンを押し、受話口を耳に当てた。

夜中であろうと明け方であろうと、ドラ声を張り上げて相手を叩き起こすデスクの笠井《かさい》竜次《りゅうじ》が、珍しく声をひそめて切り出してきた。

「起きてたか、賢二」

「起きてたわけないでしょう、こんな時間に」

電話をかけてきた笠井は、ことし四十歳になった中堅社員で、勤務先のメトロ・タイムス社では大先輩にあたる。だが、入社三年目の賢二が気やすい口を利けるのは、笠井のざっくばらんな性格とともに、彼が同じ徳島出身という同県人のよしみがあるからだった。

「それで、なにか事件ですか」

「事件でなきゃ、『こんな時間に』かけないよ。ビッグニュースがひとつと、スモールニュースがひとつだ。どっちをとる？」

「どっちをとっても、いまから出動ですね」

「おまえさんは消防士でも機動隊員でもないんだ。出動なんて、気張った言葉は使わなくてよろしい」

「それで、どんなネタなんですか」

とたずねながら、賢二はベッドから起き出し、リモコンスイッチを取り上げてエアコンを暖房モードでオンにした。たぶん、今シーズン初めての暖房である。

指先でカーテンに隙間を作って外の様子を覗《のぞ》いてみたが、まだガラスの向こうは夜の闇である。

「では、小さいほうのネタから教えてやる」

携帯電話越しに聞こえる笠井の声は、あいかわらず意味深に低かった。

「警視庁記者クラブに詰めている佐野から連絡が入ったんだが、渋谷で妙な騒ぎが起きているらしい」

「妙な騒ぎ？」

「宇田川町にある『渋谷フィルモ1』という映画館で真夜中に行なわれていた試写会で、客の全員がいなくなったらしい。人数にして、三百人を超えるようだ」

「は？」

パジャマ姿のまま自分の部屋を出て洗面所へ向かいながら、賢二は片手に持った携帯電話に向かって問い返した。

「なんですって？　三百人が消えた？」

「四百人という説もある。詳しい人数は確認中だが、ちょっと面白《おもしろ》いだろ」

じつは、面白いどころの騒ぎではなかったということを、賢二たちはあとになって知るが、この段階では、社会部デスクの笠井でさえ、事態を軽視していた。だから彼は、こちらを『小さいほうのネタ』と呼んでいた。

「おれもまだようわからんのだが、上映時間が終わったのに誰も客席のほうから出てこないので、劇場管理人が中を覗いてみると、映写技師も含めて、すべての観客が姿を消していた、というんだ」

「それは管理人が酒でも飲んで寝ていただけじゃないんですか」

「第一報を聞いたときに、おれもそう言ったんだがね。しかし、佐野によれば、渋谷署はけっこうマジで動いているようだ」

「で、大きいほうのネタは？」

「殺人さ。それも猟奇殺人だ」

いっそう声をひそめる笠井の言葉を耳にすると、賢二は、反射的に姉が寝ている部屋へ顔を向けた。ドアは閉まっているが、大きな声を出すと熟睡中の姉が目を覚ましてしまうかもしれない。

なにしろ、ホラー映画もホラー小説も絶対にダメというほど怖がりな姉の耀子である。ときおり悪夢にうなされて叫ぶことも珍しくない。そんな姉が、夜も明けぬ時刻に、弟が猟奇殺人の話を携帯電話でしているのを聞いたら、いったいどんな想像をたくましくして騒ぎ出すかわからない。

「猟奇殺人って、どんなものなんですか」

賢二も声をひそめて問い返した。そして、洗面所に入って後ろ手にドアを閉める。これならドア二枚に遮られて、小声の会話は絶対聞こえないだろう。

「これもたったいま入ってきた話なんだが、渋谷の一件とは違って、記者クラブ情報ではない。そもそもまだ警察も知らない殺人事件なんだ」

「警察も知らない殺人事件？　それをなぜデスクが知ってるんです」

「第一発見者からの情報提供が社にあったばかりなんだよ。人が殺されている、ってね。その電話を泊まりのおれが受けたというわけだ」

「一一〇番よりも先に、ウチの社に？」

「そうだ」

「じゃ、笠井さんが警察に通報を」

「いや、警察に知らせたものかどうか迷っている」

「なぜです」

「その情報内容が悪趣味なほど現実離れしていて、しかも信頼性に欠けるんだ。かといって、百パーセントのデッチあげにしては、本物っぽい部分もある。もしもそれが事実ならば、記事として最高にセンセーショナルな内容になるだろう。だから、おまえに大至急ウラをとってもらいたいんだ」

「どこで起きた事件なんですか」

「目黒区五本木《ごほんぎ》一丁目だ」

「ちょっと待ってください」

賢二は顔色を変えた。

「ぼくのうちは、五本木二丁目なんですけど。一丁目は、もろ隣のブロックです」

「知ってるさ。だからおまえを叩《たた》き起こしたんだよ」

「それじゃ、最初からこっちのネタをぼくに追いかけさせるつもりだったんですね」

「そういうこと。映画館での大量失踪《しっそう》事件を追いたいと言ったとしても、こっちをおまえにふるつもりだった」

「どんな通報内容なんですか」

「すごいぞ」

「もったいぶらないで早く教えてください」

「まず驚いたことに、第一通報者は泥棒だ」

「泥棒？」

おもわず大きな声になり、桜井賢二はあわてて声を沈めた。

「泥棒が、殺人事件の通報を新聞社に？」

「そうだ。昨今の泥棒は、七つ道具のひとつに携帯電話を入れているんだろうな。もちろん非通知だから番号はわからない」

「それで？」

賢二は先を急《せ》かした。

「男は名前を名乗ろうとしなかったが、声のトーンやしゃべり方からすると、四、五十はいってるんじゃないかな。そいつが、ついさっき五本木一丁目に建つ一軒家に侵入したという。平屋建ての古めかしい家で、電気はまったく灯《とも》っておらず、人の気配も感じられない。家人が寝ているというより、むしろ留守にしている家だという印象だったそうだ。そっと玄関に回ってみると、なんとあっさりドアが開いた。そこで中に踏み入り、家捜しにかかろうとしたとたん、最初に入った和室でとんでもないものを見つけた」

「それが死体だったんですね」

「死体は死体だが、彼の話を聞くとすさまじいものがある」

笠井は、怪談でも語るような口ぶりになった。

「死んでいたのはでっぷりと太った五、六十歳の男で、全裸にされ、両手両脚をガムテープで縛られ、口もガムテープでふさがれていた。そして、腹に大きな穴が開いていたそうだ」

「腹に、穴？」

「なんでも、ほじくったような穴だという。そして、内臓が何かに食われたようにボロボロになっていたと」

「………」

「さらに、その穴を取り囲むようにして、赤黒い輪が焼きついていた」

「赤黒い輪って、どういうものなんですか。それから内臓が食われたように穴が開いているとは、どんな状態なんです」

「おれだってわからないよ。だからそれをおまえに見てもらおうというんじゃないか」

「警察には」

「だからいま言っただろう。記事としておいしいネタを、警察にぜんぶ持っていかれたくないんだ、って。いいか、賢二。我がメトロ・タイムス社は、本社が東京にあっても全国紙じゃない。東京ローカルだ。気取った仕事をしたってしょうがないんだ」

笠井の言葉に、賢二は聞こえないようにため息をついた。

いい先輩なのだが、ときどき「おれたちは全国紙じゃないんだから気取った仕事をしても仕方ない」という決まり文句のもとに、危ない橋を渡らせようとする。それでスクープをものにすることもしばしばなのだが……。

「で、その通報者はどうしたんです」

「知らないよ。いまおれが話したところまでしゃべると、その家がある詳しい場所の説明を述べたうえで、電話は一方的に切れた」

「デスクは、それをイタズラとは思わないんですか」

「わからんね。イタズラの可能性がないとは言えない。しかし、断っておくが少なくともおれの自作自演じゃないからな。泥棒との通話は、すぐに録音をとったから」

新聞社には、いろいろなたれ込みがある。だから主要な電話は、通話内容をすぐ録音できるマイクロカセット付きのものになっていた。

「それにしても、泥棒はなぜウチの社に連絡を入れてきたんでしょうか」

洗面所の鏡に映るパジャマ姿の自分を見つめながら、賢二は疑問を口した。

「そうだな。それはたぶん……」

笠井は電話口でジッポのライターを開けるシャキッという感じの音を立てると、タバコに火を点《つ》ける間の沈黙をはさんでから答えた。

「反射的な自衛本能かもしれない」

「意味、わかんないですけど」

「男が描写した様子が事実なら、殺人者は被害者のはらわたをえぐり取って殺したんだろう。物盗りのために入った家で、その酷《むご》たらしい光景を見たとき、泥棒は、それだけは自分の犯した行為ではない、と誰かに主張したかったんじゃないのかな。おれは泥棒だけど、猟奇殺人鬼ではない、ということを、誰かに訴えておきたかったんだろう」

「でも、なぜウチの社なんですか」

「泥棒は、警察という組織を恐れるものさ。たとえ善意の通報であってもね」

「そうじゃなくて、新聞社に情報を告げるにしても、なぜウチなんですか。讀賣《よみうり》、朝日、毎日、産経、日経……メジャーな新聞社は、ほかにいくらでもあるのに」

「おいおい、そう自分の会社を卑下してとらえるなよ」

タバコの煙を吐き出す音とともに、笠井は苦笑を洩《も》らした。

「スキャンダラスな報道という点では、ウチの社は先頭を走っているんだから」

「でも……」

「ともかく、現場に行くんだ」

「本気で行かせるんですか」

「給料分の働きをしろ」

「これは年収分ぐらいのリスクですよ」

「リスク？　おまえは大学時代、何をやっていた」

「空手部……ですけど」

「強かったんだろ」

「まあ、そこそこ」

「段は？」

「持ってます」

「だったよな。だからおれは安心しているんだ」

「だけど、そういう問題じゃないでしょ」

「わかってるよ。おれだって、おまえに単独行動を命じるほど無謀ではない」

少し口調を強めて、笠井は言った。

「矢野《やの》がおまえの近所に住んでいるだろう」

矢野翔平《しょうへい》というのは賢二と同期入社で、やはり社会部に配属されていた。賢二とは個人的にも仲が良かったが、スリムな体型の桜井賢二とは対照的に、矢野はアンコ型の巨漢で、見てくれのとおり、学生時代は相撲部の主将を務めていた。

「空手部に相撲部の出動ですか」

　賢二はため息をついた。

「それだけデスクは、危険を感じている証拠じゃないですか」

「そりゃそうだ」

　あっさりと笠井は認めた。

「通報者が泥棒ではなく、じつは猟奇殺人鬼本人だった、ってこともあるからな。でも、おまえと矢野がコンビを組めば、いざというときにやられる心配はない」

「そういう問題じゃないと思うんですけど」

「行けよ」

　笠井は、いつものように強引だった。

「これから矢野を叩き起こして、そっちに行かせる。合流してから現場へ向かうんだ。いいか、先にひとりで行くんじゃないぞ。情報が事実なら、おまえは殺人現場に乗り込むことになるんだ。単独行動をしたら、あとで警察に犯人と疑われる場合もある」

「ちょっとー」

「だいじょうぶ。そのときのために、通報者の録音はとってあるんだから」

「デスクはきてくれないんですか」

「行かないよ」

「なんで」

「あたりまえだろ。おれは宿直当番なんだから」

4

笠井との電話が切れたあと、桜井賢二は大きなため息をついた。

(かなり無謀なことなんじゃないのか、これは)

新聞記者としてのキャリアがまだ丸三年にも満たない賢二だったが、なにかよくない予感がした。

特ダネ主義の笠井デスクは、あまり気に留めていないようだったが、民家に侵入した泥棒が、いくらその場に凄惨《せいさん》な死体があったからといって、それをわざわざ新聞社に連絡してくることが、どうにも不自然に思えて仕方ない。

(何かの罠《わな》ではないだろうか)

そうした不安がどうしても拭《ぬぐ》いきれなかった。

(デスクが受けた電話は、新聞社を罠にはめるために仕組まれたものかもしれない。ひとりの新聞記者を、猟奇殺人犯にデッチあげる計画だったらどうするんだ。それでなくても、

こんな時刻に、腹をえぐり取られた死体を見に行くなんて）

洗面所の壁に掛けた時計は、午前四時二十分を回ったところを指していた。

いくら空手の有段者でも、現場にひとりで行けと言われたなら、上司の命令でも絶対に拒否するところだ。矢野も呼ぶというから、どうにか笠井の命令に従おうという気にはなっていた。だが、ふたりで行くからといって、それで安心してよいものなのか。

賢二は水道の蛇口をひねり、睡魔と不安の両方を振り払うつもりで顔を洗った。夜明け前の水は、刺すように冷たかった。水温の低さは、季節が晩秋から冬に移ろうとしていることを明確に伝えていた。

その冷たさの刺激によって気分を引き締めた賢二は、タオルで顔を拭《ふ》いてから、洗面所のドアを開けた。

と、賢二はその場に立ち止まった。廊下を挟んだ斜め向かいにある姉耀子の部屋から、すすり泣きの声が洩れてくるのが聞こえたのだ。

「姉さん？」

賢二は閉まったドア越しに呼びかけた。

「姉貴、どうした？」

二度呼びかけても返事はない。

しかし、すすり泣きの声はつづいている。

いま笠井から猟奇殺人の話を聞かされたばかりだったので、姉の泣き声がやけに不気味だった。

「入るよ」

そう断ってから、賢二はドアを開けた。

薄暗い空間を想像していたのに、意外にも天井の蛍光灯が灯《とも》されて、耀子の部屋は昼間のように明るかった。

カーテンを引いた窓際にベッドがあり、白いネグリジェを着た耀子が、賢二のほうに背を向けて、エビのように身体を丸めていた。掛けぶとんは足元の床に落ちている。そして、茶髪に染めるのを嫌い、ずっと黒で通してきた長い髪が、白いシーツの上に扇形に広がっていた。それが弟の賢二には、不吉な出来事の象徴に映った。

たったいま、笠井からゾッとする話を聞かされたばかりなのに、その電話を切って二、三分もしないうちに、こんどは姉が意味不明の泣き声を洩らしている。賢二は首筋が寒くなった。

「ヨウちゃん」

部屋の中央まで進んだところで、こんどは幼いころから使ってきた姉の愛称で呼びかけた。

「なに泣いてるんだよ。具合でも悪いの?」

「けん……じ……」

ようやく耀子は、弟に背を向けたまま、弱々しいかすれ声を出した。

「賢二……」

「なんだよ」

「た・す・け・て」

「助けて?」

「た・す・け・て」

そう繰り返しながら、耀子は片肘《かたひじ》をついてゆっくりと半身を起こした。シーツの上に扇形に広がっていた黒髪が、耀子が起きあがるのにつれて、黒い傘をすぼめるように一本の帯にまとまった。

桜井耀子は、ベッドの上に完全に起きあがった。だが、依然として背中を賢二に向けたままである。彼女の身体は窓のほうに向かっていたが、その窓にはカーテンが引かれているため、耀子の正面の姿は映らない。

白いネグリジェの背中に、こんどは黒髪が黒い滝を作っていた。耀子自慢の長髪は、ほとんど腰のあたりまである。

弟として、賢二は姉のその黒髪を美しいと思うことがしばしばあったが、いまに限っていえば、やたらと怖かった。

賢二は、いま自分が片手に携帯電話を握っていることを思い出した。おそらく数分のうちに、笠井デスクから指示を受けた矢野翔平が連絡を入れてくるだろう。早くその声が聞きたかった。

矢野の応援は、死体探訪のためにではなく、いますぐに必要だった。

「ねえ、賢二」

後ろ姿の耀子が言った。

「私のこと、きらいにならないでね」

「え?」

「こんなお姉さんだからって、絶対きらいにならないでね。賢二は私にとって、世界でたったひとりの味方なんだから」

「な、なにを」

おもわず舌がもつれた。

「なにを言ってるんだよ、ヨウちゃん。意味がわかんないな」

「私のこんな姿を見ても、怖がらないで。ほんとうにお願いよ」

「………」

「いまから賢二のほうをふり向くけど、絶対に叫び声をあげたりしちゃイヤよ。私のことを化け物みたいに怖がったりしないでね。賢二にそんな態度をとられたら、私……死んじゃうから」

「ど、ど、ど……」

さっきよりも言葉が空回りした。

「どういうことだ」

「こういうことなの」

ベッドの上に座った耀子が、黒髪を空中に広げながら、勢いよく弟のほうをふり返った。

カッと見開いた両目が、賢二を見つめていた。

白目が充血して真っ赤だった。

その両目には、まぶたの上下にマッチ棒が渡されていて、決して閉じられないようになっていた。

三　現場検証

1

鷲尾康太郎率いるチーム・クワトロが、『渋谷フィルモ1』の館内で、独自に現場検証をはじめたのは、土曜日午前五時半過ぎのことだった。

彼らが到着したのはもっと早かったが、警視庁指揮下の通常の現場検証が終わるのを待っていたのである。チーム・クワトロの存在は、警視庁の幹部にすら知らされていない。

鷲尾特務主任だけは身元を明らかにしていたが、彼が率いる四人は、表向きには、テロ組織による集団誘拐の可能性を調査する内閣情報室の特別派遣団ということになっていた。

そのため、仙人もネットウォーカーもヒトミもビューティーも、私服から「それらしい」濃紺のビジネススーツに着替えていた。

しかし、仙人の白い鬚《あごひげ》といい、ネットウォーカーの若さといい、ヒトミの白人的な顔立ちといい、そしてビューティーの美貌《びぼう》といい、通常の内閣官房の公務員的イメージを完全に覆すものだったので、彼らが現場に到着しただけで、本庁や渋谷署の捜査員たちは好奇の目を向けてきた。

四人のうち二名は、コンピューターと精神病理学というノーマルな分野で特異な才能を発揮する人材で、もう二名は透視能力と霊能力という、科学分野からみればいかがわしい領域での特殊才能の持ち主である。まさかそうしたメンバー構成であるとは知らず、一般の捜査員たちは、濃紺のスーツに身を固めた彼らを物珍しげな目で眺めていた。

だから捜査陣の現場検証がつづいている間、鷲尾はチーム・クワトロの四人に目立った動きをさせず、各自に静かに観察作業をさせていた。

そして、一一〇番通報を受けて到着してから四時間近くかけた現場検証が、なにも有力な手がかりを見せないまま終了したあと、鷲尾は劇場管理人も帰したうえで、チーム・クワトロによる本格的検証作業を開始した。

「基本的に、管理人は嘘をついていないと思います」

さきほどまで捜査陣の質問を受けていた劇場管理人の様子を、遠くから観察していたビューティー＝水村淳子が、劇場内最後方に立つ鷲尾に報告した。

「あの管理人は、年齢のわりには目尻《めじり》の皺《しわ》が少なく、ぜんたいにのっぺりとした表情という印象がありますけれど、喜怒哀楽の表現を対人関係の駆け引きに使うことが苦手で、長い間、表情筋をあまり動かしてこなかったために、あのような風貌になっていることが予測できます。声はだいぶしわがれ、かすれており、これも声帯の使用量の絶対的不足を連想させます」

「つまり無口ということかね」

「そうですね」

淳子は鷲尾の質問にうなずいた。

「けれども、それは性格の陰気さを示すものではなく、むしろ他人におもねることなくマイペースで生きていくことを人生哲学としているのではないかと思われます」

「なるほど」

「あの管理人は、劇場内の異変に気づくまでテレビを見ていたということでしたから、彼がいた場所に行って、テレビをチェックしてきました」

「ほう」

「すでにスイッチは切ってありましたけれど、電源を入れ直すと、それまで見ていたチャンネルがわかりますよね」
「どこだった」
「3でした」
「NHK教育テレビか」
「その時間帯の番組を調べてみると、午前零時前は外国語講座、零時からあとは高校通信講座でした」
「語学講座に高校通信講座……ね」
「たぶん彼は、若いころ事情があって満足に学校にも行けなかったので、もういちど基礎教養を身につけようとしていたのではないでしょうか」
「生真面目な男、ということだな」
「ですから、彼が突拍子もない嘘をついて世間を混乱に陥れようとしている、という見方は妥当ではないと思います」
「つまり、三百七十四人が突然消えたという証言は、事実を語っている、と」
「はい」

2

「感じますな」

客席中央、ちょうど指定席の白いカバーがかかっているあたりの通路をゆっくりと歩いていた仙人＝難波鉄之進が、よく通る野太い声を張り上げた。

「非常に感じますな」

「何が、だね、仙人。何を感じるんだ」

水村淳子との会話を中断して、鷲尾が最後部から問いかけた。

「邪気です」

濃紺のスーツに長く伸ばした白い鬚のミスマッチがなんともいえぬ雰囲気を醸し出している難波は、歩みを止め、鷲尾には背を向けたまま正面の白いスクリーンを見て言った。

「この劇場の中に、きわめて邪悪な『気』が残留しています」

「邪気が残留？」

「そうです」

「残留ということは、数時間前には邪気がもっと充《み》ち満ちていたと想像できるのかね」

「そのとおりです、鷲尾主任」

難波は両手を広げながら、三百数十席ある客席を見渡した。

「真夜中の試写会が行なわれていたとき、なんらかの理由でここに邪気が充満し、それによって劇場内にいた人々は消失の運命をたどりました。その邪気は、異常事態勃発《ぼっぱつ》当時に較べて、かなり薄まってはきています。しかし、まだじゅうぶんにその存在を感じ取ることができます」

「その邪気はどこからやってきて、どこへ出ていったというんだ」

もしも警視庁の人間などが聞いていたら呆《あき》れ返るような非現実的な会話を、鷲尾と難波はごくあたりまえの口調でつづけた。

「換気口から侵入し、開け放たれた扉から出ていった、とでもいうのかね」

「邪気というのは、空気とは違います、主任」

難波が訂正した。

「邪悪な気といっても、毒ガスではないのです。気体ではなく、それは波動です。したがって、邪気が濃いとか薄いというのは、波動の強弱を指しています。そして、いまこの劇場内を歩き回ってみた限りにおいて……」

指定席エリアから階段通路に出ると、それを下りながら、難波はスクリーンのほうへ近づいていった。

「前へ行けば行くほど、邪気の波動が強く感じられます」

「しかし、そっちにはスクリーンしかないだろう」

「そうです。そしてスクリーンの裏側はただの壁です」

「わかっている。さっき本庁と渋谷署の連中が、建物の設計図片手に点検していたからな。そして、その壁には秘密の抜け穴などまったくなかった」

「鷲尾主任、大量消失を、常識的な物理現象として捉《とら》えてはいけません」

「というと？」

「邪気の波動によって空間がねじ曲げられ、別の空間への入口が突然ぽっかりと開いたとも考えられます。さきほどネットウォーカーが、突然ケータイの圏外にワープしたのかもしれない、と言ったでしょう。まさにそのとおりの現象が起きたのかもしれません」

「では、邪気の正体とは何かね」

「きわめて霊的なものを感じます」

「霊的とは」

「怨霊《おんりょう》と呼んでも差し支えないでしょう。怨《うら》みに充ち満ちた死霊の集いが発する波動が、間違いなくここにはあるのです。とくにスクリーンの周辺に」

「まさか仙人、連中はスクリーンの向こうに抜けていったというんじゃないだろうね」

「その可能性は……」

と、難波が言いかけたところで、同じく客席の点検をしていたネットウォーカー＝稲本俊太が声を出した。

「おかしいですね、このことに渋谷署の人たちは気づいていたんでしょうか」

俊太は、客席扉の上方を指さしていた。

3

同じころ──

メトロ・タイムスの社会部記者桜井賢二は、笠井デスクの指示で駆けつけた矢野翔平とともに、目黒区五本木一丁目の住宅街にある、平屋建ての古めかしい木造家屋の前に立っていた。

時刻は午前五時四十五分。この季節では、まだまだ空は暗かったが、指示を受けた矢野が賢二のマンションに駆けつけてから、だいぶ時間が経っていた。社に宿直でスタンバイしている笠井からは、どうなった、どうなった、とメールで矢の催促がきていたが、現場到着がここまで遅れたのは、姉の耀子の身に異変が起きたからだった。

さすがに賢二は、そのことを同僚の矢野には話せなかった。矢野はマイカーでやってきたので、車の中でしばらく待ってもらって、ともかく異様な興奮状態の姉を落ち着かせることに集中した。

なによりも真っ先に、両方のまぶたからマッチ棒をはずしたのは言うまでもない。だが、いくら賢二がその目的を問い質《ただ》しても、姉の耀子は泣くばかりで、そんな異常な行動に出た理由をまったく語ろうとはしなかった。

どれぐらいのあいだ、姉がマッチ棒で目を開いたままにしていたのかわからなかったが、白目は充血して真っ赤になっていた。悲しみによるものか、それとも恐怖によるものか、泣きつづけていたことで涙が供給され、それで瞳《ひとみ》を潤していたので、乾燥による眼球のダメージは免れていたが、上下のまぶたには、マッチ棒に圧迫された跡が赤く凹《くぼ》んで残っていた。

こんな異常な姿で「助けて」とすすり泣いていた姉を、マンションの部屋にひとりで残しておくのは心配だったが、その一方で、猟奇殺人の現場を確かめる作業を矢野だけにまかせるわけにもいかなかった。

そこで賢二は、姉に気付け薬としてブランデーを飲ませ、もういちどベッドでゆっくり休むように言った。そして、あとのことが気になりながらも、矢野の車に同乗して問題の現場へ向かったのだった。

だが、車に乗っているあいだも賢二は、運転席から話しかけてくる矢野に対しては虚ろな返事を繰り返すばかりだった。マッチ棒をまぶたの上下に渡して、決して目を閉じられないようにしながら涙を流していた姉の異様な姿が、頭に焼きついて離れないのだ。

（『時計じかけのオレンジ』じゃあるまいし、姉貴はなぜあんなことを）

賢二が思い出したのは、鬼才スタンリー・キューブリック監督の代表作『時計じかけのオレンジ』の中の一場面だった。それは、暴力とセックスに明け暮れる不良青年の心理治療のため、絶対に目をそむけることができないようにして暴力的な映像を見せつづける、というシーンだった。

映写会場の中央の席で、拘束衣によってがんじがらめにされ、両手の自由を奪われた青年が、「リッド・ロック」と呼ばれる眼科手術用のまぶた固定器具で決して目を閉じられないようにされ、眼球の乾燥を防ぐために、立ち会いの医師からひんぱんに点眼薬を差されながら映画を見つづける――このシーンは、俳優が実際にその器具をはめられて長時間演じつづけるので、そのすさまじい形相と飛び出しそうな眼球が、圧倒的な迫力で観客を打ちのめす。

賢二は、姉の姿を見て、まずその場面を思い出した。

(ということは、姉貴は恐ろしい何かから目を背けまいとして、あんなことをしたのか)

だが、姉の部屋に置かれたテレビは点《つ》いていなかった。それと接続されたビデオ＝DVDデッキも電源が落とされていた。窓にはカーテンが引かれてあったから、外の景色を見ていたわけでもない。そして室内には、ほかにこれといって目につく品物はない。

そもそも、キューブリックの映画では、本人の意思に反して強引にリッド・ロックがかけられるのに対して、耀子は、自分自身でマッチ棒をまぶたにはめ込んだことを告白している。

そして、見開かれたままの眼球に苦痛を覚えても、そのつっかい棒を決して取ろうとはしなかった。部屋に入ってきた弟に向かって「助けて」と訴えてきたが、その気になれば、両まぶたを固定するつっかい棒は自分の手でかんたんにはずせるのだ。にもかかわらず、耀子は異様な格好のまま弟に救いを求めた。

(では、姉貴はぼくにマッチ棒をはずしてもらわなければ、自分では何もできなかったというのだろうか？)

賢二は考えた。

しかし、そんなはずは絶対にない。彼女の両手は自由だったし、指先でつまめば、あっけなくマッチ棒はとれるのだ。それなのに耀子は眼球を見開いたまま、ただただ涙を流しつづけるだけだった。

そして、弟によってマッチ棒がまぶたからはずされても、決してそれで安堵《あんど》した表情にはならなかった。それどころか「私は永遠に救われないのね」と言って、また嗚咽《おえつ》を洩《も》らしはじめたのである。

(アシスタントを務めているクッキングスクールで、人間関係のトラブルでもあったのだろうか。それとも恋愛のトラブルか？)

姉に特定の恋人がいるのかどうか、それは賢二は聞いたことがなかった。

(わからない……ヨウちゃんの身に何が起きたのか、わからない)

「おい、賢二。着いたぞ。ここだろ」

矢野の声で、桜井賢二は姉の一件をとりあえず脇に置いた。

ふたりを乗せた車は静まり返った住宅街の一角に寄せて停められ、その前には、明かりの消えた木造家屋があった。表札には『熊井《くまい》』と筆文字で書かれてある。

メトロ・タイムス社に情報を提供してきた自称「泥棒」は、事件の現場となった家には「熊井」という表札が出ていたと語っていた。そのとおりだった。

先に矢野が降り、つづいて賢二が車から出た。

矢野は、キーこそ抜いたが車のドアをロックしようとはしなかった。何かあればすぐに逃げ出せる準備である。学生時代に相撲部の主将を務め、現在も体重はゆうに百キロを超える巨漢の彼も、いまからやらねばならない「仕事」に対して、明らかに怯《おび》えていた。

「ウチのデスクも無茶だよな」

闇に向かって白い息を吐き出しながら、矢野は言った。

「住居不法侵入をやらせるうえに、腹を食われた死体を見つけろっていうんだから。そんなことしてショッキングな殺人事件のネタをとったって、こんどはおれたちが警察にパクられることになる。それよりも、もしもその殺人者が、まだこの家の中に隠れていたらどうするんだよ。笠井さんって、そういうことぜんぜん考えてないんだよな。ほんとウチは、まっとうな新聞社じゃないと、つくづく思うよ……なあ、賢二」

一方的にしゃべっていた矢野は、連れが暗い表情で黙りこくっているのに気づき、肘《ひじ》でつついた。

「おまえ、怖いのか」

「……あ、いや、そんなことはない」

マッチ棒をまぶたにはさんだ姉の顔が、まだ頭の片隅から消えず、賢二は心ここにあらずといった顔で返事をした。

「おれは、おまえを頼りにしてるんだぞ、空手のセンセイ」

賢二より頭ひとつ高く、胴回りは倍もありそうな矢野が、グローブのような手で連れの背中を叩《たた》いた。

「いつだったか、空手と相撲とどっちが強いかって話をおまえとしたことがあったけど、少なくともこういう状況では、空手の有段者にボディガードをやってもらいたい気分だね。猟奇殺人鬼とがっぷり四つに組んで相撲はとりたくない」

「ともかくインタホンを鳴らそう」

「おい、そんなに堂々と訪問するのか」

矢野は驚いた。

「誰か出てきたら、どんな理由をつけるんだよ」

「死体のほかに家族がいたら、こんな静まり返っているはずがない」

暗い家を見つめて、賢二は言った。

「もしほかに生きている人間がこの家にいるとすれば、それは翔平が言うように、犯人以外にありえない」

「だからこそヤバいんじゃないか」

「その逆だよ。熊を追い払う鈴みたいなものさ」

ゆっくりと玄関の門柱へ進みながら、賢二は言った。

「突然人間の姿を見つけたら、熊はびっくりして襲いかかってくるけど、前もって接近を知らせておけば、熊は先に逃げていく」

「……」

「押すぞ」

ひとこと断ってから、桜井賢二は門柱に付けられたインタホンのボタンを押した。

キンコンカンコーンと、学校の下校時に鳴らされるようなのんびりしたチャイムの音が家の中で響いているのが聞こえた。

が、なにも反応はない。

もう一度鳴らした。

待った。

しかし、やはり中からは人が応答する気配はない。白い息を交錯させながら、ふたりはおたがいの顔を見つめあった。

「泥棒が入ろうとしたとき、玄関は最初から鍵が掛かっていなかったらしい」

賢二は、門扉越しに玄関を指さした。そのドアは閉まっている。

「さあ、入ろう」

矢野を促してから、賢二は黒い塗装をほどこされた門扉を開いた。

キイイ、という錆《さ》びついた音が、静まり返った未明の路地に響いた。

「ヤな感じの音だな。お化け屋敷みたいだ」

矢野は巨体にもかかわらず腰が引けていたが、賢二は、もうためらわずに敷地の中に入った。そして玄関のドアノブに手を掛け、そっと引いてみた。

抵抗なく、ドアが手前に動いた。たしかに鍵《かぎ》は掛かっていなかった。

「おい、ちょっと待てよ」

玄関のドアが完全に引き開けられる前に、矢野が賢二の腕をとって引き留めた。

「いまふと思ったんだけど、おかしくないか」

「何が？」

片手をドアノブにかけたまま、賢二は後ろの矢野をふり向いた。

「たまたま泥棒が入ろうと決めた家の玄関が、すんなり開いてしまったというのは都合がよすぎるという気がしないか」

「べつにおかしくはないさ。この家の住人が殺されて、犯人がここから逃げ出していったから、鍵ははずれたままだった。そこへ泥棒が入ったんだ」

「だから、それが偶然すぎないか、と言うんだよ」

なおも矢野は、賢二の耳元でささやきつづけた。

「会社に電話してきた泥棒の言い分を認めるなら、この家は、一晩のうちに殺人者と泥棒の両方に狙われたことになる。そんな偶然って、あるかよ」

「じゃ、翔平はどう思うんだ」

「不自然な偶然を合理的に説明する方法はひとつしかない。その泥棒が殺人者だった、ってことだよ」

「………」

矢野の言葉に、賢二は口をつぐんだ。ほかでもない、賢二自身が、最初に笠井から泥棒の密告という話を聞かされたとき、その筋書きにどこか不自然なものを感じていたからだった。そして、通報者こそが殺人鬼本人だった、という可能性は、じゅうぶんにあると思っていた。

しかし、異常事態に陥った姉を家にひとり残してまでここにきた以上、いまさら引き返すつもりはなかった。と同時に、殺人者ならば、いつまでも現場にとどまっているはずがないと思った。それが強気に出るよりどころだった。

「とにかく開けるぞ」

止めようとする矢野をふりきって、賢二は玄関のドアを勢いよく引き開けた。

ぽっかりとした暗黒空間が、目の前に広がっていた。

その瞬間、闇の奥に何かが見えた。

いや、「何か」という漠然としたものではなかった。きわめて具体的なものが見えた。

しかし、現実にいま見えるはずがないものだった。

そして、すぐにそれは消えた。

恐らく、その映像が賢二の網膜に認識されたのは〇・一秒もなかったかもしれない。しかし、確実に彼の視神経はそれを捉《とら》えたのだ。

「翔平！」

玄関に片足を踏み入れた格好のまま、賢二はその場に立ちすくんだ。

「見たか、いまの」

「え？　なにを」

賢二のすぐ後ろにいる矢野は、緊迫した問いかけを受けただけで、もう声をうわずらせていた。

「何が見えたんだよ、賢二。何が」

「……いや、やっぱり勘違いかもしれない」

賢二は、言葉を濁した。見たと思ったものを見なかったことにしようと決めた。錯覚だと自分に言い聞かせようとした。

「どうしたんだよ、賢二。ごまかすなよ。何が見えたんだ」

矢野が問いつめてきたが、賢二は無言で首を振った。

そして玄関のところで靴を脱ぎ、暗い家の中に上がり込んだ。

4

「すごく些細《ささい》なことかもしれませんけど」

客席扉の上に設けられた非常口灯の真下に立って、稲本俊太が言った。

「非常口灯の明かりが消えています。ここだけでなく、いまチェックしたら、館内すべての非常口灯が消えているんです。……いや、消されているといったほうがいいかもしれません」

鷲尾の目が自分に向けられたのを受け、俊太は上を指さしてつづけた。

「ここの映画館の非常口灯は、映写室からの遠隔操作のほかに、紐《ひも》で個別に点《つ》けたり消したりできるようになっていますけれど、原則として、この照明は映画の上映中も消してはならないことに決められています」

「そいつが消されていた、というのか」

客席通路を下りて、俊太のそばまでやってきた鷲尾は、間近に非常口灯を見上げて問いかけた。

「ということは？」

「おそらく今夜の試写会がはじまる前に、誰かが意識的にこの紐を引っぱって、すべての明かりを消したんです」

「何のために」

「考えられる理由はふたつあります。まず第一に、非常口灯の明かりが上映に邪魔だった、ということ」

「しかし、映画館にくる者は、みなこれには慣れているはずだろう。それに、スクリーンに夢中になっていたら、いちいちこの明かりに気を取られることはないと思うが」

「ぼくもそう思います。でも……それでもこの明かりが上映の邪魔になった、という可能性は検討したほうがいいと思います」

「そうかね……わかったよ」

鷲尾康太郎は、自分の息子ほどの年齢の天才ハッカーが、自信をもってそう言うのを聞くと、素直にうなずいた。

「で、第二の理由は？」

「観客に脱出経路を教えないようにするためかもしれません」

俊太は、チーム・クワトロを統括する小柄なリーダーの顔をまっすぐ見つめて答えた。

「見ておわかりのとおり、客席内で火災や爆発などが起きたあとはまったくありません。パニックが起きたという形跡もない。けれども、四百人近い観客すべてが消えたのは事実です。その消失が、客の意思に沿うものではなく、無理強いされたものであれば、客はなんとかして『まっとうな出口』へ逃げようとするかもしれない。その行動を防ぐために、まえもって非常口灯が消されてあったのではないかと」

「つまり、集団消失の仕掛け人が事前に周到な準備をしておいたと」

「はい」

「誰だ、仕掛け人は」

「渦波魅伊里という名前を使った『トンネル』の監督かも」

「しかし、非常口灯がぜんぶ消えていても、映画そのものの明かりがあれば、扉の存在はわかると思うが」

「映画が突然中断されれば、この劇場内は真っ暗になります」

と、俊太が言ったときだった。

「鷲尾主任！」

客席後方の上のほうから声がかかった。

そちらをふり向くと、映写室の窓からヒトミ＝川上キャサリンが顔を覗《のぞ》かせていた。

「警察がちゃんと調べたのかどうかわかりませんが、上映中のフィルムがここに残っています。ぜんぶ巻き取られた状態で」

「それで？」

「これから上映し直してチェックしたほうがいいと思うんですが、巻き取られた状態で私が透視した限りでは……」

キャサリンは言った。

「最初に『トンネル』と、カタカナで題名が白く浮かび上がる以外は、すべて真っ黒のようなんです」

「すべて真っ黒？」

鷲尾が映写室のキャサリンを見上げてたずねた。

「それは、フィルムがすべて感光していた、ということなのか」

「そうではなくて、最初から闇しか撮っていないと思われます」

「なんだって」

鷲尾は眉《まゆ》をひそめた。

「きみの透視能力は認めるが、闇しか撮影していない映画なんて、ありえないだろう」

「いやいや、大いにありえます」

客席最前列にきていた難波鉄之進が、そこで口を挟んだ。

「だからこそ、映画の題名が『トンネル』だったのかもしれませんぞ、鷲尾主任」

「え……」

「キャサリンが言うように、この大きな映写幕には、どこかのトンネルの内部が大写しにされていたのかもしれない。そのトンネルの深い深い闇を見つめているうちに、客席にいた客は催眠術にでもかかったように全員立ち上がって通路を歩き出し、ここの階段を上がって舞台へと進み……」

難波はしゃべりながら、舞台下手脇にある小さな階段を上って壇上に立った。そして、自分の身長よりもはるかに高いスクリーンの前に立って、両手を大きく広げた。

「そして彼らは、スクリーンに投影されたトンネルの闇を通って、別の世界へ入り込んでいったのではないでしょうか」

四　怨霊《おんりょう》屋敷

1

「これは……」

と、つぶやいたきり、桜井賢二は絶句した。

巨漢の矢野翔平は、声も出せなかった。

泥棒の通報どおり、死体はあった。それも、想像以上に悲惨な状態で。

熊井と表札の出ていた平屋建て木造家屋は、雨戸を完全に閉めきってあったために真っ暗だった。賢二が用意したペンライトの弱々しい明かりを頼りに、玄関から入ってすぐのところにある和室のふすまを開けると、六畳間の中央に六十歳前後とみられる肥満体の男が全裸で横たわり、死んでいた。

笠井が泥棒から聞かされた話では、両手両脚をガムテープで縛られ、口もガムテープでふさがれている、ということだったが、実際に見た死体の状況は、それ以上にひどいものだった。

死者の両腕は——ミイラによくあるポーズだが——胸を抱くようにしてガムテープでぐるぐる巻きに固定され、両脚は掃除機のパイプを膝関節《しつかんせつ》に添え木として当てられたうえで、やはりガムテープでしっかり巻かれていた。

生きていたときにこの状態にされれば、膝《ひざ》を曲げることは絶対にできず、寝返りも打てないし、身体を波打たせながら畳の上を移動することも不可能である。柱などに縛りつけられてはいなかったが、自分の意思で身体の位置を動かすことは、まずできない。

口にも猿ぐつわの目的か、ガムテープが貼られていたが、目隠しはされていなかった。

男の目は怨《うら》めしげに半開きになっており、すでにかなり濁っていた。

しかし、賢二たちを驚愕《きようがく》に陥れたのは、そうした拘束状況ではなく、男の腹部の惨状にあった。

生きていたときには、はち切れそうな太鼓腹だったはずだが、その最も柔らかそうな部分に、ゴルフボール大の穴が三つ、ぽっかりと開いていた。

それぞれの穴の形は、何かに食いちぎられたように非常に不規則な形をしていた。さらに、それら三つの穴をひとまとめに取り囲んで、直径およそ二十五センチ、幅五ミリほどの赤黒い大きな輪が腹部にくっきりとついていた。

その輪は、三つの穴の不規則な形状とは対照的に、一部が腹のサイズよりはみ出していたが、幾何学的なまでに整った円形をなしていた。ペンや絵筆などで描かれたものではなく、円形に火ぶくれの跡がつながっているのだ。すなわち、巨大な円形の焼きゴテを当てられたような状態だった。

「なんだよ、これ」

ようやく矢野がかすれ声を出した。

「どうやったら、こんな死体になるんだ。腹に開いた、あの三つの穴は何なんだ。大きな輪っかは誰がどうやってつけたんだ」

矢野は立てつづけに疑問を発したが、賢二は無言のままペンライトの明かりを死者に向けていた。

賢二も矢野も、新聞記者という職業柄、活字の上では殺人事件を報道することがたびたびあっても、死体が転がったままの、ナマの殺人現場に踏み込んだのはもちろん初めてである。まして、これほどまでに凄惨《せいさん》な光景をまのあたりにするのは……。

「むずかしいな」

黙っていた賢二が、ひとことつぶやいた。

「むずかしいって、何が」

「死後どれぐらい経っているのかを見きわめるのが、だよ」

「いいじゃないか、そんなことはどうでも」

矢野は、いまにも死体のそばに屈み込もうとする賢二を、たくましい両手でガッチリ押さえ込んだ。

「おれたちは警察でもなければ、法医学の専門家でもないんだ。もうそれ以上、死体に近寄るなって」

「部屋の中は外と同じぐらい、ものすごく寒い」

賢二の口から吐き出される息が、ペンライトの明かりの中で白い炎を作った。

「だから、この遺体は冷蔵庫に入れられたも同然だ。おかげで、それほど見苦しい変化はない。死後半日か、それとも丸一日経っているのか……」

「そんなことより賢二、警察だよ、一一〇番だよ」

「いや、そうはいかない」

「どうして」

「翔平、ぼくたちは何のためにここにきたんだ。笠井さんに大スクープを狙えという指示を受けたからきたんだろう」

「そんな命令なんて、クソ食らえだ」

言葉は威勢がよかったが、矢野の声は震えていた。

「賢二、ここは殺人事件の現場なんだぞ。しかも、外ならまだしも個人の家の中だ。見ず知らずの他人の家なんだ。勝手に歩き回れば歩き回るほど、通報が遅れれば遅れるほど、おれたちがあとで警察に疑われる度合いは大きいんだ」

「その逆だよ、翔平」

徐々に落ち着きを取り戻してきた桜井賢二は、無惨な死体に顔を向けたまま言い返した。

「ぼくたちが何もしないまま、すぐに警察に連絡したら、そのほうがここにいる意味を成さなくなる。あとでどんなに非難を浴びせられようと、特ダネスクープのために、とことん状況を調べるんだ。それこそがぼくたちがここにきた目的なんだから。それに……」

「それに？」

「さっき見たものが気になる」

「やっぱり何か見たんだな。玄関から入るときに」

「ああ」

「何を見たんだ」

「………」

「意味ありげに黙ってないで、何か言えよ」

不安に襲われた矢野は、こんどは賢二の肩をつかんで激しく揺すった。

その激しい動きにつれて、ペンライトの明かりが左右に大きくぶれ、全裸で死んでいる男の顔が明るくなったり暗くなったりした。その頻繁な光と影の交換が死人の表情に動きを与え、まだ男が生きているかのような錯覚をもたらした。

「ここは……」

賢二がつぶやいた。

「化け物屋敷かもしれない」

「なんだって！」

「さっき、この家の中に入った瞬間に、すごいものが見えた」

「やっぱり何かが見えたんだな」

「ああ」

「なんだよ」

「言っても信じないだろう」

「……ってことは、幽霊でも見たのか」

「幽霊……と呼んでいいのかどうか」

桜井賢二は硬い表情で言った。

「少なくとも、この死体よりも恐ろしいものだった」

「この死体より？」

元相撲部主将の矢野翔平は、息が白くなる寒さにもかかわらず、恐怖と緊張から額にびっしり汗を浮かべていた。

「死体より恐ろしいものが、この家のどこにいるんだ」

「いない」

「え？」

「いまはいない。そいつが存在していたのは、時間にして一秒にも満たない」

「なに言ってるんだよ、おまえ。こういう状況で、ワケのわからない不気味な話をしないでくれよな」

「翔平、ぼくはこの目で見たままのことを話そうとしているんだ」

賢二は心持ちアゴを上げ、自分よりも背の高い矢野を見据えて言った。

「玄関を入ったとき、ぼくはまだこのペンライトを点《つ》けていなかった。だから家の中は真っ暗だった。そのとき、その闇の奥にとんでもないものが見えた」

「……」

矢野は荒い息をつきながら無言で賢二を見下ろし、つぎの言葉を待った。

「それは人の姿だった。闇の奥に人が見えたんだ」

「人って、この死体とは別の？」

「ああ、そうだ。ひとりじゃなくて、ふたりの姿だ。若い男と、若い女」

「ちょっと待てよ、そいつらって、この男を殺した犯人……」

「そうじゃない」

賢二は首を左右に振った。

「彼らは現実の存在ではない」

その言葉に、矢野は眉《まゆ》をひそめた。

「翔平、ぼくの頭がおかしくなったと思わずに聞いてくれ。その若い男女は、いまの時代の人間ではなかった。西洋文明が取り込まれる前の時代の服装をしていた。徳川幕府の時代かもしれないし、秀吉か、信長か、そういった戦国の世かもしれない。そしてぼくに見えたのは、彼らがひどい拷問を受けている姿だった」

2

賢二の話が、突然あらぬ方向に飛躍したので、矢野は友の精神状態を疑う顔つきになった。

だが、そんな矢野の懸念をよそに、賢二は真顔でつづけた。

「女はとても整った、気品ある顔立ちをしていた。たぶん位の高い武家の妻かもしれない。そして、その美しさゆえに、彼女は不義密通を働いた。若い男はその相手だ。……ああ、わかっているよ、翔平、そんな顔で見ないでくれ。ぼくの話している内容が、いかに突拍子もないものか、自分でもよくわかっている」

相手の言いたいことを先回りし、よけいな反論を封じるため、賢二は早口になった。

「このふたりは姦通《かんつう》の現場を押さえられ、激怒した夫の命令によってリンチを受けることになった。それはそれはすさまじい拷問の数々だった。生爪をはがされる、尖《とが》った石の上に長時間座らされる、失神寸前まで水の中に頭を突っ込まれる、髪の毛を縛って吊《つ》り下げられる、顔を炎であぶられる……。ただし、怒り狂った夫は、直接自分では手を下さなかった。拷問の実行役は彼の使用人が請け負っていた。そして大名だかなんだか知らないが、位の高い武家の夫は、自分を裏切った妻とその愛人が苦しめられるさまを、歪《ゆが》んだ笑いを浮かべながらじっと眺めていた」

いまや賢二は、目の前に横たわる死体よりも、自分が見た幻影を説明することに夢中となっていた。

「拷問の連続で、ふたりが着ていた衣は、もうぼろぼろに破れていた。そして至るところに赤い血の染みが広がっていた。美しく結い上げていた女の髪はバラリとほどかれ、腫《は》れ上がった彼女の顔を半分隠しながら、胸や背中の半ばまで垂れている。まるで幽霊だ。男のほうは精神的なショックで目が落ちくぼみ、頬はこけ、それこそ髑髏《どくろ》に薄皮がへばりついているような形相になっていた」

「賢二、矛盾したことを言わないでくれ」

たまりかねて、矢野が口をはさんだ。

「幻覚か錯覚か知らないが、この家に入った瞬間、おまえが現実ではないものを見た。そのことじたい、おれには理解できない。いっしょにいたおれには何も見えなかったんだから。でも、百歩譲って、そうした現象があったと認めよう。しかし、賢二の目にそれが見えたのは一秒にも満たない、ほんの一瞬の出来事だった。おまえはそう言ったよな」

「ああ」

「それなのに、なぜ不義密通だとか、こんな拷問を受けたとか、そういう詳しい事情がわかるんだ」

「ふたりの姿が見えたのと同時に、いま話したような事情が、頭の中に飛び込んできたんだ。文字を介さないイメージで」

「そうじゃないよ」

矢野は、二重アゴをぶるぶると震わせながら首を振った。

「賢二は、いま勝手に自分で話を作っているんだ。おまえは、この腹に穴を開けられた奇妙な死体にショックを受けて、勝手に妄想を作り上げはじめているんだ」

「妄想なんかじゃない。ほんとうに情報が映像といっしょに、ぼくの頭に焼きつけられたんだ」

賢二は強い口調で言い張り、ペンライトの明かりを死体から同僚の顔に向け直した。

「その男女は数々の拷問を受けた末に、処刑されることになった。それも最悪の苦痛を伴う方法で、ゆっくりと地獄へ導くものだった。手足をがんじがらめに縛られたうえで、着物の裾《すそ》を割って、先端の尖った木の杭《くい》を尻《しり》に差し込まれた」

矢野が顔をしかめた。話の残酷さに、ではない。賢二の精神状態をひどいと思ったからだった。

「それから杭が真っ直ぐに立てられ、根もとのほうを地面に埋めて固定された。ふたりが向かい合わせになるように……。どんな状況か想像ができるか、翔平。ふたりは自分の体重によって徐々に杭を体内に迎え入れることになるんだ。尻の穴から口に向けて……。その凄惨《せいさん》な姿を、おたがいに見つめながら苦しむのだ。すさまじい懲らしめだよ」

「……」

「杭が途中で引っかかり、体重の重みだけでは足りないとなると、それぞれの身体に重りの岩がくくりつけられた。それによって、身体の沈み込みがまたはじまる。やがて杭の先端は彼らの内臓を突き破り、ついにはその先端が口から飛び出した」

「もうよせ！」

矢野は怒鳴った。

「おまえがそこまで精神的に弱い人間だと思わなかった」

「ぼくが……精神的に弱い、だって？」

「そうだよ。さっきまでは完璧《かんぺき》におれのほうが臆病《おくびょう》だった。こんなに寒いのに、冷や汗なのか脂汗なのか知らないが、顔がぐっしょり濡《ぬ》れるほど怯《おび》えていた」

額の汗を手の甲でぬぐいながら、矢野は言った。

「いまでもおれは、むちゃくちゃビビっている。けれども理性は保っている。だが賢二、おまえは完全におかしくなってしまった。この死体を見たショックで」

「いや、ぼくはおかしくはない」

「まともだったら、いまのような話ができるものか」

もうそれ以上おまえの言い分は聞かないぞ、といった態度で吐き捨てると、矢野は自分の携帯電話を取り出し、小さなボタンを押しにくそうにしながら、太い指で番号をプッシュしはじめた。

「どこにかけるんだ」

「決まってるだろう。会社で待ってる笠井さんにだよ。泥棒が電話してきた話は事実だった、と報告したうえで、警察に知らせる了解をとる」

「やめろ。警察にも笠井さんにも連絡をするな」

「そうはいかない」

かまわず携帯電話のボタンを押しつづける矢野に、賢二は冷たい声で言った。

「死ぬかもしれないぞ、翔平」

「え？」

さすがに矢野は、その言葉にボタンを押す手を止めた。

「なんて言った、おまえ」

「よけいなことをしたら、おまえが死ぬかもしれないと警告をしているんだ」

「まさか……」

あぜんとした顔で、矢野は自分より頭ひとつ低い同僚を見下ろした。

「この男を殺した犯人は、じつは自分だったと言うつもりじゃないだろうな」

「そうだったほうが、まだマシだろう。少なくともぼくは、友だちの翔平を殺すことはためらうだろうからな。でも、今回の相手はそんなものじゃない。それがカンでわかるんだ。この男を殺したのは化け物だ。だから、一切関わらないほうがいい」

「化け物だったら、もっと手際よく殺すと思うけどね」

矢野は、腹に三つの穴が開いた死体に向かってアゴをしゃくった。

「手足を動けないように縛り、口をガムテープでふさぐ。これは相手の抵抗を封じるために、いかにも人間が考えてとった行動じゃないか。腹に三つの穴を開け、その周りに大きな赤い円を刻みつけるという殺し方は異常極まりないけど、それでも人間のした行為に違いはない。幽霊や怪物のしわざなら、もっと常識はずれの殺し方になるはずだ」

「もう一回、見えるかもしれない」

「え？」

「もう一回、真っ暗にすれば、あれが見えるかもしれない」

虚ろな眼差しでそう言うと、賢二は矢野に向けていたペンライトのスイッチを切った。

真っ暗になった。

その瞬間だった。

「うわあああ、いるううう。そこにいるううう」

吐き出す息の白さもまったく見えない暗黒の中で、桜井賢二の絶叫が響きわたった。

3

奇怪な映画館の集団失踪《しっそう》から、まもなく丸一日が経過しようとしている土曜日の深夜十一時過ぎ――

チーム・クワトロのメンバーとリーダーの鷲尾康太郎は、ふたたび永田町にある秘密会議室に集合していた。

「予想していたこととはいえ、世間は大騒ぎだ」

プロジェクター用スクリーンを背にする定位置に座った鷲尾康太郎は、開口一番そう切り出した。

小柄でエネルギッシュな行動力から『豆タンク』の異名をとる鷲尾は、未明から今回の事件にかかりきりで仮眠もとっていなかったが、ほかの四人と同様、疲れた様子はまったく見せずに、張りのある声を出していた。

「三百七十四人という大集団が一斉にいなくなり、行方不明者の誰ひとりとして連絡がとれないだけでなく、消えたときの状況がまったくわからないことが騒ぎに輪をかける格好となっている。おかげで、現場にいた唯一の生き証人である劇場管理人も、いまや消失事件の最重要参考人にまつりあげられる始末だ」

「無理もないですね」

精神病理学のプロである水村淳子が言った。

「管理人が事実を述べていることを前提にすれば、信じがたい超常現象になるけれど、彼が嘘をついていたなら、これは一転して現実的な集団失踪事件になるわけですから」

「だが、彼が証言したとおり、上映中の劇場内で消えたのは事実です」

霊能者の難波鉄之進が、自信に満ちた口調で言った。

「三百七十四人は、スクリーンを通り抜けて別世界へ消えた。あの場に残留していた邪気が、それを証明しています」

「しかし、キャサリンの透視が今回はじゅうぶんには働いていないんだろう」

「そうなんです」

鷲尾の言葉に、キャサリンは表情を曇らせた。

「いくら現場で意識を集中しても、人の姿が見えてこないんです。イメージに浮かび上がるのは、黒い闇だけ……」

「それは、彼らが闇の中にいるという証拠ではないのかね」

「かもしれません。でも、その闇の位置が特定できないんです」

「ただ、今回の事件は『闇』というか『暗黒』がキーワードになっているのは間違いないと思います」

稲本俊太が言った。

「消えた連中が見ていた映画の題名が『トンネル』。そのフィルムは、なんとタイトル以外はすべて闇という、信じられない内容。そして、上映中の劇場は非常口灯の電気がすべて意図的に消されていた。つまり、上映フィルムも真っ黒で、わずかな照明もなかったというなら、館内は真の闇に包まれていたことになります」

「たしかに異常な試写会だ」

鷲尾がうなずいた。

「これでは四百人近い人間が、たんに闇を見つめるためだけに集まっていたことになる。彼らはそれを承知だったのか。それとも現場にきて初めて、そういう異様な上映会と知ったのか」

「ともかく現場が完全な闇であるならば……」

難波が言った。

「彼らが席を立って通路を歩きながらスクリーンのほうへ移動していった、というイメージは適切ではないかもしれないですな。ひょっとすると、座ったままの状態で、彼らはトンネルに吸い込まれていったのかもしれません」

「その『トンネル』という映画だが——あれを映画と呼んでいいものかどうかわからんが——いま警視庁の科学捜査研究所で、フィルムを詳細な分析にかけている。とりあえず肉眼で確認された状況としては、冒頭に白い手書き文字で『トンネル』という題名が約十秒ほど流れるんだが、それが闇以外に見える唯一の画像なんだ。映画と言いながら、スタッフのクレジットも何もなく終わる。もっとも、闇を撮影するだけなら専門家など必要ないということになるだろうが」

「ほんとうにタイトル以外は、ぜんぶ真っ黒なんですか」

淳子の確認に、「そのとおりだ」と答えてから、鷲尾はさらに補足した。

「上映時間五十七分、ひたすら闇だけが映っている。ただし、それは肉眼でフィルムを点検した結果であって、もしかすると人間の目では判別しにくい何かが映っている可能性も排除できない。それを科捜研で調べているところだ。しかし、おれとしては科学の目も信頼するが、うちの『ヒトミ』の能力も信じているからな」

鷲尾は、青い瞳の川上キャサリンに目を向けて言った。

「キャサリンが、あのフィルムがレンズをふさいで撮った闇ではなく、どこかのトンネルを撮影したものだと言うならば、その意見を尊重したいところだ」

「ええ、トンネルの中であることには間違いありません。土の匂いがしますから」

「土の匂いまで透視で感じられるものなのかね」

「透視といっても、必ずしも視覚的なイメージを読み取るだけでなく、音や匂いや温度や湿度を感じ取ることも含まれています。あの映写フィルムを手にしたとき、私はすぐにわかりました。フィルムが露光されていないから黒いのではなく、闇を映しているから黒いのだ、ということを。光が『無』ではないように、闇も決して『無』ではありません。そこにある物体を映し出す光の存在がないから、闇イコール『無』と錯覚しがちですけれど、真っ暗闇の中でも、決して物体の存在が消えるわけではありません。

空気も含めて、そこにある物体は、私たちの目に見えなくても存在するのです。ですから、光学的な視力に頼っているわけではない透視能力者には、闇だから何もわからない、という発想はありません。そして私は、あのフィルムが映しつづけた闇の中に、土の匂いや、湿気や温かさを感じ取ったのです」

「なるほど、視覚的に認知できないからといって、それがゼロを意味しない、というのは貴重なものの見方として心に留めておこう。……で、視覚以外の情報を透視したうえで、きみはあれをトンネルの闇だと判断したわけだね」

「はい。ただし、それがどこのトンネルなのかは、まだ読みとれませんけど」

「だが、完全なる闇ということは、撮影は夜間に行なわれ、しかもそこは照明の備えられていないトンネルであると推測できないかね。鉄道ならば、いまはもう列車が通っていない廃線トンネル。道路ならば、通行量が非常に少ない場所に掘られた、かなり古いトンネルではないかと思ったりもするのだが」

「まだ私にはなんとも言えません。ただ、土の匂いを強烈に感じるということは申し上げておきます」

「土の匂いが強烈、か……」

「ボス、質問なんですけれど」

鷲尾とキャサリンの会話がつづいているところへ、淳子がリーダーの注意を惹《ひ》くため、小学生のように手を挙げた。

「昨夜『渋谷フィルモ1』で試写会が行なわれたいきさつを、もういちど整理して教えていただけませんか。警視庁と渋谷署の捜査官たちが、だいぶ正確なところを把握しているんじゃないかと思いますけど」

「正規の捜査官ね」

鷲尾は——小柄な彼がやるとちょっと滑稽《こっけい》だったが——軽く肩をすくめた。

「たしかに我々特命調査チームは、正規の存在ではないわけだが」

自分自身、かつては正規の捜査官だった鷲尾康太郎は、複雑な表情だった。初代の『チーム4』も、その存在を極秘とされた捜査クルーだったが、それは民間からの特命捜査官起用というアイデアに反発する捜査官が大勢いるであろうという配慮があったためだった。

だが、新生チーム・クワトロは、まったく別の理由でその実態を公にできない事情があった。世間一般の常識からすれば非常にいかがわしいイメージで捉《とら》えられがちな、超能力者がメンバーの中にいるからだ。

天才ハッカーの稲本俊太と、精神病理学者の水村淳子なら、まだ説明のしようがある。だが、透視能力者の川上キャサリンと霊能者の難波鉄之進の存在は、ヘタをすればチーム・クワトロそのものの信憑性《しんぴょうせい》を失うことになりかねない。

だから、初代チーム4以上に、新生チーム・クワトロはその正体を徹底的に伏せられていた。それでも内閣情報室の傘下に置かれているということは、じつは超能力の存在が政府部内でも秘かに認められている証左でもあった。

「では、『スペシャルホラーナイト』と銘打たれた昨夜の試写会が、どのような段取りで行なわれたか、その説明をしよう」

鷲尾は、メンバー四人の中で「現実派」のほうに属する水村淳子に顔を向けた。

「じつは、『トンネル』の試写会を呼びかけるキャッチフレーズというのが明らかになっている。それはこういうものだった。『ようこそ、暗黒の怨霊《おんりよう》屋敷へ』」

五　嘘

1

同じころ――

メトロ・タイムス社の小さな応接室にこもっているふたりの男がいた。社会部デスクの笠井竜次と、その部下の矢野翔平である。

時刻は真夜中の零時に近づきつつあったが、社会部のフロアは、そんな時刻とは無関係に騒然としていた。例の集団消失事件を追いかけるため、社内だけでなく外部の契約記者も多数動員し、息子や娘が消えてしまった家族や捜査関係者への取材に特別態勢であたっていたからである。

外に散ったスタッフから、記事やデジタル写真が続々とメールで送られてくる。出先から帰社して直接報告をする者もいる。さらに新たな指示を受けて深夜の街へ飛び出していく者もいる。朝刊の締め切り時刻が刻々と近づいてきているため、記事のレイアウトを決める整理部の人間もピリピリして、あちこちで怒号が飛んでいた。前代未聞の事件発生は、マスコミを未曾有《みぞう》のスクープ合戦に駆り立てていた。

いったいどこの社が三百七十四人の行方を最初に見つけるか？

それは新聞、テレビ、週刊誌といったメディアの区別を超えた競争だった。もしもメトロ・タイムス社が特ダネ一番乗りを果たせば、東京にありながらローカル新聞と自嘲《じちょう》的に自らの立場を語っていた状況が一変する。

それだけに社の幹部もこれを対外的なイメージアップを図る千載一遇のチャンスとみなし、「何が何でも他社を抜け」と現場に檄《げき》を飛ばしていた。

そうした状況のもと、取材スタッフの指令塔となっているデスクの笠井は、目の回るような忙しさだった。だが、その喧騒《けんそう》の中で、矢野が出先から戻ってきたのを見つけると、笠井は急いで彼を小さな応接室に引っ張り込み、ドアを閉めた。

「それで、その後の賢二はどんな具合だ」

巨体を波打たせながらあえいでいる矢野が、その荒い呼吸を整える間も与えずに、笠井は問い質《ただ》した。

「さあ、早く言えよ、翔平。賢二はどんな調子なんだ」

鼻の下に生やしたチョビ髭《ひげ》が笠井のトレードマークだったが、その周囲には細かな汗の粒が浮かんでいた。集団消失事件取材の陣頭指揮を執って奮闘しているためにかいた汗でもあったが、もうひとつ、桜井賢二のことで精神的に緊迫しているせいでもあった。

「どうにもこうにも」

矢野は矢野で外の寒さとは無関係にびっしょりと汗をかいており、ハンカチを取り出して額の汗をぬぐった。そして、悲観的な表情を浮かべて答えた。

「一瞬のうちに別の世界に行っちゃったあと、そのまんま戻ってきません」

他のスタッフの手前、矢野も集団消失時事件の取材で一日中出払っていたことになっていたが、実際は違っていた。目黒区五本木にある賢二のマンションで、ずっと看病に付き添っていたのである。

「意識はあるのか」

「ありますよ。ちゃんとおれの顔も見ます。ただ、会話はしないんです」

「ずっと無言なのか」

「そうです。ひとこともしゃべりません。だから、おれのことを同僚の矢野翔平だと理解しているかどうか、それも不明です。お姉さんのことは、どうにかわかっているようですけどね。なにしろ、あの家を訪れた記憶がまったく欠落しているんですから」

「おれの指示を受けて動いたことは？」

「それもたぶん覚えていないんじゃないでしょうか」

「たぶん、じゃなくて、ちゃんと確認したのか」

「いま言ったでしょう。本人は会話ができる状況じゃないんですよ」

矢野は何度もハンカチで顔を拭《ふ》きながら、イライラした口調で説明をつづけた。

「目は開けているけれど、自分からしゃべろうとする気配がない。問いかけてみても何も答えない、その状況が一日中つづいているんです。でも、トイレに行きたくなったら、ちゃんと自分でベッドから起きあがって行くし、お姉さんが作ってくれたメシもきちんと食べるんです。少なくとも、食欲がないという状況ではありません。だけど、黙りこくったままなんです。不気味なくらいに」

「そういや、賢二の姉さんだが……」

応接の小さなテーブルをはさんで矢野と向かい合った笠井は、身を乗り出すようにしてきいた。

「彼女は、おまえの作り話に納得しているのか」

「作り話だなんて、人聞きの悪い言い方はやめてください」

ドア一枚隔てた社会部の大部屋を意識しながら、矢野は声をひそめて囁《ささや》いた。

「おれは笠井さんの指示どおりに嘘をついたんですからね」

「嘘も方便、という言葉があるだろう。必要悪だよ」

笠井はつっぱねるように言った。

「どうせかんたんに信じてもらえない話なら、最初から事実を伝えないほうがいいときもある」

「でもね、笠井さん」

汗まみれになったハンカチを片手に握りしめ、矢野は言った。

「嘘をついたり隠し事をしているのは、賢二のお姉さんに対してだけじゃないわけですよ。警察には何も知らせていないし、会社にだって」

「わかってるよ」

「こんな大事なことを、ほんとに隠しつづけていていいんですか。たれ込みがあったとき、笠井さんがすぐに警察に連絡しなかったから、事はどんどんややこしい方向へ行ってしまったじゃないですか」

「ぐちゃぐちゃ言うなって。済んだことをあれこれ言われても、過去を変えるわけにはいかないんだからよ」

「過去は変えられなくても、未来は変えられますよ。現在の判断ひとつで」

「気の利いたセリフを言うんじゃねえよ」

苦々しげに吐き捨てると、笠井はジッポのライターでタバコに火を点けた。

するとそれを見て矢野が片手を差し出した。

「おれにも一本ください」

「あれ、おまえ、禁煙していたんじゃなかったっけ」

「禁煙はやめました」

「いつ」

「たったいまです」

笑いも浮かべずに、矢野は言った。

「こんなことに巻き込まれたら、タバコでも吸わなきゃ、アタマおかしくなりますよ。できれば、酒も浴びるように飲みたいぐらいです」

「たしかにな」

笠井は、口元を歪《ゆが》めてうなずいた。

「おれもそういう気分だよ。ガーッと酒を飲んで、酔っぱらっちまって、何もかも忘れたい気分だ」

2

ふたりはしばらく無言でタバコをふかしていたが、小さな応接室の空気が紫煙で霞《かす》みがかってきたころ、ふたたび笠井が口を開いた。

「おれたちにとって、ある種の神風が吹いていることは確かだ」

「神風？」

「渋谷の映画館での事件だよ」

煙を吐き出しながら、笠井が言った。

「いま、日本にあまたいる報道関係者の中で、集団消失事件よりも関心のある出来事を抱えているのは、おれとおまえぐらいのものだろう。あの事件が起きていなきゃ、おれも賢二の一件に、まともに向き合わなきゃならないところだったが」

「ちょっと待ってくださいよ、笠井さん」

矢野は、上司の言葉尻《じり》をとがめた。

「それって、逃げているってことですか」

「とにかく、だ」

「………」

一瞬、笠井はむかついた表情になった。

が、すぐに呼吸を整えると、静かにつぶやいた。

「そのとおりだな。たしかにおれは逃げているかもしれない」

「何から、ですか」

「正直なところを言おう。おれは怖いんだ」

「笠井さんも……ですか」

「ああ、そうだ。おれを経由して警察に連絡をとろうとした翔平に、賢二は警告を発したそうだな。そんなことをすると、死ぬかもしれないと」

「ええ」

「そのあと、もういちど幻影を見ようとしてペンライトの明かりを消して真っ暗にしたとたん、賢二は、『いる、そこにいる』と叫んで、そして頭の神経がぶちんと切れた」

「いっしょにいるおれまで、どうかなってしまいそうでしたよ」

そのときのことを思い出し、矢野は新たな汗を額に浮かべた。

「自分の手も見えない暗闇の中で、賢二はすさまじい悲鳴を張り上げるし、不気味な死体は転がっているし、おまけにあいつがペンライトを落っことしてしまうから、すべてが手探り状態で……。賢二を引きずるようにして家の外に出るまでは、生きた心地がしませんでした。車に乗っけて彼のマンションへ連れ帰るあいだじゅう、おれは震えっぱなしでしたよ」

「おれもその話を聞いて、考えを改めた」

「どういうふうに」

「この一件は、人間の常識を超えた力が関与しているかもしれない、と思い直したんだ。人間の常識を超えた力、という言い回しは、渋谷の事件に関して各マスコミで使われまくっているけどな」

「笠井さん、おれ、ダメなんですよね」

「なにが」

「オカルト関係がです。幽霊とか亡霊とか死霊とか怨霊《おんりょう》とか、霊という字がつくものはぜんぶ苦手なんです」

「おれだってそうだよ」

「ほんとですか」

「こう見えてもな、気が弱いんだ」

笠井は、冗談めかして笑った。が、チョビ髭《ひげ》の端がピクピクとひきつって、泣き笑いのような表情になった。

それを見て、矢野は笠井の怯《おび》え方が冗談ではないことを知った。

「まず、一から話を整理しようや」

片手で口元をマッサージするようにこすって、表情筋の痙攣《けいれん》をなんとか収めたあと、笠井はタバコを灰皿でもみ消して言った。

「これから、おれとおまえは各方面に嘘をつきつづけなければならない。だから、事が表沙汰《ざた》になったときのために、ふたりで口裏を合わせておく必要がある」

「やっぱりそうするんですか」

「化け物に生命を奪われたくなきゃ、そうするよりないだろ。真実を話したら殺されるというなら」

「……そうですね」

「よし、それじゃ復習だ。事の発端は、きょうの夜明け前、午前四時ごろ社会部デスクにかかってきた一本の電話だった。声の感じからすると、四、五十歳の男と思われた。そいつは自分のことを泥棒だと語ったうえで、目黒区の五本木一丁目にある一軒家に忍び込んだら、とてつもない死体を発見したと告げてきた。彼が述べた死体の描写は省略するぞ。なんせ、おまえはその現物を見てきたわけだからな。そして泥棒は、問題の家がある詳しい場所を説明したうえで、一方的に電話を切った」

「なぜ、男は……」

「ああ、賢二もおまえと同じ質問をしてきたよ」

矢野が疑問をすべて言い終える前に、笠井はそれをさえぎった。

「なぜ、男は新聞社に通報をしてきたのか、というんだろ。その時点での、おれの推理はこうだった。泥棒に入った男は、そこで家人に見つかってもみ合いとなったんだ。そして殺してしまった。しかし、物盗りの罪は認めても、人を殺した罪は自分で認めたくないという心理があった。だからこそ、いかにも偶然殺害現場に踏み込んでしまったような嘘をついて、第一発見者を装ったんだ。ただし、警察に対してはそんな嘘は通用しないから、通報先を新聞社にした。……こう考えれば、よりによって殺人の被害に遭った民家に泥棒が忍び込んだという不自然な偶然も、うまく説明がつくだろう」

「いや、笠井さん、おれがききたいのはそういうことじゃなくて、男はなぜ笠井さんのデスクにかけてきたのか、という点なんです」

「ん？」

「かかってきたのは社会部デスクの直通でしょう」

「そうだよ」

「あそこの番号は、イタズラ電話を防ぐために社外秘となっているはずですけど」

「社外秘事項にもいろいろレベルがあってな。直通電話番号なんて、何かの拍子にかんたんに外部に洩《も》れるものさ。そもそもあの番号が社外秘だと認識していない連中だっているんだから」

「でも、なぜ泥棒がそんな番号を知っていたんですかね」

「…………」

「笠井さん、ほんとにそういう電話があったんですか」

「なんだ、翔平」

笠井は、目を細めて部下を睨《にら》んだ。

「すべてはおれの狂言だとでも思っているのか」

「ありえないことの連続を体験すると、逆になんでもアリと思うようになりますからね」

「……ってことは、男を殺したのはおれだと」

「そう仮定すれば、笠井さんが警察に通報したがらない理由も合理的に説明できる」

矢野は、禁煙を破った一本目のタバコを短くなるまで吸いつづけ、その先端を見つめながらつづけた。

「泥棒なんて最初から実在していない。泥棒からの電話なんて、かかってきちゃいなかった。そうだとすれば、笠井さんとしては、絶対警察なんかに通報したくないですよね」

「それで？」

「いいんですか、もっとつづけても」

「ああ、言えよ」

そのとき、応接室の外から「笠井さん」と呼ぶ女性スタッフの声がした。

「笠井さん、いらっしゃいますか。ちょっと原稿チェックしていただきたいんですけど」

「五分待ってろ。こっちも急ぎの打ち合わせをやってるんだ」

五分待ってろが、十分、十五分と待たせることになるのを承知のうえで、笠井は外の声に対して乱暴に返事をした。そして、ふたたび矢野に向き直り、アゴをしゃくって先をうながした。

「それで笠井さんは、賢二に電話を入れて、特ダネスクープのために泥棒の情報が本当かどうか見てこい、と指示しました」

矢野は言った。

「おれにもいっしょに行けと命令した。でも、それはおれたちに罪をなすりつける戦略だったんです」

「仮におれが殺人者だとして、動機はなんだ」

「さあ、それは知りませんね」

「腹に穴を開け、その周りに赤黒い円を描くような猟奇的な行為を死体にほどこした理由は」

「それはこっちがききたいぐらいです」

「おまえ、本気でおれを疑っているのか」

「本気でなきゃ、こんなに汗はかきません」

矢野は、色が変わるほど濡《ぬ》れたハンカチで、また額の汗を拭《ふ》き取った。

その様子をじっと見つめていた笠井がつぶやいた。

「よくわかったよ」

「何がわかったんですか」

「おまえも賢二の発作の影響を受けている、ということがだ。冷静な思考能力がどこかにすっ飛び、上司を殺人者扱いすれば、すべてが論理的になると思っている」

「そうなんだから仕方ないですよ」

「おまえを怒鳴り上げるのは、とりあえずやめにしてやる。口論などしている場合じゃないからな。しかし、ひとつだけ言っておこう。常識を超越した事件には、論理的な説明など存在しない場合がある、ということを」

鼻の下のチョビ髭《ひげ》に浮かんだ汗を指先でぬぐって、笠井はつづけた。

「渋谷の『集団神隠し』も常識を超えた出来事だが、おれたちが巻き込まれた事件は、それよりもっと常軌を逸したものかもしれない。奇妙な通報と無惨な死体——ここまでは、いくら状況が猟奇的であろうとも、まだ論理が通用する世界だ。腹に三つの穴を開けられ、それを赤い輪が取り囲んでいた死体も、何かの儀式を行なった結果かもしれない。

しかし、賢二の状況は、あまりに異常だ。問題の家に踏み込んだ瞬間、戦国時代か江戸時代に不義密通を犯した男女が拷問を受け、処刑される場面が見えたという。そして、その話を信じようとしないおまえに対し、真っ暗にすればまた見えるかもしれないと言って、ペンライトの明かりを消した。そのとたん、あいつは何かを見たと叫び、正常な精神状態を失った……これが論理的な現象と言えるか」

「………」

「この笠井竜次が、新聞記者でありながら殺人鬼という『ジキルとハイド』的な二重人格者だったとしても、賢二にそのような発作を起こさせることが可能だと思うか。しかもおれは、渋谷の事件のおかげで、ずっと社に貼りつきっぱなしだったというのに」

「まあ、無理……でしょうね」

「だろ？　翔平、おまえは自分で気がついていないかもしれないが、賢二が発作を起こした場にいたのは、おまえだけなんだぞ。ちょうど、泥棒がかけてきた電話を聞いたのが、おれひとりのようにな。この意味がわかるか」

笠井は、相撲取りの体型をいまだに残す巨体の部下をじっと見つめて言った。

「おまえがおれを疑うなら、おまえだっておれに疑われても仕方ない立場にあることを理解すべきじゃないのか」

「たしかに、そうかもしれないですけど」

「そう思ったら、少しは落ち着け。おれたちが疑惑の眼差《まなざ》しでたがいを見つめあっても、なにひとつ事は前に進まないんだ」

笠井は矢野を諭した。

3

「まず、認めなければいけない事実がひとつある。それは、桜井賢二の精神がおかしくなった、ということだ。それも、殺された人間が転がっている家の中で……。そのことがおれは怖いんだよ」

笠井の目には、演技ではない怯えの色が浮かんでいた。

「もしもおまえたちが、まともな精神状態で死体発見の報告をしてきたなら、おれは当初の予定どおり、スクープ原稿を書き上げたうえで、警察に事件を連絡していただろう。なぜすぐ一一〇番通報しなかったのかと刑事からこっぴどく叱られることになっても、おれは、『泥棒が死体を発見』という状況の物珍しさを、特ダネ記事とするつもりだった、と答えたに違いない。

だが、賢二がおかしくなったという緊急連絡をおまえから受けたとき、これは変だと思った。いきさつを聞けば聞くほど、賢二に何かが取り憑《つ》いた、という気がしてならないんだよ」

「取り憑いた？」

「そうだ。そして賢二が警告したように、その何かは、おれやおまえの生命を狙える能力を持っているのかもしれない。そいつが死者の怨霊ならば、すでにおれも、おまえも取り憑かれてしまった可能性だってある」

「やめてくださいよ」

矢野はブルブルと頭を振った。

「おれは霊はダメだって、言ってるでしょう」

「だからおれは、すべてを見なかったことにして、ひたすらやり過ごすしかないと思った。

賢二の姉さんに詳しい話をしたら、どうしたって警察沙汰《ざた》にならざるをえない。それは避けたかったんだ。だから彼女には申し訳ないけど、渋谷の映画館で起きた事件を取材に行こうとした途中で、賢二君の具合が急におかしくなったと、そういう説明にしろとおまえに命じたわけだ」

「あんな不自然な説明が、よくぞお姉さんに通じたものだと思いますよ」

矢野はため息まじりに言った。

「こんな嘘はすぐバレると思いながら、おれは話していたんですけどね」

「事実をありのままに話したほうが、よっぽど不自然だったし、翔平があれこれ疑われるハメになっただろう」

「そうかもしれませんけど」

「で、お姉さんは仕事を休んで弟の看病にあたっていたわけだな」

「ええ、週末もクッキングスクールの仕事があったらしいですけど」

「医者に相談した様子は？」

「ありません」

矢野は首を横に振った。

「お姉さんは、賢二が口を利いてくれるまで、仕事を休んでずっとそばに付き添っていたいと言ってます。賢二のことは自分がいちばんよくわかっているから、他人にはまかせたくないんだと。二十何年もいっしょに暮らしてきた自分より、精神科の医者のほうが弟のぐあいを理解できるなんて、ありえない。だから病院に行くのはムダです、と」

「そういや、あいつんところは両親が早くに亡くなって、子供のころから、姉ひとり弟ひとりでずっと暮らしてきたって話を聞いたことがあったなあ」

「そうなんですよ。だから姉さんは、賢二の母親代わりでもあるんです。何もしゃべらなくなった賢二を、おれが連れ帰ったときも、驚くというよりも落ち着いていました」

「ふうん……」

矢野の言葉に、笠井はちょっと解せない表情になった。

「落ち着いていた……か。それって、もしかして賢二には、もともとそういうケがあったからじゃないのか」

「そういうケとは？」

「以前から幻覚を見る傾向があったとか」

「笠井さん！」

矢野は声を押し殺しながら、強い口調で言った。

「あいつが危ないクスリでもやっているとでも言うんですか」

「だって、そう仮定すれば、不気味な心霊現象かと思えた出来事を、一気に現実的な世界に引き戻せるじゃないか」

笠井は、自分の着想に頼るように前のめりになった。

「これから死体を見るかもしれないという極度の緊張を抑えるためにクスリをやり、そのせいで最初の幻覚を見る。つぎに本物の死体をまのあたりにして、その恐怖で、いっそうひどい幻覚を見た。それらはすべてクスリのせいだったんだ。あるいは逆に、クスリが切れたせいかもしれない——そう考えれば、おまえさんの嫌いな死霊だの怨霊《おんりよう》だのを持ち出さなくても、今回の騒動は論理的に説明がつくじゃないかよ」

「………」

「姉も弟のその悪い習慣を承知しているから、賢二がおかしな精神状態で連れ帰られても、さほど驚かなかった。そして、薬物使用の結果だとわかっているから、医者にも診せようとしなかった」

「………」

「どうだ、翔平。すっかり黙りこくってしまったのは、おまえもそう思いはじめたからだろ」

「部長には、なんて報告するつもりなんですか」

笠井の質問には答えず、矢野は逆に問い返した。

「あの調子だと、賢二の症状は長引きますよ。取材で一日外なんてごまかしが利くのは、せいぜい明日まででしょう。そのうち部会もあるし、賢二がいないことを、いつまでも隠せませんよ」

「欠勤の言い訳なら、彼の姉さんに考えてもらえばいい。きっと弟のために、うまい嘘を思いついてくれるだろう」

「やめてくださいよ、笠井さん」

矢野はこわばった顔で言った。

「いま自分が思いついた発想に酔うのはやめてください。あいつがクスリの常習者だなんて決めつけるのは……。自分の部下を信じないんですか」

「わかってるよ。おまえらの友情は尊重する。ただし――話を元に戻すが――賢二の精神状態をおかしくさせた原因が怨霊のタタリであれ、やばいクスリであれ、おまえらが殺人事件の現場に踏み込んだという事実は、いまさら公にはできない。そのことを絶対に忘れるなよ」

「どこまでも、嘘をつきとおせ、ということですね」

「そのとおり」

「じゃあ、あの死体はどうなるんですか」

「そのうち誰かが見つけるさ。身内の人間か、異臭に気づいた近所の人間か。それで警察に通報がいき、警視庁記者クラブでの発表がある。そうやって表沙汰になったとき、初めておれたちは取材に繰り出せばいいんだ」

「スクープを狙って、おれたちに危ない橋を渡らせたデスクが、急にそういう心変わりをするんですね」

「危ない橋は渡らせても、危なすぎる橋は渡らせない。部下に対して、それぐらいの心遣いはする男なんだぜ、おれは」

そのとき、また応接室の外から笠井を呼ぶ声がした。

「ああ、わかった。いますぐ行くから……さてと、話はここまでにするが」

ビニール張りのソファから立ち上がると、笠井は最後に言った。

「ひとつだけ、おれの潔白を完全に証明するものを渡しておこう」

「何です」

「テープだよ。泥棒と名乗る男とのやりとりを録音したマイクロカセットだ。それを聞いてくれたら、少なくとも笠井竜次の自作自演による狂言説は撤回してもらえると思うのでね。モノはおれの引き出しにしまってあるから、取りにきてくれ」

そして笠井と矢野は応接室から出て、渋谷の集団消失事件で大わらわとなっている現場の喧騒《けんそう》に巻き込まれた。

だが、ふたりとも重大なことを忘れていた。

肥満体の男が殺されていた現場には、桜井賢二の指紋が付いたペンライトが落ちたままになっていたことを。

六　瞳《ひとみ》は訴える

1

翌、十一月二十九日、日曜日の昼——

事件発生から一日半が経過しても、消えた三百七十四人の行方はまったくつかめなかった。手がかりひとつない状態に、捜査当局は焦るというよりも、キツネにつままれた気分で呆然《ぼうぜん》としている状態だった。

時間が経つにつれ、テレビを主体とするマスコミは『集団消失』という言葉に代えて、『神隠し』という単語を多用するようになった。それは、三百七十四人の消えた原因が、超常現象であるかのようなイメージを強く与えるものだった。

そして現場の映画館には、テレビ各局が仕立てた「自称・超能力者」たちが、さまざまな服装で現れ、ある者は現場周辺で巨大な水晶玉を取り出し、ある者は円錐《えんすい》形のおもりがついた紐《ひも》を揺らし、またある者は唸《うな》りながら瞑想《めいそう》にふけった挙げ句、「彼らは異次元に消えた」「宇宙の果てにワープした」「火星にいる」「七百年先の未来へ飛んだ」といった突《とっ》飛《ぴ》なものから、「青木ヶ原の樹海を集団でさまよっている」「一般に知られていない地下鉄銀座線の引き込みトンネルにこもっている」といった現実味を帯びたものまで、さまざまな移動先をご託宣として述べたりしていた。

一方、きわめて現実的な物の見方しかしない捜査官たちは、劇場管理人が関与を一切否定しているにもかかわらず、実際には彼が真相を承知しており、謎めいた集団消失の仕掛け人のひとりに違いないとみて、昨日にひきつづいて、まるで犯人であるかのごとき厳しい事情聴取を行なった。

また、たとえ管理人が知らぬ間に三百七十四人がいなくなったとしても、それは彼らが自発的に失踪《しっそう》したとみるのが妥当だ、という意見が捜査陣の大勢を占めていた。なぜなら、それだけの大人数を本人の意思に反して誘拐し、別の場所に移動させるのは不可能だからである。

では、どのような理由で彼らは自発的に消えたのか？

それに対するいま風な答えとして最も有力視されたのが、「集団自殺説」だった。

見知らぬ者どうしが誘い合って死に至る自殺サイトが、二十一世紀のネット世界では、ひとつのコミュニティすら形成するまでの勢いで伸長していたが、『トンネル』の試写会というのは、じつは自殺サイトで知り合った者どうしが集まる暗黒の「オフ会」ではなかったのか、という疑惑が急浮上してきた。

ネット上で語りあうのを「オンライン」での交流と呼ぶならば、それと対極のポジションにあるのが、ネットで知り合った人間が直接会って顔を合わせる「オフ会」である。そのオフ会の会場となったのが渋谷の映画館であり、非常口灯も消された劇場内で、真っ黒な画面しか映っていない『トンネル』というフィルムを回すのは、静寂と暗黒に包まれた死の世界へ旅立つための儀式ではないか、という意見を述べた若い捜査官がいた。また、同様の見解をテレビのワイドショーで語る児童心理学者や社会学者も出はじめた。

謎の試写会に集まり、そして消えた人間のほとんどが、十代から二十代前半にかけての若者だったから、この仮説は非常に説得力があった。

その解釈は、捜査にあたる警視庁と渋谷署の面々にとっても、また事件を『日本最大規模の神隠し』としてセンセーショナルな報道を展開しはじめていたマスコミにとっても、すべてを合理的に説明するものであるように思えた。

ちょうど笠井竜次が、桜井賢二の発作と姉耀子のクールな反応を、薬物中毒というキーワードによって合理的に説明し得たと思ったように……。

そして捜査陣もマスコミも、集団自殺に最適な場所を必死になって探しはじめた。その候補地の中には、すでにテレビ局御用達の超能力者が指摘した樹海や、銀座線『幻の新橋駅』も含まれていた。

戦時中、新橋駅周辺に東京高速鉄道と東京地下鉄道の二社の路線が併存していた時期があり、その東京高速鉄道の新橋駅は、一年も使用されないうちに閉鎖されてしまった。そしていまは、営団地下鉄銀座線の車輛《しゃりょう》を留め置くための引き込み線として使用されている。現在の地下鉄銀座線は、渋谷方面から出て虎ノ門駅から新橋駅に向かうところでわずかに左へずれるが、それを直進する方向にも線路が引いてある様子を、先頭車輛に乗ると見ることができる。その先にあるのが、幻の新橋駅だった。

三百七十四人の消えた場所が銀座線ターミナル駅のある渋谷という街であっただけに、彼らが幻の新橋駅の地下トンネルを集団自殺の場所に選んだという説には、もっともらしい響きがあった。たとえ銀座線の渋谷駅が地下にはなく、高架にあったとしても。

そこで当該トンネルが早速点検されたが、いまも日常的に引き込み線として使用されているだけあって、そこからは消えた若者たちの「移動先」であることを匂わせる証拠は何も出てこなかった。

一方、青木ヶ原の樹海は、集団自殺を意図した若者たちが向かう終着地として高い可能性を持つ場所だった。

そのため山梨県警富士吉田警察署と警視庁が合同で、樹海の大規模な捜索活動を行なうことが決定された。その捜索は地上からだけでなく、自衛隊にも協力が要請され、専用機による空からの赤外線センサー熱探知で、人間が集団で樹海をさまよっている可能性をチェックすることになった。

だが、一方でチーム・クワトロはまったく別の方法で、消えた三百七十四人の行き先を追いはじめていた。

2

「これは圧巻ですね」

都内千代田区の一角にある十階建てオフィスビル――その三階にある一室に招き入れられた稲本俊太は、目の前の光景を見て、感嘆のため息を洩《も》らした。

「このぼくでも、持ち主ひとりひとりの存在を感じられるパソコンが、これだけたくさん集められたところは見たことがありません」

十階建てのこのビルには、一般企業とともに官公庁の外郭団体などが多く入っていたが、百人規模のスタッフが一堂で働けるほどの広さを持つこの部屋は、それまで情報機器系の企業が借りていたものだった。その企業が汐留《しおどめ》にできた新しい高層ビルへ移転を決めたため、ちょうど五日前に退去したばかりで空室になっていた。

その空き情報を得て、チーム・クワトロが急遽《きゅうきょ》、短期間借り受けることにした。ほとんどの設備は撤収されてあったものの、床に張りめぐらされた数百台分に対応するパソコン用電気配線がまだ残されており、それが今回の作業にぴったりだったからである。

そしていま、十二列並べられた細長い折り畳み式机の上に、デスクトップ型からノート型、ミニノート型に至るまで、種類もバラバラなら、メーカーもまちまちのパソコンが順不同で、総計百六十三台置かれていた。

百や二百という数のパソコンがワンフロアに並ぶ光景は、企業のオフィスに行けばあたりまえに見られるが、それらの用途はビジネスということで一貫している。また大型パソコンショップには、多種多様なパソコンが一堂に集められているが、それらはすべて未使用の新品か、デモンストレーション用の展示品である。

しかし、稲本俊太が目にしている百六十三台のパソコンは、生々しい存在感があった。

すべて個人がプライベートに使用しているのを借り受けてきたものだったからである。その所有者百六十三人は、いずれもあの映画館から消えてしまった人物だった——

「もういちど繰り返しになるが」

並べられたパソコンを観察しながら机の間をゆっくり歩き回るチーム・クワトロの四人に向かって、鷲尾康太郎は言った。

「一昨日から昨日にかけての真夜中、渋谷の映画館から消えた三百七十四人の内訳を再確認しておこう。まず、現場に残っていた招待者リストによれば、実際に映画館に足を運んだ一般来場者の数は三百五十七人。そのうち、ペアで招待された代表者の電話番号が明確に掲載されていた者が百五十九件。しかし、その全員がペアで訪れたわけではなく、ひとりできた者もいた。その一方で、電話番号を登録せずに携帯メールを連絡先とした者もいたようで、それらを合わせて、一般来場者は三百五十七人となっている」

「そういえば、彼らの年齢構成はどうでしたっけ」

と、水村淳子がきいた。

「そうした詳細なデータはないが、入場の際に立ち会っていた管理人によれば、ほとんどが十代から二十代の若者だったそうだ。男女の比率はだいたい半々らしい。

さて、消えた三百七十四人のうち、一般来場者以外の十七人の構成だが、主催者側の関係者と名乗る者が十六人いた。その顔ぶれは、ほとんどが大学生だった、と劇場管理人は語っている。残り一名はこの劇場専属の映写技師で、当日は時間給のアルバイトで映写を引き受けていたらしい。この映写技師だけは、四十七歳と年が行っている」

「その主催した大学生グループというのは、ようするにプロの映画関係者ではなく、シロウト集団なんですか」

「そのとおりだ」

淳子の質問に、鷲尾は答えた。

「警視庁の調べによって、彼らのプロフィールもだいぶわかってきている。どうやら彼らは、主催者と呼ぶには主体性に欠けた存在のようだ。というのは、彼らはアルバイトとしてイベントの実施を代行していたんだ。連中は都内の私立大学四校が合同で作った『バウワウ』というイベントサークルのメンバーで、飲み会にディスコ……いや、いまはディスコとは言わんのかな、クラブか、それにスポーツやら旅行やら、ようするに遊びのことならジャンルを問わずに集まって騒ごう、というグループだ。

その彼らが自分たちで『トンネル』なる映画の試写会を仕掛けたのではなく、例の奇妙な名前の監督『渦波魅伊里』と名乗る人物から委託を受けたイベント代行業務だったらしい。つまり金をもらって、監督の依頼どおりに試写会の参加者募集を仕切るだけの役回りだった」

「では、監督の正体を学生たちは知っていたんですね」

「それが、そうでもないらしいんだ」

鷲尾は否定的に首を振った。

「試写会に参加しなかったため神隠しにあわずにすんだ学生によれば、イベント代行をリーダー役で請け負ったのは四年生の田村雅人《たむらまさと》という男らしいが、彼は今回のイベントの依頼人に関して一切詳しいことを語らなかった。いや、詳しく語ることを依頼人から禁じられていると周囲に話していたらしい」

「………」

淳子が鷲尾をじっと見つめ、ほかの三人も話のつづきを待った。

「正体不明の監督が田村に頼んだことは、劇場のレンタル手続きと、イベントサークルが運営する携帯版ホームページでの『トンネル』試写会への呼びかけ、そして当日の会場の仕切りだった。あの『渋谷フィルモ1』という劇場は、若者への認知度を高めるために、商業映画の最終上映のあと、自主映画の上映などにスペースをレンタルすることをしばしば行なっており、『バウワウ』を構成する私立大もよく利用していたので、『スペシャルホラーナイト』と題した試写会にかける映画は、ろくに内容もチェックしないまま、劇場の使用許可を出していたようだ」

「お金は？」

また淳子がきいた。

「劇場使用料などの経費や報酬は、当然前金でイベントサークルに支払われていたんでしょう」

「そのとおりだ。たしかに『バウワウ』名義の銀行口座に振込の事実があった。それは渋谷駅前のATMから現金によって送金された」

「当然、防犯カメラに映っていますよね。送金者の顔が」

「鋭いねえ、水村君」

鷲尾は、つねに理詰めで物事を考えていく美貌の精神病理学者に向かってニヤッと笑った。

「ついさきほどその画像が入手できたので、そいつを諸君らに見せようと思って持ってきたところだよ」

鷲尾は手にしたファイルケースから一枚の写真を取り出し、机の空いているスペースに置いた。それを四人が取り囲む。

「ほう、男なんですか」

霊能者の難波鉄之進が、やや意外そうにつぶやいた。

「私はなんとなく、試写会の首謀者は女ではないかという気がしていたが」

「私もです」

と、透視能力者の川上キャサリンも言った。

超能力を持つふたりが揃って首謀者を女性と予想していたことに、鷲尾は一瞬、意外そうに眉《まゆ》を吊《つ》り上げた。

が、稲本俊太と水村淳子は、とくにコメントを差し挟まなかった。

引き伸ばされた白黒写真に写っていたのは若い男で、女性が男装している可能性は、まずない。年齢は二十代後半とみられ、セーターにジーンズというラフな格好だった。防犯カメラの映像としては、顔はかなりハッキリ映し出されているほうだった。

「いま国民にとって最大の関心事となっている集団消失事件だから、この画像はまもなく公開される予定だ。これだけ明瞭《めいりょう》なら、この人物に関する情報提供者も多いだろう」

「この男が田村というサークル代表本人だということはないんでしょうね」

「きみは名探偵の素質があるな、淳子。考え得る可能性をつぎつぎと先回りしていく。だが、それはもう確認済みだ。消えた田村雅人とは、似ても似つかぬ顔立ちだ。……さてと、鷲尾は、改めて百六十三台のコンピューターを見渡した。

「いま言ったように、試写会の申し込みは携帯サイトを通じて行なわれたが、田村も含め、全員が携帯電話を持ったままいなくなっている。しかし、三百七十四人のうち百六十三人の自宅からパソコンを回収することができた。これは警視庁が人海戦術でやってくれたおかげだが、消えた若者たちの家族も、行方を知る手がかりになればと積極的に協力をしてくれた。そこでネットウォーカーにお願いをしたいのは……」

鷲尾は、稲本俊太をコードネームで呼んだ。

「これらパソコンの多くは、勝手に他人が動かせないよう起動パスワードが設定されているが、それを解除し、ハードディスクに記録された中身から事件解明のヒントとなる情報を探し出してほしい。『トンネル』の試写会が、捜査本部が考えているように、計画的な集団自殺の前座儀式として行なわれたものだったら、必ず彼らは横のつながりがあるはずで、そうした連絡にはケータイよりもむしろパソコンのメールを使っている可能性のほうが大きい気がする。それから自殺系サイトなど、関連したホームページをネットサーフィンしている履歴も残っているかもしれない。それらを手がかりにして連中の行方がつかめるチャンスもある」

「話を先に進めるが……」

「その作業をぼくひとりで?」

俊太がきくと、鷲尾は当然という顔でうなずいた。

「大変なのはわかるが、きみのセンスに賭《か》けているんだ。必要とあれば、ベッドを運び込む用意もする」

「まずはコーヒーですね、欲しいのは」

俊太は、もうやる気になっていた。

「それから仙人とヒトミは、このパソコンの集合体から、きみらなりに読みとれるものを探してくれ」

鷲尾は、超能力コンビのふたりに違った切り口からのリクエストを出した。

「これらのパソコンは、すべてプライベートの目的で使われている。いまさらきみらに説法をするつもりはないが、これらは所有者の分身といってもよい。つまり、個人情報を濃密に蓄えた百六十三台のパソコンが並べてある状況は、きみらにとっては、その所有者百六十三人がこの場に勢揃いしているのと同じ意味を持っているはずだ。だからネットウォーカーとは別の次元で、パソコンと対話をしてほしいのだ」

「もうはじめていますよ、主任、対話というやつをね」

難波がそう言うと、

「私もです、ボス」

と、キャサリンも同じように応じた。

すでにふたりは、それぞれ別の場所からパソコンの列の間をゆっくりと歩きはじめ、常人には感じることのできないデータを得ようと、精神の集中に入っていた。

そして俊太も最初のパソコンの前にパイプ椅子を引き寄せて座り、電源を入れて作業にとりかかろうとしていた。

「どうやら、彼らの集中を妨げないほうがよさそうだな」

三人の部下が早々に仕事をはじめたのを満足げに見やってから、鷲尾は残るひとりの水村淳子に、いっしょに部屋の外に出るよう、目でうながした。

3

そして廊下に出たところで、小柄な鷲尾は、自分よりはるかに背の高い、モデルのような体型の淳子に向かって言った。

「ビューティー、きみに依頼する任務は、そのコードネームにふさわしい内容となるかもしれない」

「お色気スパイなんて、やらせないでくださいね」

目元に笑みをたたえて淳子が言うと、鷲尾は平然とした顔で答えた。

「それを頼もうと思っていたところなんだがね」

鷲尾は胸ポケットから一枚の写真を取り出した。

それは、三十代後半とみられるサラリーマンの顔写真だった。濃い眉毛に、青々とした髭《ひげ》の剃《そ》り跡が口元からアゴにかけて目立ったが、どんぐりまなこと低い鼻、そして分厚い唇といったパーツによって、どちらかといえばコメディアンのように滑稽《こっけい》な印象を他人に与える顔立ちになっていた。

「誰ですか、これは」

「だから言っただろう。きみの見合い相手だ」

「ボス、そういう悪い冗談を言っている場合ではないのでは？」

「おれの悪い癖でね」

鷲尾は、下唇を突き出すようにして大きな目を見開いた。

それからすぐに真面目な表情に戻って言った。

「男の名前は大久保英雄、年齢三十八歳。都内の中堅金属機械メーカーに勤める営業マンだ」

「この男が、渋谷の事件と何か関係が?」

「ある」

短く言い切ってから、鷲尾は語尾をつけ加えた。

「……かもしれない。じつは大久保の同僚で、警察にこっそりと彼に関する情報をもたらした人間がいるんだ。この写真まで添えてね。『渋谷の映画館で集団消失事件がありましたが、映画のタイトルが《トンネル》であったと報道で知り、気になったので連絡をします。その件で、私の同僚に起きた事件を調べてほしいのです』と」

「………」

「もう少し詳しく話そう」

コンピューター分析の作業にとりかかっている三人がこもっているドアからゆっくりとした足どりで離れながら、鷲尾は淳子をエレベーターホールのほうへ導いていった。

「情報を寄せてきたのは、同じ会社で大久保と同期になる横田浩という男だ。彼によれば、ことしの六月、名古屋へ出張のために大久保といっしょに新幹線に乗ったところ、のぞみ号がちょうど新丹那トンネルに差しかかったところで、大久保がすさまじい発作を起こしたというんだ」

「新丹那……トンネルで?」

「そう、トンネルで、だ」

鷲尾は、その言葉を強調した。

「東京駅から乗ってしばらくはおかしな様子もなかったのに、新丹那トンネルに入ったところで、突然すさまじい悲鳴を上げ、ガラス窓に頭を何度も打ちつけたかと思うと、『くるな、くるな、白目をむいてあいつがやってくる』と大声で叫びはじめた。『目を閉じても見える。もっとはっきり見える』とも言ったそうだ。そして、またすさまじい絶叫を放った。繰り返し、繰り返し、恐怖の叫びを発しつづけたんだ」

「幻覚ですか」

「それがはっきりしないらしい。ともかく新幹線の車内は大騒ぎになってな。車掌も駆けつけ、名古屋に着くまで待つ余裕がないと判断し、静岡駅にのぞみ号を緊急停車させ、待ち受けた救急車で病院へ搬送した」

「それで、いまは？」

「その翌日、都内の精神科に移されたあと、現在に至るまで入院しつづけているとのことだ。ときどきうわごとのように『トンネルが怖い』とつぶやくほかは、ほとんどまともな会話を交わすことはできないらしい」

「大久保さんに、家族はいるんですか」

「いる。結婚八年目になる夫人と、小学校一年の娘に幼稚園年少組の息子だ。子供たちはまだ父親の状況を理解していないが、奥さんは大変なショックを受けて、こちらも精神科でカウンセリングにかかっているらしい」

「情報を寄せてきた同僚は、大久保氏の発作と渋谷の事件とが、トンネルという要素でつながるのではないか、と考えているんですね」

「そうなんだ。横田に言わせれば、大久保の発作はトンネルと無関係ではないように思える、と」

「わかりました。その任務、すぐにお引き受けします」

「頼んだぞ。きみの精神病理学者としての腕の見せどころかもしれない」

そして鷲尾は、ただちに大久保の入院先へ出かけようとする淳子のために、エレベーターのボタンを押した。

そのときだった。

「ボス、いますか。鷲尾主任！」

大きな声を出しながら、川上キャサリンが扉を勢いよく開けて廊下に出てきた。

鷲尾と淳子が同時にふり返った。

「どうした、キャサリン。もう何かつかめたのか」

「部屋に戻ってください。大変なことが起きています!」

4

飛び込んだ鷲尾が目にしたのは、呆然《ぼうぜん》とした顔で立ちつくしている稲本俊太と、白い鬚を震わせて「おお、おお」と、うめき声を上げている難波鉄之進の姿だった。

「何が起きたんだ」

「これをごらんください、鷲尾主任。みなが悶《もだ》えておりますぞ、助けてくれ、助けてくれ、と苦しみの声を上げておりますぞ」

難波は長く伸ばした白髪を揺さぶりながら、その場の空気を両手でかき回した。

だが、並べられたパソコンの背中側から近づいてきた鷲尾には、いったい何が起きたのか、まだ見えていない。

「おお、なんという苦しみよう。彼らはまだ死んではいない。生きております。生きてはおりますが、しかしまもなく最悪の死が訪れようとしている。耐えがたい苦悶《くもん》の末に、彼らは人生の最後を迎えねばならないのです」

仙人の風貌《ふうぼう》をした難波が芝居がかった言い回しをする横で、俊太は呆然となっていた。

「ぼくはまだ、たった一台にしか手をつけていないんです」

俊太が言った。

「それなのに、勝手にこんな現象が……」

デスクトップ、ノート、携帯ノート——さまざまな大きさと、さまざまなメーカーのパソコンは、電源コードこそすべてつながれてあったが、俊太が電源を入れて起動させたのは、目の前にある液晶デスクトップPCの一台のみだった。

それなのに、残り百六十二台のコンピューターがつぎつぎと勝手に自分で電源を入れはじめていた。その順番に法則性はない。あちらのパソコンが点《つ》けば、こちらのパソコンが点く、というふうに、アットランダムに画面が輝きはじめていた。

しかも、ウィンドウズのパソコンもマックのパソコンも、通常の起動手順を踏んでデスクトップ画面を表示するわけではなかった。電源オンと同時に、まず真っ白な画面が輝き、つづいてそれが光を失って黒くなり、やがてその闇を背景に、苦しみに歪《ゆが》む人間の顔が浮かび上がってくるのだ。

「これは……」

机を回り込んで画面が見える側に移動したとたん、鷲尾は絶句した。

勝手に起動したパソコン画面には、若い男もしくは若い女の顔が大写しになっていた。

どれひとつとして同じ顔はない。どの若者も、恐怖映画でよくあるように、下から照明を当てられ、すさまじい形相を作っていた。

しかもそれらは静止画像ではなかった。ある者は髪の毛を激しく振り乱し、ある者は両方の眉がくっつくかと思うほど顔に皺《しわ》を寄せ、ある者は歯ぐきをむき出しにし、またある者は白目をむき、ある者は口から泡を吹いていた。

音声はまったく出ていないが、難波のような霊能力がない鷲尾にも、地獄のうめき声が聞こえてきそうな映像だった。

「これはもしかして……それぞれのパソコンの持ち主なのか」

「たぶん」

と、短く俊太が答えた。

その間にも、パソコンがランダムに点灯してゆく現象はつづき、ついに百六十三台のモニターすべてに、その所有者の苦悶する表情が映し出された。

それは百六十三個並んだ生首だった。

「なんと言ってるんだ」

難波とキャサリンを交互に見ながら、鷲尾がきいた。

「彼らは、なんて叫んでいるんだ」

「トンネルだ、と……」「トンネルの中にいる、と……」

難波とキャサリンが同時に答えた。

彼らは、おたがいに同じことを口走っても、少しもそれを不思議とは思っていなかった。

「しかし、どうしてこんなことが」

鷲尾は猛烈な寒気を覚えていた。

「どうしてこんな現象が、現実に起こるんだ」

「それはかんたんなことですよ」

百六十三の顔が激しい苦痛に悶える姿を見つめながら、難波が言った。

「宇宙の真理も、人間の真理も、我々の常識の外にあるメカニズムで動いているからです。時間の真理も、空間の真理も、アインシュタインがひねり出した概念などとはまったくかけ離れたところにあるからです。

生意気を言って恐縮ですが、科学というものは、人間の知恵の範囲内で成り立つロジックにすぎないものでありましてな、数学でいえば実数の世界です。しかし、ほんとうの真理は虚数的世界にある」

「虚数的世界？」

「ご承知のとおり、掛け合わせてマイナスになるのが虚数ですが、では目に見える形で虚数の姿を描けと言われても、それはできない。人間にはイメージできないのです。そこに人間の頭脳の限界がある。かろうじて数学では i という文字を用いてそのコンセプトを表現しておりますがね。

同様に、『宇宙の果てはどうなっているか』という問題が解決できないのも、『内』と『外』なる概念の限界にぶち当たっているからです。つまりこういうことです」

長く伸ばした白い鬚を片手でしごいてから、難波はつづけた。

「私たちは自分の身体について、体内と体外の区別はかんたんにつけられます。その私たちがいまいる部屋において、室内と室外の区別も容易です。さらに、この十階建てビルの建物の内外の区別もかんたんたん。同様に、千代田区内と千代田区外、東京都内と東京都外、日本国内と日本国外、地球内と地球外、太陽系内と太陽系外、銀河系内と銀河系外……ここまでは、なんとかなる。銀河系の内外の区別なんて実際に目で見られるわけではないが、想像図は描けるわけです。

ところが、宇宙の内と外となると、どうにもならなくなる。宇宙物理学の専門家が必死にモデルを考えても、それは常人が理解するものとは程遠い。宇宙が膨張するといっても、外に向かって膨張するイメージしか我々は想像できない。しかし、宇宙の外があるならば――たとえそれが『無』であっても――どこかに宇宙との境目がなければいけない。それを思い描くことができないのが、人間の限界というものなんです。決して、宇宙の巨大なスケールが想像力の限界を超えているからではない。『内』と『外』の概念の不完全性が露呈しただけなのです」

霊能者でありながら、難波の語る言葉は哲学的だった。

「いま、ひとりの人間における体内と体外の区別はかんたんだと申し上げましたが、じつはそれも真ではない。宇宙の果てをイメージするのと同様にむずかしいのです。私たちの身体を素粒子のレベルにまで分解していけば、けっきょく周囲の空気との区別がどこにあるのかわからなくなるわけですから。しかし私たちは、自分の身体と周囲の空気の区別がつかない、なんて概念は絶対に認めません」

「あたりまえだと思うがね」

「あたりまえなら、こんな現象は起きませんよ」

モニターの中で蠢《うごめ》く百六十三人の顔を見渡してから、難波鉄之進は鷲尾に言った。

「じつは、私の身体とあなたの身体の間には、障壁というものはないのです」

「おれとあんたの間に障壁がない？　ほんとかよ」

「ええ、ありません」

難波はきっぱりと言い切った。

「宇宙に存在するものすべてにおいて、内外の区別というのは一切ない。宇宙そのものと同じように、です。内外の区別がないということは、境目もないということです。これが、宇宙の果てをいくら考えてもイメージできない理由のひとつです」

「そんなことを言われても、はいそうですか、と納得するわけにはいかんな」

「ごもっともです。けれども私やキャサリンは、その概念を受け入れているから、いわゆる『超能力者』と呼ばれているわけでしてね。つまり、虚数的真理の世界を思い描けるのです。それゆえに私は霊的世界を感じることができ、キャサリンは空間的距離に関係なく透視ができる」

難波がそう語っているときだった。

「ボス！」

少し離れたところで、気味悪そうにモニターのひとつを見ていた水村淳子が悲鳴を上げた。

「見てください！　これ！」

最初は、淳子の目の前にあったパソコンの顔に変化が現れた。その変化が、ほかの画面にも伝わっていった。

いままで悶《もだ》え苦しんでいた若い男女の顔が、急にその動きを停止し、能面のように無表情になった。と、いきなり彼らは、両手の親指と人差指を使って、左右のまぶたを上下に大きく開いた。

百六十三人全員が自分の両眼を指で大きく開くと、百六十三台のパソコンすべてが、こんどは一斉に動きを揃えて、両眼をクローズアップにした。

飛び出しそうな眼球が画面いっぱいに大写しとなり、赤い毛細血管が走る白目の真ん中に、瞳《ひとみ》がぽっかりと洞窟《どうくつ》のような口を開けていた。

それはまるでトンネルの入口に見えた。

そのことに、鷲尾康太郎とチーム・クワトロの四人が同時に気がついた。

「これはトンネルじゃないですか」

稲本俊太が真っ先につぶやいた。

「ああ、たしかにトンネルだ」

鷲尾も同じ言葉を洩《も》らした。

画面のすべてを占領するまで拡大された百六十三人の両眼——三百二十六の瞳は、まさしく黒い口を開いたトンネルだった。

そしてトンネルとは、彼らが忽然《こつぜん》と消え去った映画館で上映された、ひたすら闇だけを撮りつづけた謎の作品のタイトルである。

「ちょっと！　トンネルの中をよく見てください、ボス！」

淳子が画面に顔を近づけて叫んだ。

無意識のうちに彼女は、大写しになった瞳を『トンネル』と呼んでいた。

「トンネルの中に何かがいます」

「何かがいる？」

「人影です」

「ほんとだ」

稲本俊太も、自分の前のパソコンモニターに向かって大声を張り上げた。

「瞳の中に人間の姿が映っています。たぶん、これは女ですよ」

「……ああ、そうだな。おれにも見えるぞ」

鷲尾は細長い机の前を横に移動してゆき、並べられたパソコンのモニターを順番に覗《のぞ》いていった。

「たしかに、どの瞳の中にも同じ人影が映っている。これはどういうことなんだ」

「彼らは同じ女を見ています」

川上キャサリンが言った。

「同じ女？」

「はい」

青い瞳のキャサリンが、黒い瞳の中の人影を凝視して断定した。

「ここに集められたパソコンの所有者だけでなく、映画館から消えた三百七十四人全員が、この同じ女を見て苦しんでいるのです。そのことを私たちに訴えようとして、彼らは自分の瞳を大きく見開いているのかもしれません」

「で、何かわかるのか、キャサリン。このシルエットだけの女に関する情報が」

「たぶん、彼女が渦波魅伊里です。トンネルという隠しネームを持つ監督です」

「彼女が……監督？」

「そうです。延々とトンネルの闇を映しつづけた監督です」

「だが、学生グループにイベント委託費用を振り込んだのは男だったろう。ＡＴＭの防犯カメラに記録されていたのは」

「でも、あの全編闇だけの映画を撮ったのは、いま、彼らの瞳に映り込んでいる女です。間違いはありません」

「だったら、もっと読みとれんか。その女に関する情報を」

「金魚」

「え？」

「真っ二つに切断された金魚の死体が見えてきました」

立ったまま前屈みになって画面に見入っているので、キャサリンのダークブラウンの前髪が、白い額から離れて揺れていた。

「どういうことだよ、それは」

「説明ができません。女の正体を読み取ろうとすると、切断された金魚のビジュアルが見えてくるんです。その季節は夏です」

「季節って」

「金魚が切断された季節が夏なんです。蒸し暑い空気が感じられます。なにかにぎやかな音も聞こえてきます。たぶん、夏祭りのお囃子《はやし》」

「………」

「私には穴が見えますな」

鷲尾がキャサリンの言葉を頭の中で消化しきれずにいると、代わって難波鉄之進が抽象的なことをつぶやきはじめた。

「穴といっても、いま画面に映し出されたトンネルのような瞳とは別の穴です。比喩《ひゆ》的に述べる穴ではなく、実際の穴です。しかし、どうも妙に生臭くていけない。耐えられませんな、この匂いは」

難波は表情を歪《ゆが》めた。

「なにやらヌメヌメとした感触を持った穴です。そして、その穴の中にネズミがいる」

「穴の中にネズミが？」

鷲尾は眉をひそめた。

「ええ、ちょろりと尻尾《しっぽ》を覗かせたネズミです。そいつが三匹。生きてはいない。死んでおる」

「あんたとキャサリンの言葉を理解するには、どうやら専門の通訳が入り用だな」

「いや、私は自分に見えたままをお伝えしておるだけなのです、主任」

難波が淡々とした口調で言った。

「超能力者と一般人を結ぶ通訳者がいたとしても、私がいま語った以上の中身を主任にお伝えすることはできないでしょう。この女のシルエットと二重露出になる形で、私には悪臭を放つ穴の中で死んでいるネズミの姿が見えるのです。三匹のネズミです」

「三匹のネズミが、死んでいる？」

「そうです。……いや、お待ちください。違いますな。ネズミに似ているが、ネズミではない。齧歯類《げっし》であることは確かだが、ネズミとは異なる生き物かもしれません。ただ、私はその方面に詳しくないので、名前は出てきませんが」

「キャサリンは真っ二つに切断された金魚が見えるといい、仙人はネズミのような動物が穴の中で三匹死んでいるのが見えるという。それが、瞳の中に映された映画監督に関連した情報だというのかよ。まいったね」

モニターに映る飛び出しそうな眼球を見つめたまま、鷲尾はため息をついた。

「おれには何が何だかサッパリわからん」

と、そのとき、いままで無音だったパソコンのスピーカーから、突然、男女の大合唱が響いてきた。

「助けてください。暗闇が怖いんです」

身を屈めてモニターを見ていた鷲尾は、びっくりして、反射的に背中を反らした。

俊太と淳子も、驚いて身を引いた。

難波とキャサリンだけは落ち着いていたが、表情には緊張の色を浮かべていた。

「目を閉じると、アレが追いかけてくるんです」

百六十三人がそれぞれの声で、まったく同じセリフをまったく同じ速さでしゃべっていた。

「助けてください。私たちは、いまトンネルの中にいます」

しかし、画面は彼らの両眼をアップにしているだけで、口の動きは映っていない。そのために、まるで彼らの目が口の代わりに言葉をしゃべっているようだった。

「助けてください。暗闇が怖いんです。目を閉じると、アレが追いかけてくるんです。助けてください。私たちは、いまトンネルの中にいます」

三百二十六の瞳は同じ訴えを繰り返した。

「録音しろ、俊太！」

鷲尾が指示を飛ばした。

「そこのパソコンを使って、いまの声を記録するんだ」

「了解」

だが、俊太がキーボードに手を出す前に、突然、パソコンがフリーズした。俊太の前に置かれたものだけでなく、百六十三台のパソコンすべてが一斉に動きを止めた。

指先で大きくまぶたを見開いた三百二十六の瞳が、画面に大写しとなった状態で動かなくなった。

その凍りついた瞳の中で、女のシルエットだけがゆっくりと動き出した。『トンネル』の奥のほうへ向かってゆっくりと。

そして十数秒のうちに、それは瞳の奥の闇に溶け込んだ――

七　氷雨降る暗い午後

1

集団消失事件発生から三日目。十一月三十日、月曜日の昼――

メトロ・タイムス社の社会部記者、矢野翔平は、目黒区五本木にある桜井賢二のマンションへ向けて車を走らせていた。

もちろん目的は、賢二のその後のぐあいを確かめるためである。それはデスクの笠井からの指示でもあった。

昨夜は一時的に、笠井があの殺人に関与しているのではないかと疑ったが、マイクロカセットテープに録音された電話のやりとりを聞いてみると、たしかに泥棒と名乗る人間が社に電話をかけてきて、笠井が言ったとおりの会話を交わしていた。

それが確認できたので、笠井への疑惑はとりあえず打ち消すことができた。しかし、自称「泥棒」が通報してきた内容をそのまま鵜呑《うの》みにはできなかった。

なんといっても、盗みに入った家の玄関がたまたま開いていて、踏み込んでみると室内に死体があったといういきさつは、あまりにも偶然が重なりすぎていた。だから矢野は、太った初老の男を殺したのは笠井に通報してきた「泥棒」自身だと、いまはそう考えていた。笠井が推測していたのと同じように。

それにしても、あの死体が発見されたという情報がまだどこからも出てこないのが落着かない気分だった。いくら冷え込みのきつい日がつづいているといっても、死体の腐敗が止まるわけではない。腹に三つの穴が開き、その周囲を赤い輪が取り囲んでいる奇妙な死体は、刻々と見苦しい方向へ変化を遂げているはずなのだ。

（もういちど、あの家へ入れとデスクに言われても、それは絶対にできないな）

室内の状況を想像しただけで、矢野は身震いがした。

妙な心境だった。まるで自分自身があの男を殺したような気分だった。その悪事がいつ露見するのかと、そわそわしている殺人者の気分だった。

賢二のマンションへ向かって車を走らせているということは、あの家のそばも通らなければならない。だが矢野は、あえてそのコースをはずし、遠回りをして同僚の家に向かった。

到着したのは午後一時。空はどんよりと曇っており、肌を刺す北風がいちだんと強まっていた。おまえは脂肪のコートを着ているから寒さなんて感じないだろう、と、賢二は冬場になると矢野をよくそうからかっていたが、この日の寒さは格別だった。

賢二のマンションの来客用駐車スペースが空いていたので、そこに車を停めた矢野は、建物の中に入るまでのわずかな移動距離の間もコートを着ることにした。

頭上の電線が、北風を受けてヒューヒューとうなりを上げていた。灰色をした雲の群れがものすごい速度で北から押し寄せてきて、それが重なって濃さを増してゆき、いまにも雨が降り出しそうな空模様になっている。降れば、いつそれが雪に変わっても不思議ではない。

かじかんだ指先を息で温めてから、矢野翔平は賢二姉弟の住まいとなっている部屋のインタホンを押した。

桜井賢二の姉・耀子は、矢野をすんなりと室内に迎え入れたが、長く伸ばした黒髪と鮮やかなコントラストをなす色白の顔が、いつにもまして蒼白《あおじろ》く見えた。

「その後、賢二はどんなぐあいですか？」

矢野がきくと、意外な答えが返ってきた。

「いないんです」

「いない？」

まだ靴を脱がずに玄関先に立ったままの矢野は、いぶかしげに問い返した。

「それはどういう意味です。さっきお姉さんに、いまから行きますと電話をしたときには……」

「ええ、あのときはいました。たった十分ほど前に出ていったのです」

「十分ほど前に？　どこへ」

「わかりません。何も言わずに、急に」

「車で出たんですか」

「そのようですね。……ああ、ちょっとお上がりになりません？　外は寒いでしょう。温かいお茶でも」

「いや、それより賢二がいなくなったなら、捜さないと」

「でもその前に、私、姉として矢野さんにおたずねしたいことがあるんです」

「え？」

例の死体のことを耀子に伏せていた矢野は、「姉として」たずねたいという言葉に身構えた。

「とにかく、お上がりになりませんか」

そう言われれば、従うよりなかった。

2

「ついさっきまで、賢二はここでお昼を食べていたんです。それなのに食事の途中で突然立ち上がって」

ダイニングテーブルのところへ矢野を導いた耀子は、クリームシチューの香りが漂っている食卓を示した。

賢二が座っていたとみられる席には、中身が半分ほどに減ったシチュー皿と野菜サラダ、それにかじりかけのトーストと、ほとんど空になっているコーヒーカップが残されていた。スプーンがシチュー皿に突っ込まれたままで、いかにも食事中に急に立ち上がって出た、という雰囲気が感じられた。

「そして賢二は、私に何の説明もしないまま、車のキーをつかんで出ていきました」

耀子の説明を聞きながら、矢野はゆっくりと食卓に歩み寄った。

新宿のクッキングスクールで助手を務めているというだけあって、姉貴の料理は抜群にうまいんだぜ、と賢二はよく自慢していた。とくに耀子は、早くに亡くなった母親に代わって弟の面倒をみてきたから、賢二にとって姉の手料理は、世間でいうところの「おふくろの味」だった。

昼間から、インスタントではないクリームシチューを煮込んでいたらしく、キッチンのガスレンジには大きな鉄鍋《てつなべ》がかかっていた。

大きなフライパンほどの直径を持ち、シチューなどを煮込むにじゅうぶんな深さのその鉄鍋は、マンションのキッチンで使われるには多少違和感を覚える、かなりごつい造りのものだったが、矢野には見覚えがあった。去年の夏、同期入社の男女五人で伊豆高原のキャンプ場へ行ったとき、賢二が自宅から持ってきた「ダッチ・オーブン」と呼ばれる、野外料理用の鉄鍋だった。

それは熱の保持をよくするため、きわめて厚手にできており、したがってかなり重く、そして蓋《ふた》の上にも燃えさかる薪《まき》や炭を直接載せて天地両方から加熱できるように、蓋も本体と同じ分厚い鉄製だった。

もちろん、室内では蓋の上に火を置くようなことはできないが、おそらくガスレンジでシチューを煮込むのにも、その特厚の鍋が便利だと耀子は考えたのだろう。だが、なぜか矢野は、その鍋の存在がやけに不自然に感じられた。

「それで、話というのは？」

矢野がきくと、耀子はまず彼に空いている席に座るよう促した。

矢野が言われた場所にコートを脱いで座ると、耀子はその向かいに腰掛け、静かな声で切り出した。

「正直なところを教えてほしいんです」

「なにを、ですか」

「あの夜、何があったのかを」

ひ弱な印象の耀子の言葉に、少しだけ強い口調が混じった。

「矢野さんが、ああいう状態になった弟を連れてきてくださったとき、私がよけいなことを何もきかず、驚きもしなかったからといって、あの晩の出来事に無関心だと思わないでくださいね」

「言われている意味が、おれにはわかりませんけど」

誰に対しても「おれ」という言葉を使う矢野は、あえてぶっきらぼうな態度をとることで、しらばくれようとした。

だが耀子は、さらに語気を強めてたずねてきた。

「弟は、ひとりで勝手におかしくなったわけではないんでしょう？」

耀子の瞳の色が荒々しくなった。

「矢野さん、あなたは原因を知っているんでしょう。賢二があゝいう状態になった事情を。もしかして、その場にあなたもいたんじゃないんですか」

「だったら逆におたずねしますけど」

見知らぬ他人の家に勝手に侵入し、そこで死体を見つけたことをいまさら言うわけにいかない矢野は、賢二の姉を逆に質問攻めにすることで、なんとか話を別の方向へそらそうとした。

「そういう疑問は、おれが賢二君をこの部屋に連れ帰ったとき、すぐに口にするのがふつうじゃないんですか。たとえ、そのときにはたずねる余裕がなかったとしても、三日目のきょうになるまで、おれに何も事情をきこうとしないのは不自然でしょう。第一、お姉さんは落ち着きすぎですよ。弟があんな状況になったのに」

「じゃ、矢野さんはどう思われたの？」

「どうって」

「私のそうした反応を不自然だと感じたわけでしょう。それなら、なぜ私がそんな態度に出たのか、いろいろ理由を想像したんじゃないかと思うんだけど」

耀子の声がキンキンしてきた。

奇妙な開き直り方だ、と矢野は感じた。暖房の入った部屋にもかかわらず、耀子のその物の言い方に寒気を覚えた。あっというまに人格が変わったような……。

「ねえ、矢野さん、教えてくださらない？　弟が頭がおかしくなったような状態で連れ帰られたのに、姉は少しも驚かず、理由もきこうとしなかった。そんな不自然な反応を、自分の中でどう解釈しようとなさったの？」

「じゃ、正直に言います。おれは疑いました」

「何を」

「クスリを、です」

矢野は、一昨日の夜、会社で笠井が持ち出した『桜井賢二・覚醒剤《かくせいざい》使用説』を、自分の考えとして耀子に話した。姉の態度からして、その推理がやはり正しかったのではないか、と思いながら。そして、もしもそれが的を射た想像であったならば、姉はあわてるだろうと予測しながら。

だが――

賢二の姉は突然話をはぐらかすように、まるで見当違いのことを口にした。

「矢野さん。あなた、お腹空いていない？」

「腹、ですか」

「お昼、召し上がったの?」

「いや、まだですけど」

「じゃあ、クリームシチューを温めてあげるわ。少し多めに作ったから」

「いいですよ、いまはのんびりメシなんか食ってる場合じゃない。賢二がどこへ行ったのか、それを捜さなきゃ」

「だけど、身体が冷えているでしょう。外は寒いし、風も強そうだし……あら、雨も」

耀子が窓の外を見たので、つられて矢野もふり返った。

部屋の窓に、パラパラと音を立てて雨粒が降りかかってきた。いつのまにか外は日暮れ時のような暗さとなっており、室内の蛍光灯がいちだんと明るく感じられた。

「待っててね、すぐに用意ができるから。それまで温かいお紅茶でも飲んでいて」

矢野は、何かに警戒する自分を感じていた。「お紅茶」という耀子の言葉に、意図的に相手を油断させる響きがあったように思えたからだ。

「じゃ、飲み物だけでもいただきますけど、シチューとかそういうのは、ホントけっこうですので」

「わかったわ。それじゃ、お紅茶の種類は何がいいかしら」

「種類？　ですか」

「ダージリンやアールグレイといった正統派から、ペパーミントやカモミールのようなハーブティー、それからアップルやシナモンみたいなフレーバーティー、珍しいところでは日本の玉露に桜の香りをつけたものもあるのよ。ちょっと季節はずれだけど」

「おれ、そういうのわかんないから、なんでもいいです。ふだん、安物のティーバッグしか飲んでないので」

「そう。それじゃ、私にまかせてくださる？」

「おまかせします」

「わかったわ」

耀子はゆっくりと席から立ち上がると、紅茶をいれるためにキッチンのほうへ歩いていった。

その後ろ姿を目で追いかけながら、矢野の視線は、自然と例のダッチ・オーブンへ注がれる格好になった。

何かが記憶の奥底から浮かび上がろうとしていた。

その「何か」こそが、さきほどから耀子の物腰に感じられる違和感、警戒感とつながっている、という感覚があった。

（同期の社員と行った伊豆高原のキャンプ――アウトドア料理――大きな岩で自然のかまどを組んで、そこで薪を燃やして、ダッチ・オーブンを火にかけて――あのとき作ったのはカレーライスだっけ）

そんな記憶がよみがえる。

しかし、そのキャンプ旅行の思い出と、いま賢二のマンションで感じているなんともいえない寒気との間に関連があるとはどうしても思えなかった。

矢野に背を向けた耀子が、ケトルにミネラルウォーターを入れて、それを火にかけた。ヤカンと呼ぶにはおしゃれすぎるドイツ製のケトル、それを底から加熱するレンジの青い炎が、また矢野に何かを訴えていた。

炎が重要なアイテムだ、と彼の頭脳が知らせていた。

（炎――カレーライスを煮込んだダッチ・オーブン――出来上がったカレーライスをうまそうに食べていた賢二の笑顔――そのあと、何か記憶に残ることが起きたんじゃなかったっけ）

考えながら、矢野は賢二が食べ残した食事へ視線を移した。

そして、いまさらながらに、弟の行方を本気で案じていない姉の態度が不審に思えて仕方がなくなった。矢野は、その疑問を口に出さざるをえなかった。

「このあいだもそうだけど、きょうもお姉さんは何も心配していないんですね」

「何のこと?」

問い返す耀子は、矢野をふり返りもせず、背中を見せたままだった。

「賢二が勝手に飛び出していったことを、ですよ。ちょうど賢二が出かけた直後におれがきたわけだから、いっしょに外へ捜しにいこうとか、そういう提案をするのが、姉としてのふつうの行動じゃないんですか」

「そうかしら」

「あいつは食事を急にやめて、何も言わずに外へ出ていったんでしょう。それを変だと思わないんですか」

「思ったわよ」

「だったら、不安になりませんか。いま賢二がどこで、何をしているのか」

「だって、考えてみたところで、居場所がわかるわけじゃないんですもの」

「精神状態が不安定な弟が車を運転して出ていったのに、事故を心配しないんですか。ひょっとしたら、それ以上のことが起きるかもしれないとか」

「それ以上のこと、って?」

なおも矢野に背を向けたまま、耀子がきいた。

「縁起でもないことを言いますけど、あいつが発作的に自殺するんじゃないか、とか……そういう悪い予想はされないんですか」

「鈍いのかしらね」

「え？」

「私って、鈍いのかしらね。あまりそんな心配はしていないの」

「おかしいですよ。やっぱりお姉さん、おかしいですよ」

のんびり座っていられなくなって、矢野は席を立ち、キッチンのほうへ歩み寄りながら言った。

「そうやって、そっけなく背中を向けていないで、もうちょっとぼくの話を真剣に聞いてもらえませんか」

「真剣に聞いているわよ、私は」

静かに耀子がふり返った。

「………」

その顔を見て、矢野は凍りついた。

賢二の姉は、笑っていた。

3

「もしもし、ネットウォーカー？」

ハンドルから片手を離し、折から降り出した氷雨を振り払うためワイパーのスイッチを入れると、コードネーム『ビューティー』の水村淳子は、携帯電話に接続された胸元のピンマイクに向かって呼びかけた。電話のときは、盗聴を警戒して本名ではなくコードネームで呼び合うのが、チーム・クワトロ間のルールとなっている。

「そっちの状況はどう？」

「ダメですね。いろいろいじってみたんですけど、昨日の昼から丸二十四時間、何の変化もありません」

稲本俊太の声が、淳子の左耳に差し込まれたイヤホンから聞こえてくる。

「ぜんぜん寝ていないの？」

「少しウトウトしただけですけどね」

電話回線の向こうにいる俊太は、百六十三台のパソコンを並べた例の部屋で、丸一昼夜を過ごしていた。

ベッドを運び込もうかという鷲尾の申し出は、けっきょく冗談では済まず、現実になっていたが、俊太がそのベッドで仮眠をとったのは、わずか三十分程度にすぎなかった。そんな短い睡眠でも、頭脳活動に支障をきたさないのは、二十一歳という若さのおかげである。

「とにかく、これは『フリーズ』という一般的なPC用語で表わされる現象を超えていますよ。なにしろ電源を切ったって、大きく見開いた目を映し出した画面がそのまま消えずに残っているんですから」

「そのまま画面に焼きついてしまったの？」

「まあ、そんなようなものです」

「そんなことがありえる？」

「ありえるわけないです、ふつうは。でも、それが目の前で起きているんですから、その現実を受け容れるよりないですね」

百六十三のモニターに映し出された百六十三人、三百二十六個の瞳《ひとみ》は、その主《あるじ》の指によって強引に開かれたまま、静止画像としてそこにとどまっていた。部外者がこの光景を目にしたら、不気味さのあまり悲鳴を上げるかもしれない。

電源を落としても画像は消えず、また電源を入れた状態でキーボードからいかなる入力を試みても、パソコンは何の反応もしなかった。天才ハッカーの名をほしいままにした稲本俊太でも、手の下しようがなかった。

「指でぱっちりと開いた何百個の目に囲まれて、一晩過ごしたぼくの気分を想像してみてくださいよ」

俊太は、携帯電話に向かって泣き出しそうな声を出した。

「いちどあなたに精神状態をチェックしてもらわなきゃ、ヤバいことになっているかもしれないです」

「きみはだいじょうぶ。その程度の試練にはビクともしないはずよ」

「どうしてそんなことが言えるんです」

「ネットウォーカーの大脳には、精神状態の自動安定装置がついているから」

「中を覗《のぞ》いたわけでもないのに」

「顔に出てるのよ。それからしゃべり方にもね。きみの論理的な思考システムは、コンピューターのハッキングのためだけでなく、自らの精神衛生にも大いに寄与している」

「ほんとですかね」

「それよりお願いがあるの。いま、私は移動中だから、代わってやってほしいことが」

「移動中って、どこにいるんですか」

「車の中よ」

　フロントガラスが曇ってきたので、淳子はデフロスターの勢いを強めた。

「それはわかるけど、どこからどこへ移動しているんですか。ぼくはヒトミと違って透視能力がないもんで」

「いま向かっている先は六本木」

「六本木？」

「港区のよ」

「それぐらいわかりますけど」

「そして、ついさっきまでは、豊島《としま》区内にある病院で、ひとりの入院患者に面会していたの。そこから六本木に向けて移動中、ということ」

「ああ、例の新幹線で発作を起こしたサラリーマンですね。大久保英雄、でしたっけ」

「そうよ。昨日のうちに会いたかったんだけど、主治医が私の立場を疑って、すぐにOKが出なかった。ボスが手を回してくれたらしく、きょうになってやっと面会許可が出たの。いちおう精神病理学者として会ってきたわ」

「どうでした」

「ダメね」

「ダメ、とは」

「まともな会話ができる状態ではない、ということ」

六本木方向へ導くカーナビの指示に従いながら、水村淳子は右折車線に入って、右折可の信号が出るのを待った。

「事件が起きたのはことしの六月だけれども、その後まったく回復のきざしなし。それどころか、主治医が言うには、どんどんひどい状況になっているんだって。いちばんまずいのは、クスリの助けを借りなければ眠ろうとしなくなってしまったこと」

「不眠症《インソムニア》ですか」

「インソムニアは、眠りたくても眠れないケースでしょ。彼の場合はインソムニアとは違うの。自分から積極的に寝ようとしないわけ」

「どうして」

「寝るのが怖いんですって」

「寝るのが……怖い？　なぜ」

「理由はわからないわ。いくら主治医がたずねても、それは語ろうとしない。けれども彼は入院して以来、夜になるとたびたび同じ発作を繰り返した。新幹線の中でしたように、『くるな、くるな』と何者かに怯《おび》え、『目を閉じても見える』と悲鳴を上げる。ただし、大久保英雄は決して悪夢にうなされているわけではない。すべての発作は目覚めているときに起きるの。それも、周囲が暗いときに限って……」

　カーナビが二百メートル先にまた進路変更することを予告していた。こんどは左折。それに備えて、淳子はウィンカーを出して左車線に移った。そして、ピンマイクに向かってつづけた。

「そのうちに、深夜の病室を覗いた看護師が、大久保が奇妙な格好でベッドに横たわっている様子をたびたび報告してくるようになった。消灯した暗い部屋の中で、自分の両眼を指で無理やりこじ開けている姿を」

「それじゃ、このパソコンに出てきた画像とまったく同じじゃないですか」

　俊太が驚きの声を上げた。

「そうなの。その話を主治医から聞かされてゾッとしたわ。カッと見開いた瞳の大群が、おもわず頭に浮かんできて」

「ぼくは、いまもその群れの中にいるんですけどね」

「でもね、彼の行動には矛盾があると思わない？」

「というと」

「新幹線がトンネルに入ったときに、大久保英雄は精神錯乱状態を起こした。それは、彼が闇の中に何か恐ろしいものを――たとえば死んだ人間の幽霊を見たと錯覚したから騒ぎ出したんじゃないかと考えるのが、ふつうよね。超高速で新幹線が通り抜けるトンネルの中に、生身の人間が立っていられるわけないから、ありうるとしたら、亡霊を見たと思い込んだ恐怖だろうと」

「ぼくも、そう考えましたけど」

「キャサリンがこのあいだ鋭いことを言ってたでしょ。闇は決して『無』ではないって。光が存在しないから私たちの目には何も見えないだけで、そこに存在するものが決してなくなるわけではない、と」

「ああ、そうですね」

「人間が本能的に暗闇を恐れるのは、まさにそこだと思うの。目には見えないけれども、何かがそこにある、という感覚が怖い。それは人間や動物や危険な障害物のように、実体のあるものかもしれないし、幻覚や想像によって存在を感じる幽霊みたいなものかもしれない。いずれにしても、暗闇に対する恐怖の原点は『存在を感じるのに、目で確かめられない』不安感だと思うの。だから夜中にベッドで怖い本を読んでいて、急に寝室にお化けがいるような感覚に襲われたときは、きみならどうする？」

「頭からふとんをかぶって、ギュッと目をつぶってしまうか、逆に、部屋の明かりをぜんぶ点《つ》けてしまうでしょうね」

「そうね。つまり、暗闇を見ないようにするか、明るくして暗闇を追い払うか、そのどちらかでしょう。実際、大久保英雄という男は、入院後も暗闇を非常に恐れている様子をみせた。にもかかわらず、その暗闇の中で、無理に目をこじ開けようとしている。それは暗闇の中にある恐ろしいものを見ようとしている動作にも思える。そこが矛盾しているのよ。なぜ彼は、発狂しそうなほど恐ろしいものを、あえて見ようとしているのか」

「ですね……」

電話の反対側では、稲本俊太が三百二十六の不気味な瞳を見つめながら考えていた。パソコンが特異なフリーズ現象を起こす直前に、彼らの唱えた大合唱が、いまでも耳に残っている。

《助けてください。暗闇が怖いんです。目を閉じると、アレが追いかけてくるんです。助けてください。私たちは、いまトンネルの中にいます》

その悲痛な訴えを合唱する彼らの瞳には、女の人影が映っていた。そして透視能力者のヒトミは、その女性こそが『トンネル』という謎の映画を撮った監督だと断定し、さらに真っ二つに切断された金魚のイメージを捉《とら》えた。

一方で霊能者の仙人は、ヌメヌメとした穴の中で死んでいる三匹の齧歯《げっし》類生物を感じ取った。

そのことを俊太が思い出していると、彼の耳元で淳子の声が、まさにそのことに触れてきた。

「目を閉じるとアレが追いかけてくる——パソコンの中で、彼らはそう訴えかけてきたわよね。そこがポイントだと思うの。目を閉じるとアレが追いかけてくる、という言い回しが……。もしかすると、アレというのは目を閉じても見えてくるものなのかもしれない」

「目を閉じても？」

「そう。目を閉じると見える、のではなく、目を開けていても、目を閉じていても見えてしまう恐ろしいもの」

「そんなものがこの世に存在していたら、逃れようがないじゃないですか」

「だからこそ、その現象に捉われたものは、精神的なパニックを起こすのよ」

水村淳子は、言葉を強めた。

「あの映画館の状況を思い出して。非常口灯まで消された真っ暗な映画館。そして、タイトル以外はひたすら闇しか映し出されないフィルム。その暗闇の中で、突然恐ろしいものが見えた」

「それが、あの女性監督の姿？」

「ううん、そうではないと思う」

カーナビが目的地に近づいたことを告げるのを確認しながら、淳子はつづけた。

「彼らの瞳に残されたあの影は、観客に恐ろしい何かを見せた張本人の姿。いわばガイド役。だけど観客がほんとうに怯えたものは、監督の姿ではなく、もっと別の何かだと思う」

「何ですか、それは」

「具体的には、まだ私にもわからない。でも、その恐怖の映像を真っ暗闇の中で観客が見たと仮定してみて。すると彼らは、まずどんな反応をすると思う」

「反射的に目をつぶるでしょうね」

「そうよね。映画館ならば、怖くなったからといって自分で電気を点けるわけにはいかない。だから、ウワッと思ったら反射的に目をつぶる。ホラー映画で恐ろしい場面に出会ったときのようにね。……でも、ふつうの映画なら、目を閉じれば映像は見えなくなるけれど、目をつぶってもなお、その映像が消えなかったとしたら？」

「え……」

「完璧《かんぺき》な闇がある限り、その恐怖映像が消えないとすれば」

「それは、パニック状態になっちゃいますよ」

「だから、大久保英雄を錯乱状態に陥れたのも、その現象じゃないかと、私はそう思ったのよ。たとえ目を閉じても、そこが完全な闇であれば見えてしまう恐怖。ただし、それはわずかな光でも瞳孔《どうこう》に直接飛び込んできたら、見えなくなる種類のものかもしれない。非常口灯の薄明かり程度でもあれば、消えてしまう恐怖映像」

「光があると消える映像、ですか……」

「そう、光があると消える邪悪なイメージよ。今回の奇妙な現象を解くヒントは、まさに映画館という場所そのものにあったのかもしれない」

冷たい雨がますます激しくなってきたので、淳子はときおりワイパーの速度をハイにした。大型トラックの脇を追い越すとき、巨大なタイヤが跳ね上げる水しぶきをまともにかぶって、フロントウィンドウ越しの街並みが歪んで見えた。

「映画は周りを暗くしないと見えないでしょう」

「もちろん」

「でも、完全な闇は必要としない」

「それはそうです。薄明かりが残っていても、鑑賞には支障がない」

「だから非常口灯も点けていられるし、街明かりのあるドライブイン・シアターでも映画は見られる。ただ、周りがあまりにも明るくなりすぎてしまっては無理。いくらなんでも、太陽のもとだと、ほとんど映像は見えなくなる」

「常識ですね」

「それはけっきょく、光の強さの相対関係によるものでしょう。映写機の明かりが太陽光線のまばゆさに負けてしまえば、ほとんど何も見えなくなるけれど、日没後の野外だったら、映写機の明かりが勝つから映画は見られる。それと同じで、ものすごく……ほんとうにものすごく微弱なエネルギーによって空間に映し出されている映像があったとしたら、どう？」

「……」

「それはあまりにも弱々しい映写エネルギーだから、ごくわずかな光でもあったら見えなくなってしまうの。完璧な闇がなければ見えない特殊映像」

「それが、大久保英雄や消えた連中が見たものかもしれないと？」

「そうなの。渦波魅伊里という名前を使った監督は、その特殊映像を見せるために、深夜の試写会を開いた。だから、館内も完全な闇でなければならなかった。そして、上映フィルムにもよけいな光は一切入っていない。けれどもヒトミが透視したように、あれがどこかのトンネルの闇を映し出したものだとすれば、そのトンネルの中に、恐ろしいものが存在していたことになる」

「でも、大久保の場合はどうなんです。新丹那トンネルを通過中に発作を起こしたといっても、新幹線の車内は明るいですよ。トンネルだって、新幹線の明かりに照らされていたわけだし」

「彼は、そのとき目を閉じていたのよ」

淳子は言った。

「目を開いてトンネルの中を見つめていたんじゃないの。まぶたを閉じ、外光を遮断した状態で何かを見た」

「まぶたを閉じて……見た？　ありうるんですかね、そんなことが」

稲本俊太は、まだ懐疑的だった。

「それにまぶたを閉じても、ある程度の光は感じることができると思いますけど」

「そういった疑問も残るけど、今回の不思議な現象の真実がしだいにつかめてきた気がしてこない？」

「少しはね」

「それでネットウォーカーに頼みたいことなんだけど、ここ一年ぐらいのすべての新聞記事やオンライン情報を検索して、私たちが百六十三台のパソコンで見た現象や、大久保英雄の事件と似たような出来事が、ほかにどこかで起きていないか、チェックしてほしいの。目を閉じることを拒絶する奇妙な行動をとる人間が、何かの騒動を巻き起こしたことがないかどうか」

「わかりました。ところでビューティーの行き先は？」

「六本木よ」

「それは聞きましたけど」

「浜田玲菜が所属していた事務所の社長に、アポをとったの」

「浜田玲菜って」

「先月、中央高速の笹子トンネルで大惨事を引き起こしたきっかけを作った女優よ」

八　姉と弟

1

「なぜ……笑っているんですか、お姉さん」

桜井賢二の姉、耀子の笑顔を見た矢野翔平は、得体の知れない恐怖に足をすくませた。

彼の場合、体格や体力と、恐怖への耐性とはまったく比例しなかった。学生時代に相撲部主将だったパワーの七割程度の力は依然として維持している矢野だが、単純なケンカであれば、いまでもたいていの相手には負ける気がしなかった。しかし「人間でないもの」が相手となれば、話は別である。

そしていま彼は、目の前の女性の笑顔に「人間ではないもの」を感じ、凍りついていた。

「ねえ、教えてくださいよ。なぜ笑っているんですか」

「さあ」

ゆっくりと首をかしげた耀子は、ふっと笑顔を消し、湯を沸かしているケトルの横に置かれた、クリームシチュー入りのダッチ・オーブンにも火を入れた。

「お姉さん、おれはクリームシチューとか、いまいらないって言ったでしょう。食べないって」

「……」

「ねえ！　聞こえているんですか」

強い口調で呼びかけても、耀子は矢野の呼びかけを完全に無視して、おたまでシチューの中身をゆっくりとかき混ぜはじめた。そして、どろりとしたシチューの中身を見つめながら言った。

「矢野さん、左脳前部帯状皮質《さのうぜんぶたいじょうひしつ》ってごぞんじ」

「は？　さのう、ぜんぶ……？」

クリームシチューを煮ながら口にする単語ではなかった。

「なんですか、それ」

「メモ、持ってらっしゃる？」

「そりゃ、新聞記者ですから、いつでも」

「じゃ、私が言うとおりに漢字で書いてみて」

矢野はポケットからメモ帳を取り出し、耀子が説明するままに「左脳前部帯状皮質」と書いた。

「……で、これは何ですか」

「脳の一部分の名称よ」

「ええ、それぐらいの見当はつきますけど、なにぶん、おれは科学担当の記者じゃないもんで」

「PTSDっていう言葉は知っているわね」

「心的外傷後ストレス障害、ですね。精神的に大きなショックを受けたあと、感情の抑制がうまくいかなくなってしまう」

「そう。それでPTSD患者の脳をMRIで調べると……MRIはわかる？」

「磁気共鳴断層撮影」

「あら、科学担当記者でもないのに知ってるじゃない」

「いちおう、新聞記者が知らねばならない一般常識ですから」

と答えながら矢野は、むしろ耀子の口からそうした単語が出てくることに驚きを覚えていた。彼女の専門は料理のはずなのに。

「それでね」

耀子はつづけた。

「PTSD患者の脳をMRIで調べてみると、左脳前部帯状皮質の体積が、一般平均に較べて小さいことがわかってきたの。それもPTSDの症状が重い人ほど、左脳前部帯状皮質の体積は小さくなっている」

「そこは脳の働きの中で、どういう機能を受け持っているんですか」

「鋭い質問だわね、矢野さん」

おたまでクリームシチューをかき混ぜながら、耀子は言った。

「そこは、感情の抑制をつかさどるエリア」

「感情の抑制を……」

「ええ。だから、そこの部分の体積が小さいと、感情の抑制力が弱まっているとみてよいわけ。一口に抑制力が弱いといっても、いろいろなパターンがあるけれども、恐怖の衝撃をいつまでも引きずってしまうのも、そのひとつ。それから喜怒哀楽のコントロールがうまくいかなくなるケースもある。そして、かんたんに理性を失い、感情を暴走させてしまう傾向が強まる場合もある。私は、それね」

「え？」

矢野は口元を引きつらせた。

「私はそれ、とは」

「私ね、自分の心の状態が不安になって、カウンセリングを受けたことがあるの」

「ど、どういうふうに不安だったんですか」

「だから、ときどき暴走するのよ。どうにも止められないぐらいに」

「暴走って、具体的にはどういうふうに」

「診察してくれたカウンセラーは女性でね、とってもきれいな方だったわ」

耀子の受け答えがズレてきた。

「この方なら、私の苦しみをわかってくれるかもしれないと思って、いろいろ相談したのね。ただし、彼女はお医者さんではなく、精神病理学者だった。だから、厳密には診察という行為はできないということで、もうひとりの専門医とのコンビで診てもらったの。そのときにMRIもやったのよ。そしたらね、結果を前にして、彼女の顔色が変わっていたの。まるで手遅れのガンを発見した内科医のよう。……それできいたのよ、どうかしたんですか、って。そうしたら、私の場合、左脳前部帯状皮質という部分が極端に小さいんですって。ここまで体積が小さいと、本来の機能を果たすことはできないというのね」

「でも、本来の機能って、感情の制御でしょ」

「そうよ」

「それができないんですか」

「みたいね」

突然、ピーッというけたたましい音を立てて、ケトルが湯の沸騰を知らせた。

しかし、耀子は火を止めようとしない。

「沸いてますよ、ヤカンの湯が」

矢野が注意した。

「あ、そ」

と言うだけで、耀子は気にも留めない。

やがてピーという沸騰警告音が耳をつんざくほど大きくなり、注ぎ口から噴き出す蒸気がキッチンの壁を濡《ぬ》らすほどの勢いになった。

「危ないですよ、止めないと」

耀子が何もしないので、矢野は横から手を出してレンジの火を止めた。

そのとき、うっかり隣のダッチ・オーブンに手の甲が触れてしまった。

「あちっ！」

思わず声を出して手を引っ込めた瞬間、その熱さによって、思い出しそうで思い出さなかった記憶がよみがえった。

伊豆高原のキャンプのとき、ダッチ・オーブンで煮込んだカレーライスをみんなの食器に配り終えたあと、ほとんど空となったその分厚い鉄鍋《てつなべ》を、同期入社の女性が薪《まき》の火から下ろそうとした。

彼女は軍手をはめていたが、うっかり手を滑らせた。そして、加熱された鉄鍋が身体に触れそうになったので、あわてて両手を放したのだ。ダッチ・オーブンは、わずかに残ったカレーの中身をまき散らしながら、底を上にして、おわんを伏せるような形で草地の上に落ちた。

その光景が、伊豆高原の緑とともに、矢野翔平の脳裏に浮かんだ。

「危なかったなあ、だいじょうぶか。ごめんごめん、男のぼくがやればよかった。この鍋は重すぎて、慣れない人間が扱うと危険なんだ」

家からそれを持ってきた賢二が謝りながら、地面に落ちたダッチ・オーブンを持ち上げた。

「すごい……こんなになってる」

あわやヤケドをしそうになった女性社員が、地面に残された痕跡《こんせき》を見て、ゾッとした声を上げた。

緑の草むらに、鉄鍋の直径に等しい茶色い輪ができていた。その輪の幅は、ごつい造りをした鉄鍋の厚みに等しかった。すなわち、高温に熱せられた鉄鍋の縁によって、雑草が円形に焼けてしまったのである。

そして、その記憶の復活が、別の場面につながった。腹部の皮膚を赤黒い輪っかの形に変色させていた男の惨殺体に……。

矢野は、ボコッ、ボコッと粘りけのある気泡を噴き出しているクリームシチューの表面をじっと見つめたまま、ガスレンジの前で動かなくなった。いつのまにか耀子が脇にどき、自分の後ろに回り込んでいたが——その動きが視野に入ってはいたが——それを気に留める余裕はなかった。

(もしかして……あの男の死体の腹にスタンプされた赤黒い輪の大きさは、この鉄鍋の大きさにぴったり重なるのでは)

(裸にされ、手足を拘束されて身動きがとれない状態になった男は、あおむけにした腹の上に、加熱されたこのダッチ・オーブンを載せられた)

(いや、そうじゃなくて、逆さにして男の腹に載せたダッチ・オーブンの上で……その上で火を焚《た》いたりしたら)

そこまで考えたときだった。

矢野翔平は、首筋に強烈な刺激を感じ、驚愕《きょうがく》で目を見開いた。

あまりにも刺激が強烈なため、熱いのか、冷たいのか、痛いのか、かゆいのか、その区別もわからないほどだった。そしてその刺激は、首筋から背中へ、背中から腰へ、尻《しり》へ、そして太股《ふともも》へ、ふくらはぎへと猛烈なスピードで伝わっていった。

矢野は、かろうじて顔を横に向けた。

まだ昼だというのに、雨模様の外はますます暗くなっており、蛍光灯を灯《とも》した室内の様子が、キッチン横の小窓に映し出されていた。

背の高い矢野の後ろで、桜井耀子が片手を高く伸ばし、沸騰した湯の入ったケトルを傾けている姿がそこにあった。

もうもうと蒸気を立てながら、ケトルの口から摂氏百度の熱湯が自分の襟足に注がれている。それが見えた。その湯は、矢野の皮膚に強烈な火ぶくれを作りながら、足のほうへ向けて服の中を一気になだれ落ちていった。

「なにをするんだあ！」

叫んだ矢野の足元がぐらついた。

ちょうど膝《ひざ》の裏側のところを、耀子に蹴飛《けと》ばされたのである。百キロを超える巨体が、そのわずかな衝撃でバランスを崩し、ガクッとくずおれた。体勢が低くなったので、熱湯の注ぎ落とされる場所が襟足から頭頂部になった。脳味噌《みそ》が焼けてしまいそうな苦痛！

それもつかのま、標的の姿勢がさらに低くなったチャンスを捉《とら》え、耀子は空になったケトルを脇に投げ捨てると、両手で矢野の後頭部を押さえつけ、ダッチ・オーブンの中で煮立つクリームシチューの中に、彼の顔を突っ込んだ。

耀子の長い黒髪が乱れ、般若《はんにゃ》の形相に変わった顔をいっそう凄《すさ》まじいものにした。

悲鳴の代わりに、鍋の底からバフッ、バフッと矢野の呼気による大きな泡が噴き上がり、クリームシチューの飛沫《ひまつ》が周囲に飛び散った。

それでもかまわず、耀子は全体重をかけて矢野の顔を押さえ込んだ。

熱せられた鉄鍋の縁が、脂肪のたっぷりついた矢野の喉元《のどもと》にあたり、ジューッという音とともに薄紫色の煙がたちのぼった。

十秒、二十秒、三十秒――

わずか三十秒で、矢野は抵抗する力を完全に失った。

「あはははは」

耀子は、矢野の顔を鍋の中に押しつけたまま、笑った。

「あはははは」

耀子の声ではなかった。

2

桜井賢二は決して遠くへは出かけていなかった。自分の車を運転して駆けつけた先は、歩いても行ける距離にある、あの家だった。

熊井と表札の出た平屋建て木造家屋の前に車を停めると、賢二は何度も深呼吸を繰り返した。車の窓越しに見る熊井家は、いちだんと激しさを増してきた雨によって、かげろうが見せる幻影のように、ゆらゆらと揺らいでいた。

まだ午後二時にもならないのに、周囲の薄暗さはまるで夜だった。そのダークブルーに彩られた景色の中、死体がひとつ残されたままであるはずの木造家屋は、例によって明かりひとつ点《つ》いておらず、黒いシルエットを浮かび上がらせていた。

賢二の心の中では、矢野翔平とともにこの家を訪れたのが二日前なのか、三日前なのか、カレンダー上の位置づけが困難になっていた。暗闇の中で二度目に見た幻影の衝撃が大きすぎて、それ以降の正しい時間の認識を失っていたからだった。

携帯電話の待ち受け画面を確認すれば、いまが十一月三十日、月曜日の午後であることがわかるはずだった。しかし、そうした日常的な動作も忘れてしまっている。

にもかかわらず、桜井賢二の基本的な精神状態は——さきほど、ひとつのきっかけによって、ほとんど元の状態に復帰していた。

例の錯乱状態に陥る前、見ず知らずの熊井家に踏みこんだとき最初に見た幻影は、たしかに衝撃的なものだった。いまから何百年も前の時代、姦通《かんつう》の現場を押さえられた武家の妻が不倫相手とともに、自分の夫からすさまじい拷問の数々を受けるイメージである。

もしもそれをテレビや映画などの映像で表現しようとしたならば、少なくとも十分前後の長さは必要だろう。ところが、わずか一秒にも満たない短い時間のうちに、その情報が一気に頭の中に飛び込んできた。残酷な画像だけでなく、その背景にある事情まで……。

物理的にはありえない現象だった。連れの矢野にいくら説明しても、理解を得られるはずがなかった。そこで賢二は、矢野も自分の目で確認できるようにと、死体のそばでペンライトの明かりを消し、もういちど完全なる闇を作った。

矢野には、恐ろしい幻影は見えなかった。が、賢二にはまた見えた。しかも、前回以上に強烈なビジュアル・イメージが……。

二度目に見えたものは酷《むご》たらしいだけでなく、賢二に、より大きな精神的衝撃を与える内容だった。

その瞬間、賢二の大脳の神経回路が一時的に切れた。過電流によるダメージを回避するため電気のブレーカーが落ちるように、彼の神経回路の一部が切断されたのだ。ショッキングな映像が精神を破壊しないよう、叫ぶことによって、情報の流入を拒絶した。

友人の矢野は、そんな賢二を見て「狂った」と思ったが、じつはそうではなかった。最悪の衝撃を緩和するために、彼の神経回路が緊急シャットダウンして、自らの頭脳を守ったのだ。

その切断された神経回路がふたたび復帰するきっかけになったのが、きょうの昼、姉の耀子が昼食として作ってくれたクリームシチュー――それを煮込むために使われたダッチ・オーブンだった。その分厚く頑丈な鉄鍋《てつなべ》が、賢二の脳裏に昨年体験したある場面をよみがえらせた。

それは、矢野が思い出した光景と同じもの――草むらに残された円形の焼け跡だった。

それと同時に、さらに賢二は、幼いころの恐ろしい記憶を思い出した。そのふたつのイメージが、遮断されていた彼の神経回路を復帰させたのだ。驚愕の真実と真正面から向かい合うために。

運転席に座ったまま、桜井賢二は携帯電話の短縮番号を押し、それを耳に当てた。その番号は、社会部デスク笠井竜次の携帯番号だった。

「おい、賢二かよ」

番号通知にしてあったので、賢二が一言も発しないうちから、笠井は電話の向こうで驚きの声を上げてきた。

「だいじょうぶか、おまえ、心配していたんだぞ」

「すみません」

「とりあえず部長には、おれのほうからなんとか言い繕ってあるんだ。風邪をこじらせたということでな。だが、さらに欠勤が伸びるようだと、そんな単純な言い訳も通用しなくなるところだったんだ。で、どんなぐあいなんだよ」

「なんとか直りました」

「ほんとか」

笠井は懐疑的な口調だった。

「翔平から聞いたところでは、そうとうヤバそうだったが」

「もう、だいじょうぶです」

「それならいいが……。おれとしても、おまえのマンションまで見舞いに行きたいのは山々だったんだけどね」

覚醒剤疑惑《かくせいざい》を持ち出したことなど、おくびにも出さずに笠井は言った。

「なんせ、渋谷の事件で手いっぱいでな」

「渋谷の事件？」

「おまえにもチラッと話したじゃないか。映画館で三百七十四人が消えた事件だよ。あの晩以来、世の中はこの話でずっと持ちきりなんだ」

「ああ、そうですか」

「ああ、そうですか？」

賢二のピントのずれた反応に、笠井は、やはりまだおかしいのか、と言いたげに押し黙った。

が、しらけた間《ま》を作らないように、すぐにまた口を開いた。

「そういえば、翔平に会ったか」

「翔平？」

「きょうもあいつは、社に出る前におまえのところへ見舞いに立ち寄ると言っていたんだが」

「じゃあ、ぼくと入れ違いになったのかもしれないですね」

「入れ違い？　おまえ、いま外なのか」

「そうです」

「どこなんだよ」

「例の家の前です。男の死体が転がっている家の前です」

「なぜ、そんなところにいるんだ」

笠井は急に不機嫌な声になった。

「翔平にも言ったんだが、もうその家には近寄るな。事が表沙汰《ざた》になるまでは」

「どうしてもお話ししたいことがあるんです。……というか、笠井さんにぜひとも相談にのってほしいことがあるんです」

「なんだよ」

「電話じゃ言えません」

「とりあえず概略だけでも話せよ」

「それはできないんです。とにかくきてください」

「おれはいま手が放せないんだ。渋谷の事件で、もう何日も会社に泊まりっぱなしなんだよ。それぐらい忙しいんだ」

「熊井家の前に、自分の車を停めています」

賢二は有無を言わせない口調で言った。

「会社から車を飛ばせば、三、四十分でこられるでしょう」

「なぜ、おれがそっちに行かなきゃいけないんだ。とりあえず元気になったなら、まずはおまえのほうが会社にこいよ。それがスジというものだろう」

「ぼくのほうにも都合があるんです。会社で話せる内容ではないし」

そして賢二は、せっぱ詰まった声で訴えた。

「とにかく、ぼくを助けてほしいんです」

「助ける?」

「このままでは、こんどこそ本格的に心を壊されてしまいそうで、恐ろしいんです」

「どういう意味だ」

「ですから何度も繰り返しますけど、電話じゃ言えません。言っても理解してもらえないに決まっているから」

「だったら、おまえの部屋へ行こう。翔平も行ってるだろうし」

「いや、ぼくが抱えている問題は、この現場で説明しないとダメなんです」

「わかったよ」

賢二の強引さに、笠井は仕方なく折れた。

「それじゃ、いまから車でそっちに行く。ウチの車輛課《しゃりょう》には頼まないほうがよさそうだから、タクシーを拾っていく」

3

賢二との電話を終えてから、笠井は社会部の窓際から外の様子を見やった。

「いやな雨だな」

笠井は、周囲の誰に語りかけるともなくつぶやいた。

「気が滅入りそうな降り方をしている」

そして彼は、ブルッと身震いをした。エアコンの効いたオフィスの中では寒さなど感じるはずもないのに。

「おい、ちょっと二、三時間出かけてくるぞ。なにかあったらケータイに連絡をくれ」

いつも自分の補佐役をしている女性記者に声をかけると、笠井は椅子に掛けてあった黒の革ジャンを引っつかみ、そのポケットにタバコとジッポのオイルライターが入っていることを確認してから、袖《そで》を通した。

と、そのとき——

携帯電話が鳴った。警視庁記者クラブに詰めている佐野からだった。

「もしもし、デスクですか。例の件で警察が新しい情報を発表しました」

「おう、何かわかったのか」

エレベーターホールへ歩きながら笠井がきくと、電話の向こうの佐野は、いつになく緊迫した声でつづけた。

「イベントの実行を委託した学生グループにあてて、ATMで費用を入金した若い男の画像が公開されたんです。防犯カメラで撮影されたものが」

「そいつが、例のイベントの影の仕掛け人かもしれない、ってわけだな」

「そうです。この人物が集団消失事件のカギを握っている疑いが濃厚なので、一般からの情報提供を呼びかける目的で公開に踏み切った、とのことです」

「じゃ、その画像をいつものパソコンに送っておいてくれ。おれはいまからちょっと出かけるんで」

「PCにも送りますけど、笠井さんのケータイにも即、送りますから」

「おれのケータイに?」

「ええ。パソコンで見るよりはだいぶ解像度が落ちるでしょうけど……笠井さんのケータイ、カラーですよね」

「あたりまえだろ」

「じゃ、それで至急見てください。お願いします」

佐野の語尾が震えていた。

エレベーターを呼ぶボタンを押しながら、笠井は携帯電話に向かって問い返した。

「どうしたんだ、佐野。何か、あったのか」

「何かあった、なんてもんじゃないですよ」

「どういうことだ」

「とにかく、いまから送る画像を見てください」

佐野のせっぱ詰まった口調をいぶかしく思いながらも、笠井は、チーンと音を鳴らして扉を開けたエレベーターに乗り込んだ。そして一階に下りてから、佐野の送ってきたメールを開き、そこに記されたURLをクリックして、センターから画像を呼び込んだ。

携帯電話の液晶画面に、問題の男の画像が映し出された。

笠井はポカンと口を開け、それからゆっくりと、チョビ髭《ひげ》を生やした口元に片手を持っていった。まるで、驚きの叫び声を封じるように。

画面に映し出されたのは、いまから会いに行こうとする部下の顔だった。

4

「驚きましたね」

水村淳子が差し出した名刺をしばらく見つめてから、男はぽつりとつぶやいた。

「精神科の専門家が玲菜のことをおたずねにこられるとは……。しかも、政府の顧問でいらっしゃる」

淳子が六本木のオフィスで向かい合っている神坂三郎《かみさかさぶろう》は、芸能プロダクションの社長というよりは、暴力団の組長という見てくれだった。

完璧《かんぺき》に禿《は》げ上がった頭頂部までチョコレート色に日焼けしたその風貌《ふうぼう》は、年齢はもちろん、国籍さえも不明という印象を見る者に与えた。また、髪の毛だけでなく眉毛《まゆげ》もまったく生えていないため、一重《ひとえ》の目元には一段と迫力が加わっていた。

にもかかわらず、彼は公権力には弱く、ついでに言えば美人にも弱かった。だから、来訪者が美しい女性で、その差し出した名刺に、精神病理学者の肩書だけでなく『内閣情報室文化担当特別顧問』の文字が添えてあるのを見たときから、神坂は精いっぱい紳士的な態度をふるまうことに決めていた。

「玲菜が命を落としたあのトンネル事故のことは、いま思い返しても、この胸がひどく痛みます」

社員たちに向かっては乱暴な口の利き方しかしない神坂が、穏やかなしゃべり方を演じていた。

「心の傷は時が癒してくれるなどとよく言いますが、私にとっては、そんなことは決してありません。まだあの事故から一ヵ月が経ったばかりでは、すべてが生々しい。いや、これから何年経とうと、何十年経とうと、おそらく私は一生今回の悲劇に苦しめられることになるでしょう。なにしろ玲菜は、私にとって実の娘のように大切な子でした。事務所の稼ぎ頭であったことはもちろんですが、あの子の女優としての才能に、私は大いなる期待をかけていたのです。仕事人として、また神坂三郎一個人としてのすべてを彼女に賭《か》けていた、といっても過言ではありません。

そうした特別な存在を失ったことだけでも大ショックなのに、まるで玲菜の運転があの大惨事の引き金となったような証言をする人間が出てきた。おかげで、法的にも道義的にも、うちの事務所は莫大な責任を負わされようとしているのです。もちろん、いわれなき責任のなすりつけについては、裁判で徹底的に戦うつもりです。しかし……」

神坂は首を振りながら、大げさなため息をついた。

「私も精神的にくたびれました。あなたのような専門家にカウンセリングしてもらっていれば、ここまでストレスを溜《た》めずに済んだかもしれませんが」

その言葉の中には、淳子に対する個人的な関心が強く含まれていた。もちろん淳子はそれを察したが、回り道をするつもりはなかった。

アーモンドチョコレートを連想させる形の日焼け顔を見つめながら、淳子は単刀直入に用件に入った。

「私がおたずねしたいのは、浜田玲菜さんがあの事故を引き起こしたことについて、事務所の社長さんとして、何か思い当たるところはないか、ということなんですが」

「それが内閣情報室文化担当とやらのお仕事ですか」

神坂は、露骨に不愉快さを表わした。

「たったいま、事務所社長としての立場を申し上げたばかりだと思いますがね。玲菜があの大惨事を引き起こしたわけじゃない。彼女の運転していたベンツが最初に暴走したというのは、たったひとりの生き残りドライバーの証言に過ぎない。だいたいあんな大事故のあとでは、みんな精神的に興奮して、正確な記憶など保っていられるはずがないんだ。そうでしょう？　百歩譲って、最初に衝突を起こしたのが玲菜だとしても、彼女自身が後ろの車から煽《あお》られていたかもしれないわけだし、その真犯人が焼死してしまえば、誰も真実は語れない」

「けれども、玲菜さんのプライベートについて、いろいろな噂はあったそうですね」

「噂というと？」

「乗っていたベンツの所有者だった青年実業家との破局とか、そうした私生活の悩みを紛らわせるための、過度の飲酒や薬物の……」

「内閣情報室というのは、芸能週刊誌レベルの噂で動く部署なんですかい」

怒ると、神坂はもろに暴力団組長の風貌になった。

だが、淳子は動じなかった。

「どんな小さなことでもいいんです。事故前の玲菜さんに、いつもと変わったことがなかったかどうか、それをおききしたいんです」

「あなたがそれを調べてどうするんです」

淳子から受け取った名刺を片手に持って振りながら、神坂は言った。

「相手が政府といえども、事務所経営に不利となる情報は話したくないんでね。そもそも、なんで内閣情報室が、一芸能プロダクションにこんな質問をしにくるんですか」

「『トンネル事件』の解決に役立てたいからです」

「だから、何度も言うように、あの事故は玲菜のせいではなく……」

「違うんです、社長。私が解決したい事件というのは、トンネルはトンネルでも、別のトンネルなんです。三百七十四人の集団消失事件の解決につながるヒントを探しているところなんです」

「集団消失？」

神坂が、毛のない眉根を寄せた。

「というと、あの渋谷の映画館の？」

「そうです」

「なぜ、あれと笹子トンネルの事故が関係するんですか」

「私たちは、『トンネル』というキーワードのもとに、この一年ぐらいの間に起きたさまざまな事件を検索しているのです。というのも、あの試写会でかけられた映画の題名が『トンネル』だったから」

「………」

「そして、その映画の中身もきわめて特殊なものだったからです。その一方で、浜田玲菜さんが巻き込まれた事故も、トンネル内で起きた交通事故としては異例な大惨事です。もしかして、そこに何かの共通項がないかと」

「警察でもないのに、捜査をされているわけですか」

「捜査ではなく、調査です」

「ほう」

淳子の名刺に視線を落としてから、神坂はふたたび顔を上げた。

芸能界で数々の修羅場をくぐりながら、相手の心理を見抜く術を磨き上げてきた神坂にとって、精神病理学者との心理戦は悪くない勝負だった。

「『捜査』よりも『調査』という言葉のほうが、どことなく軽い響きがあるけれど、ときには調査という名のもとに、捜査活動よりもっと重大な秘密を探っている場合がある。そういうことですかな、水村さん」

「そう受け取ってくださっても結構です」

淳子は、隠し事をせずに済む部分は、できるだけ率直に打ち明ける作戦に出た。目の前の悪役づらをした男が、ただのこわもてではなく、シャープな頭脳の持ち主であることを瞬時に見抜いたからだった。

「世間で『二十一世紀の神隠し』と呼ばれているあの出来事には、常識を超えた真相があるかもしれないと、私たちは考えています。その真相の追及には、従来の捜査機関である警察だけでは物足りない部分があります」

「それは、ここだけの話、というやつですか」

「ここだけの話、という言葉を口にする人間を、私は信用しないことにしているんです。ですから自分でも使いません」

淳子は、姿勢を正して言った。

「私の訪問意図を秘密にしたほうがよいと思われたなら、社長のほうでそうなさってください」

「なるほど」

神坂は、唇の端だけで笑った。

「あなたは美しいだけでなく、かなり賢い方のようだ」

「たとえば、玲菜さんにこんな様子はなかったでしょうか」

淳子は、さっさと先へ進んだ。

「不眠症に陥っていたとか、暗闇を怖がっていたとか」

「……ありませんね」

少し考えてから、神坂は答えた。

「まさか、玲菜の睡眠不足を事故原因に仕立てようとされるんじゃないでしょうな」

「自分で、まぶたを閉じないようにする奇妙な行動は目にしませんでしたか」

「なに？」

「こうやって、です」

と、淳子は親指と人差指でまぶたを大きく開き、百六十三のモニターに映し出された瞳《ひとみ》と同じ格好をしてみせた。

「なんですか、それは」

神坂は、気味悪そうに顔をしかめた。

「心当たりがないなら結構です」

淳子は、自分のまぶたから指をはずし、元の顔に戻ってつづけた。

「では、質問の角度を少し変えさせていただきますけれど、玲菜さんはパソコンを使われていましたか」

「いまどきの若いタレントは、みんなパソコンを当然のようにいじりますが、玲菜はやりませんでしたね。ケータイでじゅうぶんだと」

「では、彼女の携帯電話は残っていますか」

「ああ、ありますよ」

「あるんですか？」

すでに解約されているだろうと思っていた淳子は、目を輝かせた。

「そうかんたんには捨てられませんよ。マネージャーは、玲菜の棺《ひつぎ》にケータイを入れようとしたんですが、私がそれを止めさせました」

「なぜです」

「私だって、事務所の社長として、いろいろと調べておきたいのでね」

迫力のある一重の目で、神坂は淳子を見据えた。

「今回の事故が、玲菜の私生活に関連があるという噂に反論するには、あの子の私生活をきちんとチェックしておかねばならない。どんな連中と電話やメールをしていたのか、それを確かめておきたいもので」

「その携帯電話をお借りできませんか」

「とんでもない」

神坂は首を振った。

「それは故人のプライバシーを侵害することになるでしょう」

「けれども、神坂社長ご自身のおやりになっていることも……」

「それは違いますな」

きっぱりと神坂は言った。

「私は身内、あなたは他人」

「では、こういうことは可能でしょうか。玲菜さんのメールや通話記録ではなく、彼女のインターネット閲覧記録を見ることは」

「インターネット？」

「ええ。『マイメニュー』とか『お気に入り』とか、呼び方はいろいろありますけれど、玲菜さんがよく見ていたケータイサイトのリストも、本機に残っていると思うんです。それぐらいなら、見る許可をいただけませんか」

「なるほど……」

淳子の顔をじっと見つめ、それからおもむろに神坂は言った。

「今後とも、水村さんとなにがしかのおつきあいを願えるのであるなら、その程度のご協力はさせていただきましょう」

そして神坂は、静かに笑った。

九　赤い輪、黒い穴

1

雷が鳴った。

明日から暦が十二月に変わり、いよいよ本格的な冬の季節に突入することを宣言するような雷だった。

時刻はまだ午後の三時を回ったところである。にもかかわらず、道路を行き交うどの車もヘッドライトを灯《とも》しており、光量の減少を感知して自動スイッチが入る街路灯も、すべて明かりを灯していた。

桜井賢二が待っている場所までタクシーでやってきた笠井竜次は、賢二のマイカーを確認すると、その真後ろに車を停めるよう運転手に命じた。予定よりはだいぶ遅れた到着だった。

料金を払って、ビニール傘を広げながら外に出ると、いきなりバラバラと大きな音が頭上で響き出した。見上げると、透明の傘の上で水しぶきが弾《はじ》けていた。その水しぶきを銀色に輝かせて、稲光が走る。少し間を置いて、ドーンと腹に響く落雷の音。

（まるで、いまのおれの心境だな）

荒れ模様の空に目をやった笠井は、ふたたび前方に視線を向けると、緊張の面持ちで賢二の車に近づいていった。


いったい画像の件をどう切り出せばよいか、笠井は迷っていた。警察が発表した大量消失事件の関係者とみられる若い男の顔は、どこから見ても自分の部下に間違いなかった。警視庁記者クラブ詰めの佐野が、あわてるわけだった。

さすがにこの事実は隠し通すわけにはいかず、笠井はすぐに社会部長に報告を入れた。部長は仰天して、即座に秘密の幹部会を招集し、いまごろは役員にまでその話が伝わっているのは間違いなかった。

ただし、社として警察への連絡はまだ行なっていなかった。それも当然である。悪を糾弾するはずの新聞記者が、あの消失騒ぎの片棒を担いでいたとなったら、とんでもない事態になる。社長のクビが飛ぶのは間違いないし、会社の存続さえ怪しくなりかねない。幹部たちは公表された画像を前に、いつ外部からの指摘があるかと、戦々恐々としながら会議室にこもっていた。

事態を報告した笠井は、社会部長から、桜井に対する事実確認の作業は、直属の上司であるおまえにすべて一任する、と言われた。皮肉なことに、会社には秘密で賢二に会いに行くつもりが、管理職の任務として公式に賢二と会うことになってしまったのだ。

社会部長の「一任する」という言葉は、笠井にしてみれば「いざというときは、おまえの監督責任だからな」という警告にも受け止められた。サラリーマン社会においては、部下の不始末は上司の不始末となる。その連帯責任のシステムを、笠井はつねに不合理だと思っていたが、まさにその不合理な状況が自分の身に降りかかろうとしていた。

(冗談じゃないぞ、まったく)

傘に叩《たた》きつける雨音と、断続的な落雷の音を耳にしながら、笠井は、社会部長らといっしょに謝罪会見の場で頭を下げる自分の姿を思い浮かべていた。

不始末をしでかした張本人がいつもコソコソと隠れて姿を見せず、その上役がカメラのフラッシュを浴びながら平身低頭するという、あの損な役回りを引き受ける自分の姿が、頭にこびりついて離れなかった。

（ATMの防犯カメラに写っていたのがほんとに賢二だとしたら……おれのサラリーマン人生もおしまいかもしれない）

暗澹《あんたん》とした気分で、笠井は賢二の車の窓を叩いた。

だが、反応はない。暗い車の中を透かしてみると、中には誰も乗っておらず、ドアもロックされていた。

（遅くなったから、先に家の中に入ったのかな）

そう思いながら問題の家のほうをふり向くと、ちょうどそのタイミングで、パチパチとまたたきながら門灯の明かりが灯った。つづいて玄関の明かりも点《つ》き、中からドアがゆっくりと開いた。

桜井賢二が、まるでその家の住人のように、中から顔を覗《のぞ》かせた。

「待ちくたびれましたよ、笠井さん」

タクシーが停まる気配を聞きつけたのかもしれないが、このタイミングのいい現れ方は、玄関ドアのマジックアイから、ずっと外の様子を賢二が覗いていたからに違いない、と笠井は感じた。死体が転がっている家の中から……。

気温による寒気とは別の寒気が、身体を襲った。

「早く中に入ってください、笠井さん。外にいたら濡《ぬ》れますから」

賢二は、いつもと変わらぬ口調で語りかけているのかもしれなかったが、笠井は、そうは受け取れなかった。幽霊屋敷の入口まで誘いに出てきた亡霊に声をかけられているような気分だった。

「なあ、賢二よ」

まだ傘を差して玄関の戸口に立ったまま、笠井は言った。

「おれはハッキリさせたいことがあってきたんだ」

「わかってます」

「いや、わかってないよ。じつはさっき警視庁詰めの佐野から連絡があって」

「ぼくの写真が公開されたというんでしょう」

「知っているのか」

「会社が隠そうとしたって、いまの時代はコレがありますから」

賢二は、自分の携帯電話をかざして見せた。

「あの写真は賢二、おまえじゃないのかって、あっちこっちからメールが入ってきました。もうテレビでも流されたらしいですね。問い合わせ第一号は、会社関係じゃなくて、大学時代の友人でした。とりあえず、なんのことだとトボケておきましたけど」

「それで、実際のところはどうなんだ」

笠井はたたみ込んだ。

「あの写真はおまえなのか、別人なのか」

「デスクとしては、別人です、というぼくの答えを聞きたいんでしょう」

「あたりまえだろう」

「残念ながら、あれは間違いなくぼくです」

賢二はあっさりと認めた。しかし、そこに冗談めかした色合いは少しもない。完全に真顔だった。矢野の報告から想像して、もっと異様な態度に出てくるのを覚悟していた笠井は、賢二の冷静さに意表を衝かれた。

「……マジかよ、賢二」

「とにかく中へ」

「どういうことなんだ、賢二。きちんと説明しろ」

「ですから、中へ」

「いや、いまここで説明するんだ」

「そうはいかないんです。……さあ」

賢二が腕をつかんで引っぱってきた。とにもかくにも、賢二は空手の有段者である。力で競ってかなう相手ではないので、仕方なしに笠井は傘を閉じ、見ず知らずの人物の住居に入らざるをえなかった。

2

玄関ドアを内側から閉めたとたん、外の雨音が遠のいて、圧迫感を伴う静けさがふたりを包んだ。と同時に、鼻をつく異臭に気づき、笠井は顔をしかめた。

「おい、賢二、この匂いは」

「だいぶ腐ってきています」

賢二が用いた露骨な表現に、笠井はいっそう表情を歪《ゆが》めた。

「あの死体が?」

「ええ、そうです」

「おまえ、よく平気な顔でそう答えられるな」

「平気じゃありませんよ、デスク。ぼくだって、いまにもぶっ倒れそうなんです。ですから、事を早く済ませたいんです。さあ、靴を脱いでください」

「靴を? 上がるのか?」

笠井は露骨に尻込《しりご》みをした。

「ここはおまえの家じゃないんだぞ」

「わかっています。だけど、死体のそばまで行かないと話ははじまらないんです」

「ちょ、ちょっと待て」

強引に部屋に上げようとする賢二の手をふりほどいたあと、笠井は手の甲で口元のチョビ髭《ひげ》をぬぐった。激しい雨のせいだけでなく、緊張の汗によっても彼の髭はびっしょりと濡れていた。

「賢二、おれがおまえに会いにきた目的が変わったんだよ。この家の中に転がっている死体がどうのこうのより、まず公開写真の一件が先なんだ。おれは会社にないしょできているんじゃなくて、おまえの上司として、あの画像に関する釈明を聞くためにここにきたんだ。その結果を首を長くして待っているのは、部長だけじゃない。局長も、常務も、副社長も、それに社長までが」

「ええ、その状況は理解しています」

「理解しているならば……」

「ふたつの問題は重なっているんですよ、笠井さん」

「え？」

「あの日の夜明け前、ぼくを緊急の電話で叩き起こした笠井さんは、こう言いましたよね。

ビッグニュースがひとつと、スモールニュースがひとつ、と」

「ああ、言った」

「片方は渋谷の映画館で何百人が消えたという話。そしてもう一方は、泥棒が電話をしてきた奇妙な話。そして笠井さんは、最初からぼくにこの家の調査を命じた。けれども、そのふたつは、根っこのところで重なっていたんです」

「言っている意味がわからない」

「こっちにくればわかります。ぼくに乱暴な行動をとらせないでください、笠井さん。自主的に靴を脱いでくださることを希望します」

「……わかったよ」

笠井は、しぶしぶ靴を脱いだ。

「死体があるのは、こっちの部屋です。雨戸もカーテンもしっかり閉まっていて、外の明かりは入ってこないから電気を点けますけど、決して驚かないでくださいね」

「やめてくれよな、そういう前フリは」

「それとも、この明かりだけにしますか」

と言って、賢二はペンライトを見せた。

「どうやら、ぼくは死体のそばに自分のペンライトを落としたまま、精神錯乱状態に陥っていたみたいです。もういちどここにきて正解でしたよ。いきなり警察に踏みこまれていたら、このペンライトが決定的証拠になるところでした」

「そういえば……」

ふと思い出して、笠井が言った。

「矢野に連絡をとるのを忘れていた。おまえ、電話したか?」

「いえ、それどころじゃないもんで」

短く答えてから、賢二は和室のふすまを開け、壁際の照明スイッチを入れた。

暗い部屋が一瞬にして白熱球の明かりに満たされ、畳の上にあおむけになって死んでいる男の姿が、否応なしに笠井の目に飛び込んできた。

「うわっ!」

不覚にも、そんな叫び声が笠井の口から出た。

手足をガムテープで縛られ、全裸にされた六十がらみの男は、できればこの光景を白黒で見たかったと笠井に思わせるような色合いに変色していた。

最初に賢二と矢野が見つけたときには赤黒い色をしていた腹部の輪は、いまやどす黒く変わっており、その輪に囲まれた三つの穴は、かなり崩れはじめていた。

「賢二……賢二……ほんとにあったんだな、この死体が」

笠井の膝《ひざ》は震えていた。

「いったい、誰がこんなことを」

「それよりも、よく見てほしいものがあるんです。彼の腹です。あの大きな輪と、それに囲まれるようにしてポッカリ開いた三つの穴を」

「賢二……」

笠井は、革ジャンのジッパーを下げながらあえいだ。

「頼むから、こんな明るいところで見せないでくれ。目に毒だ。耐えられない」

「わかりました」

素直に応じると、賢二は和室の照明を落とした。

玄関先の照明は点けたままだったので、そちらから回り込んでくる明かりで真っ暗にはならなかった。しかし、照度がぐんと落ちたため、死体の生々しい色合いがだいぶ和らいだ。

その薄闇の中で、賢二は補助光としてペンライトのスイッチを入れた。三日前の段階ですでに弱々しい光しか発することのできなかったペンライトは、ますます心細い明かりになって、いまにも消えそうだった。

その乏しいオレンジ色の光の輪が、まず男の顔を照らした。

眼球は腐敗が進行し、もはや人間の目ではなかった。

「やめてくれ」

笠井がうめいた。

「顔は見たくない。腹の傷が問題だというなら、そっちだけにしてくれないか」

賢二は、無言で光の輪を移動させた。

死体の腹部に、弱いスポットライトが当てられた。

「ここに三つの穴が開いています。最初ぼくは、殺人犯が何かの凶器を使ってこれを開けたんだと思いました」

「そのとおりじゃないのか」

震えた声で笠井が言った。

「この男を抵抗できないように縛ってから、何かの器具で腹をえぐりとるようにして殺したんだろう」

「だとしたら、その穴を取り囲むように付いている大きな輪は何だと思いますか。これは幾何学的に完璧《かんぺき》な円形です」

「おれにそんなことをきいたって、わからねえよ」

「鍋《なべ》です」

「え？」

笠井には、いま賢二が発した単語と、目の前の状況とがどうしても結びつかなかった。

「鍋？」

「そうです。ダッチ・オーブンという野外料理用の重くて分厚い鉄鍋。それの縁《ふち》周りのサイズにぴったりなんです」

「もっとちゃんと説明しろよ」

「この奇妙な状況を説明する答えは、穴の中に隠れていました。死体の腹に開けられたトンネルの中に」

「トンネル？」

「そうです」

うなずくと、賢二は死体のそばにひざまずき、右手に握ったペンライトの明かりを頼りに、死者の腹部に開いた三つの穴のひとつに、左手をゆっくりと差し入れていった。素手のままで。

「賢二……」

部下の大胆な行動に、笠井はその場に立ちすくんだ。意外に理性的と思った賢二は、やはりどこか普通ではなかった。

賢二の左手は、男の腹部に開いた穴に深く沈み込み、そののちに、穴の奥から細長い紐《ひも》状のものをつまみ出してきた。

腹部の表面まで引っぱり上げてきた段階で、その紐状の物体の長さは、およそ十センチに達していた。

「な、なんだ、それは」

「もうすぐ本体が出てきます」

「本体？」

「これは尻尾なんです」

笠井のほうを少しだけふり返って、賢二は言った。

「動物の尻尾です。もう少し持ち上げると、胴体が姿を現しますよ」

そして賢二は、勢いをつけて左手を引き上げた。

賢二の指先に尻尾をつかまれ、逆さにぶらさがる格好で、ネズミに似た二十センチあまりの大きさの生物が、死者のはらわたから引きずり出されてきた。

「それは……」

笠井は絶句した。

家のすぐ外の樹木に、すさまじい音響を立てて雷が落ちた。

3

「覚悟はいいかね」

鷲尾康太郎が、低い声で確認をとった。

「きみたちの意を汲《く》んで、いまから行なう実験の立会人はおれひとりだけにした。仙人と、ヒトミと、おれの三人以外、この部屋には誰もいない。三人の身に同時に異変が起きたら、その事情を知る者は誰もいない、ということになる」

鷲尾たちがいる場所は、永田町の一角にある内閣情報室の特別会議室。例の円卓が備えられている部屋だった。その円卓の席に着いているのは、難波鉄之進と川上キャサリン。チーム・クワトロの超能力者ペアである。

彼らは隣り合わせに座り、同じ方向を見ていた。ふたりの視線の先には白い映写スクリーン。その脇に鷲尾が立っていた。

円卓の後方には、特別に運び込まれた映写機がセットされ、すでに電源が入っていた。フィルムもセットしてあったが、最初の巻き取り部分だけは透明になっているため、白い光だけがスクリーンに向かって放たれていた。

その光を浴びた鷲尾の身体が、スクリーン上に黒い人影を作っていた。そして、彼の顔には、中途半端なところで止まっているフィルムの枠が投射されていた。

静かである。

窓ひとつないこの特別会議室では、外界の雑音は完全にシャットアウトされる。激しく降りそそぐ雨音はもちろんのこと、都心の空をジグザグに走る稲妻の閃光《せんこう》も、皇居周辺に断続的に落ちる雷鳴の轟《とどろ》きも入ってこなかった。

時刻は午後三時過ぎ――

このビルの中には政府関係者が多数働いていたが、彼らがいるフロアには一般的な事務スペースはなく、すべてが静まり返っていた。

「まあ、安心材料として挙げられるのは」

映写機の光を顔に浴び、まぶしそうに目を細めながら、鷲尾が言った。

「おれがふつうの人間で、きみらふたりは特殊能力者である、というふうに人間として特性の違いがあることだ。つまり、異変が起きるとしたら、おれの身にだけ起きるか、あるいは目に見えない『気』に敏感なきみらふたりにだけ起きるか、そのどちらかだろう。三人とも同時に何かに取り憑《つ》かれたり、あるいは……」

言葉を区切り、フッと短い吐息をついたのちに、鷲尾は言った。

「三人とも同時に消えてしまうことはあるまい。おれは勝手にそう思っている。だから、いざというときは、無事でいる者が緊急事態発生の連絡をビューティーかネットウォーカーに入れてくれればいい」

「では、はじめましょう」

難波がうながした。

「私はもう集中モードに入っています」

「私もです」

と、キャサリンも言った。

「わかった」

鷲尾はスクリーンのそばから離れて、ふたりの後方に置いた映写機のところへと歩いていった。彼がどいたので、スクリーンから影絵が去って真っ白になった。

映写機のそばに座った鷲尾は、機械に大きな黒い金属箱をかぶせた。レンズ部分と換気用のスリット以外をすべてふさいで、よけいな光が周囲に洩《も》れないように作られた特製の遮光カバーだった。

「それじゃ、電気を消すぞ」

鷲尾は手元に置いたリモートコントローラーで、部屋の照明を消した。

あらかじめ会議室の外の廊下も照明を消しておいたから、部屋はほぼ完全な闇となり、いままで白く見えていたスクリーンも、肉眼で確認できないほどになった。

部屋が真っ暗になったことを確認してから、鷲尾は映写機をスタートさせた。

フィルムが回りはじめた。

黒バックに白い文字で『トンネル』と出た。警視庁の科捜研での分析を終えたあと、鷲尾が借り出してきた問題のフィルムである。

冒頭のタイトルは、たしかに手書きだった。決して達筆ではないが、かといって悪筆でもない。とくに印象に残らない筆跡である。それが十秒ほどつづいたあと、タイトル文字が消え、スクリーンは真っ暗になった。

十秒、二十秒、三十秒と、黒い画面だけがつづく。

一分、二分、三分、と、ただ闇だけが支配していた。

音はまったく入っていない。人間の耳に聞こえる周波数だけでなく、可聴範囲を超えた周波数の音波なども一切含まれておらず、また、サブリミナル・パーセプションを誘発するような、一コマ単位で何か別の画像が挿入されている事実もないことは、すでに科捜研の分析で確認されていた。

しかし——

「ちょっと待った！」

難波鉄之進が片手を挙げた。

「聞こえてきました」

「え、なにが？」

鷲尾が問い返すと、

「私にも」

と、キャサリンが言った。

「何が聞こえてきたんだね」

「泣き声ですな」「すすり泣きです」

難波とキャサリンが同時に答えた。

「しかし、おれには何も聞こえないぞ」

「おお」

難波が、低い驚きの声を上げた。

「おお、おお、見えるではないですか」

「何が、だよ。もったいぶらないで教えてくれ」

「……」

キャサリンは沈黙。

「なあ、キャサリンにも何か見えているのか」

「……」

「どうした。きみにも見えるなら、そう言ってくれないか」

鷲尾は、気づいていなかった。闇の中で透視能力者が激しく震えていることを。

「おい、きみらと違って、おれはふつうの人間なんだ。解説をしてくれないと、おれの目には何も……」

鷲尾の言葉が途中で止まった。

そして彼は、闇に向かって大きく目を見開き、叫んだ。

「なんだ、これは！」

十　逆ネズミ算

1

チーム・クワトロの超能力者ペアと鷲尾康太郎が『トンネル』の試写を行なっているところ、少し離れた十階建てビルの一角では、三百二十六の瞳に囲まれた中で、稲本俊太が水村淳子から依頼されていた検索作業を進めていた。

そして彼は、すでに二件の興味深い事件をピックアップしていた。

ひとつは、甲信地方ローカルでは現地マスコミでかなり大きく扱われたものの、たまたま国際政治の大きな出来事と重なったために、全国的にはそれほどたいしたニュースにならなかった出来事で、山梨県富士吉田市のレジャーランドにあるジェットコースターから、石井寛之という名の二十五歳の青年が空中に飛び出して死んだ事件だった。

青年はジェットコースターが最高地点から落下して加速に入る直前に、自ら無理やり安全バーをこじ上げて席から出ようとしていた、との恋人の証言もあって、機械的な事故ではなく、自殺説が根強くささやかれていた。

しかし、自殺であったという客観的な証明はできず、むしろ青年の両親はジェットコースターの安全管理に落ち度があったと主張して、レジャーランドに対し多額の補償を求め、民事裁判が現在もつづいていた。

その死亡した石井寛之が、ジェットコースター搭乗前から異様に汗をかき、表情もどこか虚ろで、「絶対に目を開けていなくちゃ」と繰り返しつぶやいていたのが気になる、という恋人のコメントが、『強制的に目を開ける』という趣旨の語句を含んだ検索作業を行なっていた俊太の網に引っかかった。

それより俊太を驚かせたのが、同様にネット上の語句検索で引っかかってきた、ある少女の自殺に関する噂だった。

五月五日、渋谷区代々木の自宅マンションで、藤田梨夏という十七歳の女子高生が自殺を遂げた。対外的には「受験ノイローゼにより手首を切って自殺した」ことになっていたが、たしかに彼女の死亡状況はそのとおりだったものの、もうひとつ、絶対に家族が外部に出そうとしない話がある、という書き込みだった。
伏せられた話とは、梨夏はたんなるリストカットではなく、マッチをつっかい棒にして、まぶたが絶対閉じないような細工をしたうえで手首を切り、目をカッと見開いたまま死んでいた、というものだった。彼女の父親が同僚に洩《も》らした言葉だから、絶対に間違いない、という注釈までついていた。

マッチ棒を差し渡して、まぶたを閉じないようにする――その行為は、新幹線で発作を起こし、入院加療中の大久保英雄が病室でみせている行動と同種のものであり、なによりも、いま俊太を取り囲む百六十三台のパソコンに大きく映し出されたまま固まっている画像と同じ状況といってよかった。

驚いた俊太は、すぐに携帯電話で淳子に連絡を取ろうとした。だが、彼女の携帯からは電話に出られない、という自動応答メッセージが返ってきた。そこで俊太は、検索に引っかかってきたふたつの重要なエピソードの概略をメールで送信した。

同じころ――
水村淳子は、事務所社長の神坂三郎の許可を得て、浜田玲菜の携帯電話に残されていたインターネットの登録記録をチェックしていた。

マイメニューにはかなりの数の有料サイトが登録されてあったが、大半は音楽や映画やファッションやグルメ情報といった、一般の若い子が興味を示すページだった。

「もしかして先生は、玲菜が自殺系サイトにでもはまっていたと考えておられるんじゃないんですか」

携帯をチェックする淳子の横顔をまじまじと見つめながら、神坂は言った。

「だけどね、断じて言いますが、あの子には自殺をしなきゃいけない事情などまったくなかった。異性関係のトラブルなんてなかったし、仕事は順風満帆だったんですから」

「社長は、玲菜さんが携帯電話に登録していたサイトをぜんぶチェックされましたか」

「いや」

神坂は、眉毛《まゆげ》のない眉を吊《つ》り上げ、いっしょに肩をすくめて言った。

「そんなものに興味はない。関心があったのは、あの子が受け取ったり送ったりしたメールの中身と、かけたり、かかってきたりした電話の着信履歴です。玲菜がどんな携帯サイトを見ていようと、そりゃ遊びの範疇《はんちゅう》だから重要な問題ではありません」

「でも、いま社長が私におっしゃったように、玲菜さんが自殺系サイトを閲覧していたのではないかという心配はされませんでしたか」

「ぜんぜん。だって、あの子は女優ですよ。人気女優ですよ。そこらの女子高生や女子大生じゃないんだ。一般人といっしょになって、自殺の輪に加わったりするはずがないじゃありませんか」

「そうですか……」

「で、水村先生の点検作業はどうなんです」

「いまのところ変わったサイトは登録されていないみたいですね。エンターテインメント関係のホームページばかりで」

「でしょう?」

そらみたことか、という顔で、神坂は毛のないチョコレート色の頭頂部をつるりと撫《な》でた。

「だったら、そろそろ返してもらえませんかね、そのケータイを」

「ええ、あとひとつだけですから」

そう言って、淳子は最後に残された登録サイトをクリックした。

それは奇妙なタイトルのホームページだった。

逆ネズミ算

題名からは、どんなサイトなのかまったく想像もできなかった。淳子は、それが渋谷の集団消失事件や、数々の奇妙な出来事を解き明かす入口になるとは夢にも思わずに、メインの画面が出てくるのを待った。

最初に短いメッセージが出た。

《みなさんは、逆ネズミ算というのを知っていますか》

その横に「はい」「いいえ」の選択肢がある。淳子は「いいえ」を押した。

すると解説の文章が出てきた。

《知らないのもあたりまえ。逆ネズミ算という言葉は、このホームページの管理人である私が作ったのです。たんなるネズミ算は、どなたでもごぞんじですよね。ネズミ講という言葉もありますが、ネズミが多くの子供を産み、その子供がまた多くの子供を産む、というように、幾何級数《きかきゅうすう》的に、あるものの数が増えていくことを表わします。

仮に、一匹のネズミが五匹の子供を産むと仮定すれば、つぎの世代は五匹だけど、そのつぎは五の二乗で二十五匹、そのつぎの世代は五の三乗で百二十五匹、さらにつぎは五の四乗で六百二十五匹……というように、あっというまに増えていくわけですね。

たまたまネズミの産む子供の数が多いから、それをもとにネズミ算という名前が付いたと思われますが、このネズミ算の原点となる法則は、ほかでもない私たち人間が、受精から成体へと成長していく過程の細胞分裂にあります。つまり、一個の受精卵が二個に分裂し、それが四個、八個、十六個……というふうに、二の二乗で増えていくという事実――これこそがネズミ算の原点で、そのことからすれば、むしろネズミ算は『細胞分裂算』と名付けられるべきだったのかもしれません。昔の数学者に、遺伝子工学的センスがあったならば。

さて、前置きが長くなりました。このネズミ算の定義をもとにして、私はあるとき逆ネズミ算という新たなる概念に思い至ったのです。「え、逆ネズミ算って、何だろう?」って、みなさん不思議に思われるでしょうね。ネズミ算の逆なら、どんどん減っていくパターンだろうか、って想像されるかもしれません。でも、ちょっと違うんです。

じつは、ネズミ算の基本形が人間の細胞分裂にあったように、逆ネズミ算というのも人間の成り立ちの真実を表わす法則なんです。しかも……恐ろしい真実を》

恐ろしい真実を、という部分が赤い文字で強調されてあった。

その下に「つぎへ」というボタンがあるのを見た淳子は、すぐさまそれをクリックした。

そして現れた画面に息を呑《の》んだ。

真っ黒な画面に白い文字で、こう書かれてあった。

ようこそ、暗黒の怨霊《おんりよう》屋敷へ

それは、謎の映画『トンネル』の試写会に誘うためのキャッチフレーズそのものだった。

「どうしました」

淳子の様子がおかしいので、神坂が声をかけてきた。

「なにか問題でも?」

しかし、淳子はそれには答えずに、画面を急いでスクロールさせた。

新しい文章が出てきた。

こんにちは渦波魅伊里です

「やっぱり……」

淳子はつぶやいた。

「やっぱり、つながっていた」

渦波魅伊里は、画面で語りはじめていた。

《それでは恐怖の逆ネズミ算について、みなさんにじっくりとお話しをしていきましょう。あまりにも当然な真理なのに、誰もがその哲学的真実から目をそむけ、決して見ないようにしてきた、人間の恐ろしい本質について》

2

すさまじい落雷が立てつづけに三度、木造家屋の骨組みを揺すった。

だが、その大音響でさえ、笠井竜次の耳には入っていなかった。いまの彼は、部下である桜井賢二がつまみあげたネズミに似た生物の死体だけに意識を向けていた。

「あと二匹……中にいます」

賢二は言った。

「中に、とは？」

かすれた声で、笠井が問い返す。

「あの死体の腹の中に、です」

賢二は、一方の手に持ったペンライトを死体に向けた。

「つまり、男の腹に開いた三つの穴は、この生き物が掘ったものなんです」

「なんだって……」

「そして、その三つの穴を取り囲む大きな輪は、逆さにしたダッチ・オーブンを熱することによってできた焼け焦げの跡」

「おい、賢二。何を言ってるんだよ。おまえ、支離滅裂だぞ、しゃべってることが」

「いいえ、ぼくは論理的なことしか話していません。いまのぼくは正常に戻っています。この悲惨で謎めいた死に方をした男が、いったいどのような目に遭わされたのか、これから笠井さんにお話ししようとしているのです」

「ちょ、ちょっと待て、賢二。ちょっと待て」

ネズミに似た生物の尻尾をつまんでぶら下げている賢二から、一歩、二歩と後じさりしながら、笠井は言った。

「じゃあ、おまえなのか」

「なにが、です」

「その男を殺したのは、おまえなのか」

「いいえ、違います」

「だったら、その落ち着きようは何だ」

「この猟奇殺人のプロセスが明らかになったからです。そして、この残虐な行為をした人物の正体が……たぶん……たぶん、ぼくにはわかってきたからです。そのショックを抑えるためには、ひたすら冷静にならざるをえないんです。ほんとうだったら、ぼくはまたここで錯乱を起こしてしまうぐらい、精神的に追いつめられています。だけど、自分の心をぶっ壊したくない。だから必死になって論理的に、冷静にと言い聞かせているし、笠井さんにもきてもらったんです。ひとりぼっちでは、とてもこの状況に耐えられないから」

「で、わかったという犯人は誰なんだ」

「その前に、まずこの生き物から説明します。これはヤマネです」

「山猫?」

「ヤマネコではない、ヤマネです。その中でもとくに体長の大きい種類のオオヤマネと呼ばれるものです。主な生息地はヨーロッパの広葉樹林など。年一回繁殖を行ない、少ない場合で二匹、多い場合で十四、平均して一回の出産で四匹から五匹の子供を産みます」

動物の死体をぶらぶらと揺らしながら、賢二はつづけた。

「オオヤマネのエサは、木の実や果物です。具体的にはドングリ、プラム、ブルーベリー、ラズベリー、ブドウ、リンゴ……この見てくれからは想像できないほど、綺麗《きれい》でヘルシーな食べ物を好むんです。ネズミに似ているからといって、汚いドブを這《は》いずり回ったり、腐った残飯をあさったりという生き物とはまったく違います。だからこのオオヤマネは、古代より正餐《せいさん》のメニューにも加えられていたほどです。グルメ垂涎《すいぜん》の食材でもあったのです」

「なんで、そんなに詳しいんだ」

なおも後じさりをつづけながら、笠井は疑惑の表情を崩さなかった。

「百科事典をここに持ち込んで調べたわけでもあるまいに、なぜオオヤマネという動物について、おまえはそんなに詳しい知識を持っているんだ」

「飼おうと思ったことがあるからですよ」

「飼う？　ペットになるのか、そんなものが」

「ええ。どこにでも売っているほどポピュラーな生き物ではありませんが」

「それを、おまえが飼おうと」

「ぼくではなく、姉が、です」

「姉さんが？」

「冗談じゃないよ、と思いました」

賢二は、暗がりの中で微かに苦笑を浮かべた。

「いくらケージの中で飼うとはいっても、決して広いとはいえないマンションの中で、こういう生き物がいるのは、あんまりうれしくありませんからね。だからぼくは反対し、姉もあきらめた……と思っていました」

「おまえの姉さんは、そういうヤツを可愛いと思うタイプなのか」

「だとしたら、ぼくと趣味は合わないけれども、まあ罪はありません。ハムスターを飼うのとどこが違うのよ、と言われれば、それまでですから。そしてぼくは、いままでずっとそうだと思っていました。姉がオオヤマネを飼いたがっていたのは、ハムスターを飼いたいという人たちと同じ感覚で、あくまでその種類が珍しいだけなのだ、と。……でも、違っていたんです。姉がオオヤマネを飼おうとした目的は、別にあった」

「どういう目的だ」

「殺人の道具として使うためです」

「え!」

「それ以前に、まず拷問の道具として使うためにです。そして姉は、ぼくが知らない間に、こいつを飼っていたんです」

3

「オオヤマネという生き物には冬眠の習性があり、しかも冬眠といっても熊のように冬になってから眠るのではなく、暑い夏が終わり、涼しい秋風が吹き出すころから、早くも長い眠りにつく準備に入ってしまうのです。だいたい気温が常時二十度を下回るようになると、冬眠モードに入ります。そして翌年の初夏までその状態がつづきます」

オオヤマネの死体をぶら下げた賢二は、笠井のほうへ詰め寄る動きを止めて、その場に立って話しつづけた。

「ですから、これだけ毎日厳しい冷え込みがつづく季節になると、ヒーターを入れ、専用のライトで体感的な日照時間を延長させるなどの方策をとらないと、ふつうに飼っていたのでは冬眠に入ってしまいます。おそらく姉は、オオヤマネのその習性を逆用して、冬眠状態のまま、ぼくの見えない場所にこの動物をしまっておいたのです。そして、タイミングを見計らって、いよいよ行動に移った」

「では、その死体は……おまえの……姉さんがやったことだと」

「姉は、いまどきの女性には珍しく、髪を染めることもなく、顔立ちも全体的な印象もとてもおとなしくみえます。でも、本質は違う——そのことだけは、幼いころからずっとぼくの心に焼きついていました」

「……」

「ぼくと姉は、笠井さんと同じように四国の徳島で生まれ、子供時代をずっとそこで過ごしてきました。徳島といっても町中ではなく、山に囲まれた素朴な村でした」

賢二は、自然と郷里の話にテーマを移していった。

「あれは、たぶんぼくが四つぐらいのときだと思います。姉は五つ上ですから、九歳ぐらいだったでしょう。ぼくは姉に手を引かれて、近所の神社の夏祭りに出かけました。ふたりとも浴衣《ゆかた》を着ていた記憶があります。とくに姉の着ていた浴衣は、金魚の柄でした。それにちなんだわけでもないでしょうが、姉は金魚すくいの店の前へぼくを連れていきました」

「なあ賢二、いまこんな状況にいるというのに、なぜのんびりと昔話なんかをはじめるんだよ。関係ねえだろ、夏祭りがどうのこうの、なんて」

「姉、桜井耀子という人間の、心の奥底にあるものを知ってもらいたいからです」

「……」

「一回につき二十円とか三十円とか、その程度の値段でしたから、姉は自分のおこづかいから十円玉を出して、ぼくに金魚すくいをやらせてくれました」

賢二は、また夏祭りの話に戻った。

「三匹だったか、四匹だったか忘れましたが、思ったよりたくさん金魚が捕れました。そしてぼくは、それをビニールの袋に入れてもらってごきげんでした。でも……」

賢二は暗いため息をついた。

「その金魚は、家まで持って帰ることができなかったんです」

「どうして」

「片手に金魚の入ったビニール袋をさげ、もう一方の手を姉とつないで、神社から夜道を家に向かって歩き出し……そう、たしかお地蔵さんが立っている雑木林の近くへきたときでした。姉は、きょろきょろと周囲を見回して、誰もいないのを確認すると、『賢二、ちょっと貸して』と言って、ぼくの手から金魚の袋を取り上げました。強引に引っぱるので、もう少しでビニール袋が破けそうになるほどでした。

記憶では、『それはぼくのだ、返して、お姉ちゃん』と叫んだ気がします。でも、姉はこう言い返しました。『お金は私が出したんだから、私のよ』と。そして浴衣の裾《すそ》を翻しながら、お地蔵さんの裏手にある薄暗い大木の陰に回り込むと、そこにしゃがみ込んで、ビニール袋の口を開けました。いったいなにをするつもりかと見ていたら、姉は浴衣のたもとから、いきなりハサミを取り出しました」

「ハサミ？」

「そんなに大きなものではありません。学校の図工用に使う小さなものです。それをいきなりビニール袋の中に突っ込んで、泳いでいる金魚を……」

「まさか」

「これがほんとの金魚すくいよ、と言いながら、姉は袋の中で泳いでいた金魚すべてを真っ二つに切ったのです」

「なんてこった」

笠井は愕然《がくぜん》とした顔でつぶやいた。

「おまえの姉さんがそんなことを、小学生のときにかよ」

「ぼくはショックのあまり、泣くこともできませんでした。全力でかけっこをしたあとみたいに、ただハーハーと荒い息をつきながら、金魚模様の浴衣を着た姉を見つめていました。そして姉は……姉は……」

オオヤマネの尻尾をつまんだまま、桜井賢二は目に涙を浮かべていた。

「切断された金魚の入ったビニール袋を、弟のぼくに向かって突き出してきました。遊ばせてくれてありがとう。もういらないから返してあげるわ、と」

「それじゃ、完璧《かんぺき》イカれてるじゃねえかよ」

「ぼくはその場から逃げ出しました。いつもなら暗い夜道をひとりで帰るなんてこと、絶対にできなかったけれど、その晩だけは、オバケよりも姉のほうが怖かった。ただひたすら家に向かって走りました」

「それで、親には言ったのか」

「記憶がないんです」

賢二は力なく首を振った。

「その光景のあと、家に帰って自分がどうしたのか、まったく記憶がないんです。親に話をしたのかどうか、遅れて戻ってきた姉と話ができたのかどうか……そうしたことについて、一切覚えがない。前後関係が完全に途切れてしまっているんです」

「だけどさあ、おまえたちは両親を早くに亡くして、姉ひとり弟ひとりでいっしょにがんばってきたんだろう」

「そうです」

「過去だけじゃない。現在もそうだ。いまどきの会社員としては珍しいよな。姉さんといっしょに住んでいるなんて。それは、おまえたちきょうだいの仲のよさの象徴じゃなかったのか」

「それはそのとおりです。いま話した出来事が幼いころにあったからといって、現在、姉との間に距離があるということはまったくないんです」

「なぜだ」

「あまりにも金魚切断の場面が強烈だったために、それを否定したい気持ちが無意識に働いたらしく、いつしかぼくは、あれは夢だったんだと思い込むようになっていました」

賢二は薄暗い空間に視線をさまよわせ、まさに夢を見ている目つきになった。

「正直なところ、いまでさえ、ぼくは幼いころ見た夢を現実のように語っているのではないか、という自分への疑いがあるのです」

「姉さんがハサミで金魚をちょん切った場面が、実際にあったことなのかどうか、自分でも自信がないんだな」

「そうなんです。だからぼくは、あの出来事について、大人になってからも姉に直接問い質《ただ》したことは一度もありません。そして、他人にも軽々しく打ち明けることはありませんでした。きょうまでは」

「じゃあ、おれが初めてなんだ」

「はい。この記憶をほかの人に話したのは、笠井さんが初めてです」

「どうして急に他人に言う気になった」

「ついさっき、家で姉がダッチ・オーブンを使ってクリームシチューを作ってくれたのを食べている最中に、ぼくはひらめいたんです。死体の腹に焼きつけられた大きな輪は、いま使っているダッチ・オーブンの縁周りと同じサイズじゃないか、と。そこから一気に連想が広がりました。そして、もう一回ここにきて、死体の腹の中を勇気を出して覗《のぞ》いてみたら……こいつがいたんです」

賢二はふたたび死体のそばに戻ると、つまんでいたオオヤマネの尻尾を放した。ネズミに似た動物は、手足を硬直させたまま、あおむけの格好で死者の腹の上にぽたんと落ちた。

「あれだけ姉が飼いたがっていたオオヤマネの死体が、一匹だけでなく三匹も、この男の腹に開いた穴の中にあった。これで、ああ、決まりだと思いました。やっぱり耀子がやったんだ、と」

4

「おい賢二、おまえ、自分の言っていることがわかっているんだろうな」

いまだに半信半疑の笠井は、強い口調で確認を求めた。

「おまえは、自分の姉貴が殺人犯だと指摘しているんだぞ。そういうことだろ」

「そうなります」

「正気なのか、おまえ。まだ頭の具合が治っていないんじゃないのか」

「聞いてください、笠井さん。ぼくが姉の本棚に、妙な本が混じっているのに気がついたのは、ことしの初めごろでした」

桜井賢二は、ペンライトの明かりを死体の腹部に据えたまま語りつづけた。

「妙な本というのは、拷問に関する書物でした」

「拷問？」

「はい」

死体を見下ろしながら、賢二はうなずいた。

「同居していても、めったなことでは姉の部屋は覗きませんけど、天井の蛍光灯が切れたから換えるのを手伝ってくれと頼まれたときに、不気味な題名の本を見つけたんです。姉の本棚はほとんど料理関係の本で占められているのに、そこに一冊だけ、分厚い背表紙に『拷問のすべて』と書かれた本が混じっていました。目立ちましたよ、ほかとはぜんぜん違う内容ですから」

「それは日本の書物なのか」

「洋書の日本語訳です。古今東西あらゆる形の拷問を紹介した本なんです」

「ということは、おまえも中を覗いてみたんだな」

「あまりにもその題名が気になったので、あとでこっそりと」

「どんな内容だった」

「文字だけでなく、拷問のやり方がわかりやすくイラストで描いてありました。ときには死体の写真も挿入されています」

「見たくねえな、そういうのは」

「ぼくが驚いたのは、系統立ててあらゆる種類の拷問が紹介されてあったことよりも、その文章のあちこちに黄色の蛍光ペンで線が引いてあったことなんです」

「おまえの姉貴が引いた、ということか」

「だと思います。本そのものは真新しくて汚れていませんでしたから」

「何のためにアンダーラインを引いた」

「…………」

賢二は黙った。

沈黙のニュアンスがわかって、笠井も黙った。

「この動物を使った拷問の方法も、その本に紹介されてありました」

重苦しい声でつづけながら、賢二はペンライトの明かりで、あおむけに転がったオオヤマネの死体を示した。

「そして、そこにもアンダーラインが……中世のオランダで行なわれた記録があるそうです」

「そのネズミみたいなオオヤマネとやらを使って、どういう拷問をやるんだ」

いつのまにか死者が放つ異臭に慣れてしまっていることにも気づかず、笠井がきいた。

「拷問を与える人間を裸にして、あおむけに寝かせます。もちろん、暴れることができないように手足を縛って。そして腹の上に鉄の鍋《なべ》を伏せて置き、その中に数匹のヤマネを閉じ込めるんです。ネズミやヘビの場合もあるらしいです」

早くも拷問方法の見当がついてきた笠井は、気味悪そうに何度もチョビ髭《ひげ》のあたりを撫《な》で回した。

「そののちに、お椀《わん》型に伏せた鍋の底で——つまり形からいえば、底が上になっているわけですが——火を焚《た》くのです。勢いよくではなく、じわじわと……。するとどうなるか。熱気にあおられたヤマネはパニックに陥り、猛烈に暴れ、そして必死に逃げ道を探します。その逃げ道は一カ所しかない。柔らかい腹です。そこでヤマネは、四本ある門歯で……」

「もういい」

笠井が顔をしかめてさえぎった。死体の腹に三つの穴を開けた「犯人」が呑《の》み込めたからだった。

腹の皮膚を焦がされる苦痛と、腹の皮膚を食い破られる苦痛の両方を同時に味わいながら、決して即死を許されない——ゆるやかであるがゆえに、最高に酷《むご》たらしいオオヤマネによる処刑方法は、笠井に大きなショックを与えていた。

「要するに、その本に書かれてあったのと同じことが、この男に対して行なわれたというんだな」

笠井の声が震えていた。

「そして処刑道具の鍋は、自分の家にあったダッチなんとかというアウトドア用のものだったと」

「そうです。重いダッチ・オーブンなら、ネズミやヤマネが中で暴れてもびくともしないでしょう」

「ちょっと貸せ」

笠井は賢二の手からペンライトを奪い、死体の真上の天井を照らした。

明らかに最近ついたとみられる汚れがあった。何かを室内で燃やしたために付いた煤《すす》が。

笠井は、賢二の話が正しいことを確認して深いため息をついた。

「ちなみに姉は」

賢二が苦しそうに言った。

「この男の処刑を終えたあと、ダッチ・オーブンを本来の目的で使うために、また家に持ち帰ったわけです。そして、それでクリームシチューをぼくのために」

「信じられんな」

笠井は、腹を立てたように乱暴に言い放った。

「それが事実なら、おまえの姉貴は人間じゃないぞ」

「……と思います。ぼくも」

うなずく賢二の顔面は蒼白だった。

「それで、この男は誰だ」

笠井は、ペンライトの明かりを死者の顔に戻した。

「おまえの姉貴が彼にこれほどひどい拷問を与えたとしたならば、それなりの憎しみを抱く理由があったわけだろう」

「ええ」

「おまえに心当たりはないのか」

「ありません。第一、こんなふうになっては」

それはもっともだ、と笠井は思った。ただでさえ、死者の顔は生前とはまったく異なる表情を作り出す。まして、死後経過日数を重ねて瞳《ひとみ》が崩れはじめてきたために、ふたたび生命を吹き込まれた姿を想像するのは困難だった。

だが、この家の表札には熊井という名字が掛かっていた。そのことを笠井は指摘したが、賢二は、熊井という名の知り合いはいないと断言した。

「それにしても不思議だな」

笠井は首をかしげた。

「この男は、まだ隠居をするような年じゃない。六十歳前後だろう。それならいくらでも社会と接点があるはずだ。少なくとも死後二日以上経過しているのに、この男が外部と連絡を断ったままであることに疑問を抱く者はいないんだろうか。この家に様子を見にくる者はいなかったんだろうか」

「さあ……」

賢二は短くつぶやいたきり、黙りこくった。

ついさきほどまで、至近距離への落雷が連続していたが、急にその音が止んで静かになっていた。木造平屋建ての屋根を激しく叩《たた》いていた雨音も弱まってきた。

「それで賢二」

静けさの中で、笠井が口を開いた。

「おまえがおれに助けてほしいというのは、具体的にどういうことをしてほしいんだ」

「とにかく、恐ろしい事実を共有する人間がほしかったんです」

薄暗い中でもわかるほど血の気の失せた顔で、賢二は答えた。

「自分の姉がこんなことをしたという事実を、誰かに話しておきたかったんです。それに、まだ聞いてもらいたいことがあります。姉貴はマッチ棒で自分のまぶたを」

「じゃあ、確認させてもらうが」

賢二が姉の奇行について語ろうとしたとき、笠井が大きな声でそれをさえぎった。

「さっき言ったように、おれがおまえに会いにきたのは、社としての大事な用件があったからだ。おまえの顔写真が世の中に出回るハメになった件で」

「たしかにあの振込は姉から頼まれました。時間がないから、代わりにATMで送金をしておいて、と。……でも、まさかそれがもうひとつの事件とつながっていたなんて」

「ということは、だ」

笠井は部下の顔を見つめた。

「おまえの姉さんは、中世ヨーロッパの拷問方法で人を殺したあげくに、もう一方で三百何十人の人間をこの世から消したことになる」

「……かもしれません」

「なんといったっけ、おまえの姉貴」

「耀子です」

「では、桜井耀子は殺人者で、かつ魔術師なのか。いや……」

ためらったのちに、笠井は言った。

「ひょっとして、魔女なのか」

そのときだった。

「すべての真理は逆ネズミ算にあり！」

玄関のほうで、いきなり男の声がした。

驚きのあまり、笠井は賢二から奪っていたペンライトを取り落とした。その拍子に、わずかな余力のみを残していた電池が完全に切れた。しかし、玄関方面の明かりが回り込んできているので、真っ暗にはならない。

「誰だ」

うわずった声で、笠井が問い質《ただ》した。

その隣で、賢二も全身を緊張させていた。

「忘れたのか。あんたにはこの声が聞き覚えあるはずだがな」

声の主は、まだ笠井たちから、ふすま一枚分死角となる位置にいた。姿は見えなかったが、笠井はその声を思い出した。

「もしかしておまえは、会社に電話をかけてきた……泥棒か」

「便宜上、泥棒ということにしたが」

男の声が答えた。

「実際はそうではない」

「では、誰なんだ」

と、問いかけながら、笠井は賢二のそばへにじり寄り、耳元でささやいた。

「頼りにしてるぞ、賢二。いざというときは」

賢二は、こわばった表情でうなずいた。

相手が武術のしろうとであるならば、たとえ刃物を持っていても倒せる自信はある。しかし、イヤな予感がしていた。相手は、ふつうの人間ではないという予感が。

「顔を見せろ」

賢二は、かすれがちな声で言った。

「おまえの顔をこっちに見せろ」

「いいのか」

男の声が答えた。

「私の顔を見て心臓麻痺《まひ》を起こしても知らないぞ」

その言葉を聞いて、笠井がまた賢二に耳打ちした。

「どういう意味だろう」

「ぼくにきいたって、わかりませんよ」

「ショックを起こすほどすごい顔をしているんだろうか。それとも……おい、たずねてみてくれ。もしかして、こっちがよく知っている人間なのか、と」

恐怖に縛られた笠井は、もはや賢二を通じての会話しかできなくなっていた。

賢二は笠井の依頼どおり、ふすまの向こう側にいる人間に呼びかけた。

「おまえは、ぼくたちがよく知っている人物なのか」

「おまえは、よく知っている」

その答えに、賢二と笠井が顔を見合わせた。

「ぼくのことは知っている？　じゃ、笠井さんは」

「知らない」

「だけど、おまえは社会部デスクに死体発見の電話を入れてきたんだろう。それは笠井さんを知っていたからじゃないのか」

「違う」

男の声が淡々とした口調で答えた。

「笠井に事件を教えれば、おまえに連絡が行くことがわかっていたから、そうしたのだ」

「では、最初からぼくをこの家に招き入れるつもりで社に電話をしたのか」

「そうだ。少々手が込みすぎていたかもしれないが」

「おい、賢二」

笠井が、ほとんど息だけの声で耳打ちした。

「あの声に心当たりは？」

賢二は、ない、というふうに首を横に振った。

そして、ふすまの向こうにいる人物に、もういちど呼びかけた。

「もったいぶるのはやめて、顔を見せろ」

「ほんとうに私の顔を見せていいんだな」

「早くしろ！」

スーッとふすまが動いた。

動くにつれて、玄関の照明が賢二たちのいる和室に差し込んできた。

さらにふすまが横へ動かされ、声の主が全身を現した。

賢二はあぜんとして声も出せなかった。相手とはたしかに初対面となる笠井も、信じられないという表情で賢二の袖《そで》を引っぱった。

そこに立っていたのは男ではなく、女だった。桜井賢二の姉、耀子。

話題にしていた張本人の唐突な登場にショックを受けた賢二は、事態を少しでも論理的に解釈しようとして声を出した。

「やっぱり……これは姉貴がやったことだったんだな。だけど共犯者がいるんだろう」

耀子は無言、そして無表情。

「手伝ったのは誰だ。いままでぼくたちとしゃべっていた男を出してくれ。隠さず、目の前に突き出すんだ」

弟に激しく問いつめられた桜井耀子は、ゆっくりと唇を動かした。

「しゃべっていたのは私だよ、賢二」

「………！」

賢二は凍りついた。

姉の口から、男の声が飛び出した。

十一　悪魔のメッセージ

1

最後はほとんどケンカだった。

強引に浜田玲菜の携帯電話を持ち帰ろうとした水村淳子は、頭髪も眉毛《まゆげ》もない男が烈火の如き怒りを表わすと、ここまで凄《すさ》まじい迫力の形相になる、という見本を見せつけられていた。だが、それでも彼女はひるまなかった。

「事件の調査に協力的な態度をとっていただけないのなら、私は上司に報告することになります。よろしいですか」

けっきょく、そのセリフが決め手となった。

ドル箱スターを大事故で失い、しかもその大事故の責任を追及されて巨額の損害賠償を負いかねない状況で、さらに「政府」を敵に回しては社会的に潰《つぶ》されてしまう、とでも思ったのだろう。しぶしぶながら、神坂は玲菜の携帯電話の持ち出しに同意した。

神坂の前で問題のサイトをすべて見ようとしなかったのは、それが渋谷の事件と深い関係があることを、外部の人間に気づかれたくなかったからだった。芸能業界の噂話は、とりわけ猛スピードで広がっていく。だから淳子は、神坂から情報を奪う意味合いもあって、強引に玲菜の携帯電話を持ち出した。

激しい雷を伴う土砂降りは、いつのまにか糸を引くような細い雨に変わっていた。頭上に広がっていたぶあつい黒雲は消え去り、灰色の空ではあったが、夜かと思う薄暗さは解消されていた。

その代わり、寒さが一段と厳しくなってきた。これから夜にかけて、間違いなく気温は急降下していく。弱々しい雨が、いつ雪に変わってもおかしくない冷え込みだった。

水滴にびっしり覆われた自分の車に戻ると、淳子はまずエンジンをかけてヒーターを始動させた。神坂の事務所にいたのは長い時間ではなかったが、車の中は冷蔵庫になっていた。

淳子はすぐには車を動かさず、運転席に座ったまま自分の携帯電話をチェックした。

関連事件の検索を依頼していた稲本俊太からメールが入っていた。ジェットコースターから飛び出した男と、マッチ棒で目をこじ開けたまま自殺した少女の情報を知らされ、淳子は驚きのため息を洩《も》らした。

浜田玲菜が引き起こしたとみられるトンネルの大惨事と同様、映画館での異常事態発生前に、明らかにその序章とみられる出来事が、世の中で散発的に起こっていた。しかし、その前兆に誰も気づいていなかった――

淳子は「了解。ありがとう」と短い返信をすると、自分の携帯電話は助手席に置き、入れ替わりに浜田玲菜の携帯電話を手にとった。そして「逆ネズミ算」と題されたサイトにもういちどアクセスをはじめた。

すでに見終わったところは飛ばし、逆ネズミ算という造語が示す人間の恐ろしい本質というくだりのところへ移った。

《「ネズミ算式に」という言い回しは、何かの数が枝分かれしながら飛躍的に増えていく様子を描写するときに使われます。子孫の数が増える場合に限らず、伝染病の感染者がネズミ算式に増えていく、というような使い方もあります。いずれにしても、ある状況が拡大していく印象が強いですね。

そのネズミ算から、逆に「収束」のイメージを思い描くのは、かなり困難です。しかし、逆もまた真であり、そこには大変に恐ろしい真実が含まれることをみなさんにお伝えしなければなりません。

ここでひとりの人間を思い浮かべてください。といっても、具体的な人物像は要りません。男女の性別も考える必要はありません。よく統計資料などで使われる、人の形をした図形——あれでけっこうです。それをイメージしてください。

その人の形をした図形から、下に向かってピラミッドの裾《すそ》が拡がっていく状況を想像しましょう。これがネズミ算式に子孫が拡大していく概念図です。よろしいですね》

書かれたとおりの図を思い浮かべながら、淳子は「つぎへ」の指示にしたがってボタンをクリックし、新しい画面に切り替えた。

《さて、いま私は、子孫繁栄を表わすピラミッドの頂点に立つ人間は、人の形をした図形を思い描けばよいと申し上げました。しかしこんどは、それをあなた自身の姿に置き換えてみてください。具体的にあなたという人間を起点として、子孫が繁栄する構図を想像してみるのです。

どうですか？　すでに結婚してお子さんがいる方なら、容易にイメージは浮かぶでしょう。お孫さんまでいる方なら、なおさらです。けれども、違和感を覚える人もおられるはずですよね。世の中にはいろいろな立場の方がいらっしゃいます。人生設計のポリシーや身体の事情などで、子供を意識的に作らない方、あるいは子供ができない方、さらに独身主義を貫いている方や、若すぎて結婚や子供などまだまだ遠い先の話だという方——こうしたみなさんにとっては、自分を頂点にして子孫が増えるネズミ算モデルはイメージしにくいし、あまり愉快な作業ではないかもしれません。

つまりそれは、「自分が存在しているからといって、必ずしも自分の子孫も存在するとはかぎらない」という、当然といえば当然の真理を表わしています》

たしかにそのとおりだ、と淳子は思った。

淳子はすでに三十三歳だが、結婚はしていない。今後もするつもりはなかった。学生時代に化粧品会社のモデルをやっていたほどの美貌《びぼう》の持ち主だったから、言い寄ってきた男は数知れず。いまでも、淳子にプロポーズしてくる男は跡を絶たない。玲菜の事務所社長の神坂にしても、あれだけ激しいやりとりをしたあとでさえ、「あなただから、私は怒りをここまでで抑えているんですがね」と言って、個人的な関心は引きつづき持っていることを匂わせていた。

だが、どんなにいい男が現れても、淳子には結婚の意思はなかった。特定の男性を愛したことはあったし、これからもその可能性は大いにあるだろう。しかし、結婚はできない。いくら好きだからといって、違った人生を歩んできた男に、自分の生き方を合わせることは絶対にできないとわかっていたからだった。

そういう考えの持ち主である淳子にとって、自分の子孫が増えていく様子は、たとえ図形的なモデルであっても想像するのがむずかしかった。

このサイトの文章を書いているのが渦波魅伊里という例の監督であるならば、かなり人間の心理をわかっている人物と思われた。

淳子の目が、携帯画面に映し出されたつぎの文章を追っていく。

2

《いまはあなたの足元に広がるピラミッドを想像してもらいましたが、こんどは反対に、あなたの頭上にのしかかるような逆ピラミッド型を想像してください。逆三角形に祖先の群像が広がっている図を思い描くのです。

これなら、どんな立場の方でも可能ですね。何かの事情で、生まれたときから親の顔を知らずに育ってきた人でも、自分が存在しているからには、必ず父親と母親の存在があったわけですから。

この文章をいま読んでいるあなたには、子供がいないかもしれないし、いるかもしれない。いまはいなくても、将来子供ができ、その人数が増え、さらに孫の人数も増えていく運命にあるかもしれない。そうした子孫に関する事情は個人個人でバラバラです。

ところが、逆に祖先の方向へ目を向けた場合には、すべての人間において絶対共通の真実がある。それは「自分が存在している以上、必ず自分を作り出した父親と母親がいた」ということです。

たとえ代理出産や体外受精、卵子提供、精子提供といった変則的な出産形態であっても、この絶対的真実に変わりはありません。クローン人間を想定に入れなければ、地球上の人間すべてに、父親と母親がいるのです。たとえ親子関係が断絶していようとも、自分をこの世に生み出したのは、ひとりの男とひとりの女なのです。

つまり、すべての人間は、

1＋1＝1の法則

によって成り立っている。そしてこの等式の左辺を整理すれば、

2＝1　となるのです》

数学的には等式として成立しないものが、遺伝学的には成立している。その指摘が淳子の目を引いた。

細胞分裂には、通常の体細胞分裂と減数分裂の二種類がある。そのうち生殖に関与する精子と卵子を形成する過程では、染色体の数が半分に減る減数分裂が行なわれる。

通常の体細胞は四十四本の常染色体と、ＸＸかＸＹの二本の性染色体、合わせて四十六本の染色体から成っている。しかし、精子や卵子はその形成過程で減数分裂が行なわれ、染色体の数は半分の二十三本に減る。常染色体二十二本とＸまたはＹの性染色体一本である。

だからこそ、精子と卵子が結合して新しい生命が宿ったときに、染色体の数は通常の体細胞と同じ四十六本に戻る。つまり染色体の数からみれば、

$\frac{1}{2}+\frac{1}{2}=1$

という、数学的にもちゃんと成り立つ等式なのである。

けれども人間の姿としてみるならば、たしかに1＋1＝1というのが、親が子を産む姿を表わしている。

したがって、2＝1。

これまで考えてみたこともない発想だった。

そして淳子は、さらにつぎの画面へ切り替えた。

《1＋1＝1　という等式は、ひとりの人間の存在には、必ず一組の父母が関与していることを表わすわけですが、その父母にも、それぞれ父母がいる。したがってこれは、

（1＋1）＋（1＋1）＝1

というふうにも置き換えられるわけです。

この式は、ひとりの人間の存在には、二組の祖父母が関わっていることを表わしていま

す。そして左辺をまとめれば、

4＝1　となります。

そうやって先祖を一代遡《さかのぼ》るごとに、この奇妙な等式の左辺の数値は、2の累乗で増えていきます。

この左辺を、あなたの「元親」と呼ぶことにしますと、元親の人数は、一代前（父母）は二人、二代前（祖父母）は四人、三代前（曾祖父母）は八人……以下十六人、三十二人、六十四人、百二十八人……というふうに、n代前におけるあなたの「元親」は2のn乗人の広がりを持つ、という計算になります。

ちなみに2の16乗は65536。つまり、あなたの祖先を十六世代前まで遡ると、じつに六万五千人以上もの元親が関与していたことになるのです。さらに、そこまでの元親の延べ人数を計算すると、十数万という数に達します。

さて、ここで計算を単純化するために、どの世代においても父母ともに二十五歳のときに子供を作ったと仮定しましょう。すると、十六世代という長さは25年×16＝400年。いまから四百年前といえば、江戸幕府が開かれたころです。あくまで機械的な計算で、という前提ではありますが、あなたのルーツをそのころまでに遡れば、五万、十万といった巨大な数字で元親の人数が広がっていく計算になるのです。

その調子でさらに過去へ遡っていけば、しまいには日本の人口を超えてしまうのではないか、と疑問に思われるかもしれませんが、現実には、いま便宜上仮定したような同一サイクルで子供を作っていくわけではないので、何十世代も前になると、横に広がった元親たちが、ある時期に同時に存在していることにはならなくなります。

ともあれ、あなたがいまこの世に存在している背景には、いかに膨大な人数の元親たちの存在があったかがご理解いただけたと思います。一個人の頭上に広がる祖先の逆ピラミッドは、かくも巨大な逆三角形をなしており、それら祖先たちの遺伝子が、減数分裂と受精による結合を繰り返しながら、あなたというひとりの人間の誕生に向かって収束されてきた。

これこそが人間の存在の本質であり、私が逆ネズミ算と命名したものの基本的なイメージです》

水村淳子は、いま初めてふれた逆ネズミ算という着想の迫力に圧倒されていた。そして、画面下に「つぎへ」という指示が出るたびに、急いでそれをクリックしていった。

冷え切っていた車内にエアコンが利きはじめ、だいぶ室温も上がってきたが、淳子は強い寒気を感じていた。

《この逆ネズミ算は、重大な事実を私たちに語りかけていることが、みなさんもそろそろわかってこられましたね。そうなのです。何十世代も遡っていくうちに数十万人、数百万人と増えていく元親たちは、あなたがまったくの「アカの他人」と思い込んでいる人たちの元親と、どこかの世代で重複してくる可能性が大なのです。

人間の一生は、せいぜい七十年から八十年。その短い期間で切り取ってみるならば、あなたの周囲はアカの他人だらけです。まったくの他人と思ってつきあっていた友人や知人が、自分と血のつながった親戚《しんせき》だと判明した、というケースはきわめて稀《まれ》といってよいでしょう。

ところが、逆ネズミ算の発想で遥《はる》か過去に思いを馳《は》せれば、他人と思っている者どうしが、遠い遠い昔に共通のルーツを持つ親戚であったという確率は、決して低くはありません。それどころか、かなり高いと申し上げてもよいでしょう。

身内か他人かという区別は、親戚間の情報や家系図が存在している範囲内で行なっているにすぎず、そこには長期間にわたる資料的な裏付けなどまったくありません。きわめて限られた情報だけで、あなたは親戚と他人とを区別しているのです。日本の人口が一億二千万人だとして、あなたが親戚として認識しているのは、せいぜい数十人のレベルではありませんか？　多くても百人、二百人といったところでしょうか。

しかし、それがほんとうに親戚の実態なのでしょうか？　じつは「親戚づきあい」をしている範囲が「親戚」にすぎないと、勝手に枠をはめているだけではないのでしょうか。

朝晩の満員電車に揺られて会社に通勤するサラリーマンやOLは、まさか同じ車輛《しやりよう》に自分と同じルーツの遺伝子を持った人間が大勢いるなど、思ってもみないでしょう。しかし、逆ネズミ算の世界を知ったあなたは、身内と他人の区別が、いかにあやふやなものであるかを、もう理解されていますね。

同じ車輛に乗り合わせ、隣の吊革《つりかわ》につかまっている人物とあなたとは、どこかで同じ遺伝子を受け取っている確率が低くないのです。混雑した車内でお尻《しり》をさわられた女性と、さわってきた痴漢とが、同じ遺伝子をルーツに持つ「親戚どうし」である、などという事態が、冗談ではなく、じゅうぶんにありうる話なのです》

まだ漠然とした感覚だったが、水村淳子は、このサイトが、見る者に対して非常に大きな心理的影響を与えるものであることを察しはじめていた。もしかすると、自殺系サイトなどよりも、ずっと影響力は強いかもしれない、という気がしてきた。

《それと同じ理屈で、世間の人々を震え上がらせる猟奇連続殺人犯、残虐行為を平気で行なう小中学生、女性を欲望の道具として弄《もてあそ》ぶ破廉恥なレイプ犯などが、じつはあなたとどこかで遺伝子的につながっている可能性は少なくないのです。それを親戚と呼ぶならば、あなたは悪魔と親戚になっている。その事実を知らずに――そう、まさに知らぬが仏という状況で、あなたはそうした犯罪者たちを、口を極めて罵《ののし》っているのかもしれません》

水村淳子は、車のヒーターを止めた。

いつのまにか額に汗がびっしりと浮かんでいた。

《自分の性格や容姿が親に似ているのは、誰もが認めるところでしょう。場合によっては、おじいちゃん・おばあちゃんまでは、親からの情報によって、性格や容姿の類似性を指摘されることがあるかもしれない。けれども曾《そう》祖父や曾祖母――ひいおじいちゃん・ひいおばあちゃんですね――まで遡って、「あんたの性格は、ひいおじいさんにそっくりだ」とは、親からもめったに言われない。まして、それ以前の先祖については、よほど歴史上の偉人でもないかぎり、あなたとの類似点を指摘されることはありません。ひとえに情報がないからです。

だからといって、何代も前の祖先と、性格が似ていないという保証はないのです。それも、いい面だけではなく、悪い面においても……》

渦波魅伊里という、トンネルにこだわったペンネームをつけた人物は、「ようこそ、暗黒の怨霊屋敷へ」と題して、逆ネズミ算の世界を長々と説明してきたが、その解説は、いよいよ核心の暗黒部分へと入っていった。

《よく考えてみてください。江戸時代からさらに戦国時代あたりにまで遡ると、あなたの元親の数は数万から十数万、ひょっとすると百万の単位まで広がっていく。それだけ人数が多くなれば、善人ばかりとは限りません。とてつもない極悪人も混じっていることでしょう。さらには、極悪人というレベルを超えた異常者も混じっている確率が高くなります。

たとえば、猟奇殺人鬼のような人物もです。

さきほど私は、現代の猟奇殺人者や性犯罪者とあなたが遠い縁戚関係にある確率が決して低くないと述べました。しかしもっと直接的なケースだってある。それは、あなたが残虐行為をほしいままに行なっていた人物の、直系の子孫である可能性です。

そうした祖先がいたとしても、それは特殊ケースにすぎない、と反論されたいかもしれませんね。けれども昭和、大正、明治、江戸、さらには戦国の世へ遡っていけばいくほど、いまのような人権主義は跡形もなく消え失せ、人の首を平然と刀で刎《は》ねて何とも思わない世の中になっていきます。死体だって、そこらじゅうの道ばたに転がっている。斬り落とされた生首や手足などが落ちていて、それをカラスがついばんでいるような風景の中で、庶民は洗濯や料理といった「平凡な」日常生活を送っていたのです。

そんな時代の裁きといえば、証拠の積み重ねや論理などではない。暴力が物を言う世界です。それも拷問という、人間の苦痛の極限を追い求めている悪魔の暴力——これこそが、正義の道具として使われていました。あなたの祖先は、そんな世に生きていたのです》

このサイトにアップされた文章の筆者「渦波魅伊里」が、明らかに興奮している様子が淳子に伝わってきた。携帯電話の画面に出ているのは、たんなる液晶文字にすぎなかったが、その背後から、興奮にあえぐ息遣いが洩《も》れ聞こえてくるようだった。

《昭和初期ですら、思想的な弾圧に用いられた拷問は激しいものがありましたが、秀吉などがキリシタンに加えた拷問は、比較にならないほどすさまじいものでした。しかし、そうした行為が「常軌を逸する」「猟奇的」「残虐のきわみ」「非人間的」といった言葉で非難されることは決してありませんでした。

お上《かみ》のすることだから異を唱えられない、というのではないのです。本質的に、人間はそうした行為に対して、激しく興奮するのです。自分の身に降りかかることでなければ、その興奮は恐怖という種類のものではなく、エンターテインメントとしての快楽といってよいでしょう。ローマ皇帝が、ライオンと生身の戦士を戦わせて見物するのも同じ感性です。それが人間の本質なのです。

第二次世界大戦で、日本軍は中国で悪名高い人体実験を行ないました。たとえば、生きながらにして腹を割いて解剖する、というのもその一例です。ところが、当の中国大陸でも、一九二六年に広東で公開の解体処刑が行なわれており、ドイツ人犯罪学者がそれに立ち会っている様子が記録に残っています。生きながら解体される囚人が悲鳴を上げないよう、まず声帯を切断してから、ゆっくりと各部の皮を剝《は》いでいく。それを群衆は、タバコをふかしたり食事をしたりしながら見物していたという。写真も残っています。

中世のヨーロッパでも、古代のエジプトでも、こうした処刑方法は行なわれてきている。そもそも昔から宗教と拷問とは、切っても切り離せない関係にあります。なぜならば、ある宗教を信奉する国家からすれば、自分たちと異なる宗教を信ずる者は、悪魔に取り憑《つ》かれているのであり、その悪魔を殺すには尋常な方法では効果がないと本気で信じていました。それゆえに炎であぶり、熱湯に浸《つ》け、釘《くぎ》で突き刺し、縄で締め上げ、石で押し潰《つぶ》し、刃物で剝ぎ、馬の力で引き裂くなど、考えられるかぎりの苦痛を浴びせかけた。

それは人間に対して残虐な仕打ちを行なっているのではなく、人間に取り憑いた悪魔に対して懲罰を行なっているとの認識があった。そこまで苦しめて初めて、人間の衣をかぶっていた悪魔が本性を表わして降参すると考えていたのです。取り憑かれた人間も原型をとどめぬほど破壊せねば、またそこへ悪魔が舞い戻ってくるとも考えられた。だから拷問を加える者には、使命感こそあれ、罪悪感は微塵《みじん》もなかった。ましてや自分たちの行為を、猟奇的とか異常といった感覚で捉《とら》えるはずがなかったのです。

……ただし、悪魔の存在を持ち出すことでもしなければ、とても正常な精神状態でできたものではなかった、という見方もありますが》

水村淳子は軽いめまいを覚えて、いったん画面から目を離した。

フロントガラスの向こうには、氷雨に濡《ぬ》れた大都会の風景が広がっている。決して明るい風景ではなかったが、それでも淳子は少し救われた気分になった。

そして、つづきを読もうとしたときに、自分の携帯電話が鳴った。

3

「ネットウォーカーです」

稲本俊太の若々しい声が聞こえてきたので、淳子は、ホッと救われた吐息をついた。

「さっきのメールは見たわ、ありがとう」

「やっぱり事件の予兆みたいな出来事が、事前に起きていたんですね」

「私のほうも、ひとつのケースをつかんだところよ」

「じゃあ、浜田玲菜の事件も？」

「ええ。もう少ししたら本部に帰るから、そのときにみんなに詳しい話をするわ」

チーム・クワトロのメンバーは、永田町の一角にある、あの会議室を「本部」と呼んでいた。

「いまボスたちはどうしているのかしら」

「超能力組で試写会ですよ」

俊太は言った。

「本部に映写機を持ち込んで、『トンネル』のフィルムを上映しています」

「三人だけで？」

「そのようです。一般人のぼくやあなたが立ち会っても、ただの黒い画面を見るだけのことになるだろうから、参加する意味もないと判断したんでしょう」

「一般人ね」

俊太のその言い回しに、淳子はちょっとだけ微笑んだ。

「ボスも一般人に入ると思うけど」

「霊感の強いふたりが何かに取り憑かれたときの救出役として、自分がいなければ、と思っているらしいですよ」

「ほんとに？」

「さっきの電話で、自分でそう言ってましたから」

「でも、仙人とヒトミのふたりが同時に何かに取り憑かれたら、私だったら助けるよりも逃げ出しちゃうかも」

「ぼくもそうするかもしれません。……でも、ここでむき出しの目ん玉に囲まれて仕事をしているよりはマシかもしれないけど」

「まだフリーズは解消されていないの？」

「この調子だと、永遠にこのままですね」

こんどは俊太が大きなため息をついた。

「外部の人間には見せられないですよ。こんな画像が出ていたら、貸し出しを許可してくれた家族に返すわけにもいかないし」

「そうよね。家族が見たらショックよ」

「ところで、ボスの不在中に警視庁経由の最新情報が入ってきました。それを伝えようと思って電話したんです。さっき写真が公開されたばかりの、試写会経費を振り込んだ男、身元がわかりましたよ。なんと新聞記者だそうです」

「新聞記者？」

「メトロ・タイムスの社会部記者で、名前は桜井賢二。年齢は二十四歳。いま捜査本部が本人との接触を試みようとしているところらしいです」

「渦波魅伊里の正体が、新聞記者なの？」

「……かどうか、わかりませんけどね。関係者であることは確実でしょう」

「じゃ、あとで本部で合流しましょう」

稲本俊太との電話を切ると、淳子はふたたび浜田玲菜の携帯画面に視線を戻した。通信が途切れていないので、読みかけのところがそのまま出ていた。

《ところでみなさんは、少なくとも先進国においては、残酷な処刑方法はとっくに追放されていると思っておられるかもしれません。ところが、そうではないのです。その代表的な例が、あの悪名高いギロチン。これは現代人の感覚からすれば、きわめて野蛮な死刑執行方法に感じられますが、いつごろまで行なわれていたと思われますか？

　せいぜい十九世紀ごろまでだろうって？　とんでもない。ドイツやオーストリアでは、第二次世界大戦最後の年となる一九四五年までギロチン処刑が行なわれておりました。それも大量にです。さらに、この処刑機械を生んだフランスでは、最後のギロチン処刑が行なわれたのが、なんと一九七七年です。

　そして一九八一年に、ようやく死刑執行手段としてのギロチンは正式に消滅しましたが、これは首を斬り落とす方法が残酷だからやめたのではなく、死刑制度そのものを廃止する法案が議会で可決されたためです。ですから、もしも死刑制度が維持されていたならば、二十一世紀のいまでも、フランスでは囚人の首を斬り落とす処刑方法をつづけていた可能性があります。

　では、なぜ中世の遺物のようなやり方が、今日まで残されていたのでしょうか。

　ギロチンが導入されたとき、たしかに効率のよさが売り物であったことは事実です。斜めにカットされたギロチンの刃を断頭台のてっぺんまで引き上げ、囚人の首めがけて落とせば、頑丈な刃の重みによる加速度で、一瞬にして生首切断が完了。大量の処刑を流れ作業で行なうにはきわめて好都合です。

そうした流れ作業による処刑は係員の気を弛《ゆる》ませることになったのか、あるときなど、切断された生首を断頭台下の受け皿から取り出すのを忘れたまま、つぎの囚人を断頭台に固定してしまった。おかげで受刑者は、直前に斬り落とされた生首と至近距離で向き合うことになり、あまりの恐怖に大暴れして、固定具からはずれてしまったというエピソードもあります。

しかし、ギロチン・システムが人権主義の発達した二十世紀末になってもなお支持されていた最大の理由は、それが死刑囚にいちばん苦痛を与えない方法だと信じられていたからです。瞬時に首を斬り落とされた受刑者は、何かを感じる間もなく生命を奪われる、と思われていました。電気椅子や絞首刑に較べれば、受刑者の苦痛はゼロに等しい、と……。したがって、これは最高に人道的な処刑方法なのだ、というわけです。

けれども実際には、切断された生首は、その後も意識が残っていることを想像させる出来事が、処刑現場ではいくつも起きていました。斬り落とされた生首を係員が持ち上げ、太陽に向けたとたんに、まぶしそうに目を細めたこともあったし、死刑執行人を怒りのまなざしで見つめた生首もありました。

より決定的な例は、処刑前に立ち会いの医師から、「斬り離されたおまえの首に向かって名前を呼ぶから、それが聞こえたらまばたきをしてほしい」との実験依頼に協力した受刑者がいたことです。そして処刑後、彼の生首は、医師の呼びかけに事前の約束どおりに反応したのです。呼びかけに眼球を動かした例も報告されています。

このように、斬首刑の現場に携わってきた人々の多くは、胴体から斬り離されてもなお、頭部には意識がかなりの長時間存続するという事実をまのあたりに見てきています。では、それはいったい何を意味しているのでしょうか。超常現象とか怪奇現象として、怪談話のネタにしておしまい、でよいのでしょうか。いいえ、この現象を論理的に説明する、ひとつの解釈があります》

水村淳子は、不気味な文章が投げかけてきた質問に対して、自分で答えを探そうとした。精神病理学者のひとりとして。

だが、すぐには見つからなかった。そして「つぎへ」のボタンをまたクリックし、新しい画面で、その答えを求めた。

《答えは、メモリーです》

4

淳子は、ドキッとした。

精神病理学者として、まさにそのテーマを研究していた時期があったからだった。

通常の精神病理学は、当然のように生きている人間の心のみを研究対象としている。しかし淳子は、死後の肉体変化が法医学では最重要テーマであるのに、死後の精神変化についての研究が一切なされていない点が不思議でならなかったのだ。

精神と肉体を分離して考える限り、死後の精神は「霊魂」という概念でしか捉えられなくなる。そして難波鉄之進のように、霊界とのコンタクトができる人間が現れると、「オカルト現象」「心霊現象」「超常現象」はては「インチキ」という汚名まで着せられてしまう。

実際、世の中の霊能者の大半はインチキである。だが難波鉄之進のように、あるいは川上キャサリンのように、霊視とか透視という特殊な能力を持つ人間が存在するのも事実である。とくに透視能力者は、ＦＢＩをはじめとする各国の捜査機関で、ときには公式に、ときには非公式に行方不明者などの居所を突き止める任務を与えられているし、戦争においてもその特殊能力を貴重な兵力として使ってきた歴史もある。

それは「心もまた肉体である」として捉えれば、当然の状況ではないかと、淳子は考えていた。肉体が武器になるように、心もまた武器に、あるいは道具になるのである。

淳子にしてみれば、「心は見えない」という概念が、根本的に誤っているのだった。それはたんに、目に見えない場所の肉体の動きにすぎない。

人体の動きには、人間の目に見えるものと見えないものがある。見えない動きの中でも、解剖学的には見えるものと、それでも見えないものがある。たとえば心臓の鼓動は、そのままでは見ることができないが、心臓手術のときにはむき出しにして見ることができる。一方、身体の痛みを脳が認知するプロセスは、神経の電位差としては捉えられても、肉眼では決して確認できない。

心の動きはまさにこの痛覚の認識と同じで、肉眼では絶対に確認できないが、脳細胞の中における電位変化で表わされる現象なのである。痛い、と感じる動きが電気的に確認できるように、苦しい、愛しい、悲しい、腹立たしい、といった心の動きも、それは脳細胞の電気変化にすぎない。

苦悩することを「胸が痛む」と表現するように、あるいは心臓をハートマークで表わし、それを愛情表現の象徴とするように、古来、人の心は心臓部に存在するという考えがあった。だから古代の戦士たちは戦いに勝利すると、相手の胸からまだピクピクと脈打つ心臓をえぐり出したりもした。

しかし、現実の「心」は脳にある。ところが、いくら頭蓋骨《ずがいこつ》を開けても肉眼的には脳は動かない。だから心は目に見えないもの、という通念ができあがってしまった。もしも心臓と同じように、大脳がピクピクと目に見えるほど脈打っているものであれば、精神医学は肉体の医学と一体化して発展したことだろう。

表面上は静かなる司令基地大脳だが、その内部では超高速の電気信号が飛び交っており、それが一瞬にして肉体を変貌《へんぼう》させることもある。涙腺《るいせん》から涙を溢《あふ》れさせるのも、身体を揺すって声高らかに爆笑させるのも、反射的に怒りのパンチを繰り出すのも、あるいは苦悩のあまり数時間にして胃に潰瘍《かいよう》を作らせてしまうのも、すべては大脳から繰り出される信号であり、その指令を出しているのは決して目に見えない「心」ではなく、「こうくれば、こう反応する」という体験の積み重ねで得た、電気信号プログラムなのである。

人体の動きすべてを支配するそのプログラムは、容易なことで消えてはならない。だからそこに、必ずメモリー機能がある、と淳子は考えていた。デジカメの電池を入れ替えるとき、バッテリーを取り外しても種々の設定をそのまま保持しておけるバックアップ機能があるように、大脳には行動プログラムの蓄積センターがあり、そのおかげで「学習」や「記憶」が可能となる。

そしてそのメモリー機能は、たとえ首が胴体から切断されても、脳細胞が完全に劣化するまでは、蓄積したプログラムを保持しつづける。直接脳に物理的ダメージを受けた場合を別とすれば、人は呼吸と心臓が停止してもなお生きており、さらに脳死と判定された場合でも、脳内の基本メモリーはまだ消失していない。

肉体の重要部分で最後に死ぬのは大脳の中のメモリー部分であり、ゆえに人は、自分の心臓や肺の機能が停止したことを意識する時間がある、と淳子は想像していた。

真実の死は、脳内メモリーが保持できなくなり、完全に消滅した段階である。死線から奇跡的に生還してきた人の言葉として、幼いころの情景が走馬燈のようによみがえった、という経験談がよく語られるが、それこそがメモリーの最終放出の状況なのだ、と淳子は解釈していた。それはメモリーの保持能力を失いつつある大脳が、記憶のすべてを放出しているプロセスを認識しているのである。

そして、一個体としての人間を維持するために蓄積してきた全メモリーを放出して空になったときこそが、人間の真の死である、と淳子は規定していた。

そうした考えを推し進めていった淳子は、一般的な概念の死が訪れたあとの、大脳の機能変化を研究する「死後の精神病理学」に、ある時期真剣に取り組んでいたことがあった。そんな時期に、誰かと「大脳のメモリー機能」という言葉を持ちだして議論を交わした覚えがあった。

その記憶がいま、渦波魅伊里のサイトに「メモリー」という単語を見つけたときによみがえったのだった。

（あの話を切り出したのは、研究仲間ではなく、私にカウンセリングを依頼してきた女性だった。たしか四年ぐらい前……。私もまだ二十代だったけれど、その女性も若かった。私より、三つか四つ下だった）

長く伸ばした黒髪と、青白い顔色が印象的な女性だった。その女性の訴えが、具体的な声を伴って思い出されてきた。顔の印象と同じく、線の細い声を出す女だった。

「先生、私が感情的に暴走してしまうのは、自分で知らないうちに、脳の中に恐ろしいメモリーが埋め込まれているからなんです。それが私をめちゃくちゃな行動に駆り立ててしまうのです」

女は、感情的な暴走というイメージからは程遠い声で訴えた。

「それは、私の体験を蓄積したメモリーではなく、もっともっと前から、先祖の記憶がそのまま私の頭脳にメモリーされているんです。それが私には耐えられない。だって、ものすごい場面ばかりで……それが実際に見えることがあるんです」

(ちょっと待って!)

浜田玲菜の携帯電話を手にしたまま、淳子は顔色を変えた。

まったく無関係と思えた過去の記憶が、重大なところにつながっていきそうだった。

(先祖の記憶が……実際に見える)

(たしかに、あの女性はそう訴えていた)

精神面のトラブルを抱えて相談にきたその女性の症状は、あるとき突然、何もかもが腹立たしくなって、感情が暴走してしまうのを止められない、というものだった。そして、そうなったときの記憶がほとんどない、という。

その件についてカウンセリングをつづけているうちに、「じつは」と、彼女が重い口を開いて告白したのが、先祖の記憶という話だった。恐ろしい先祖の記憶が自分の脳にメモリーされていて、それが映像として見えてしまうので発作が起きるのだ、と。

では、具体的にどのようなものが見えるのかを問いかけても、彼女はときに激しく震え、ときに声を上げて、説明を拒絶した。

そのときの淳子は、その奇妙な訴えを、精神的な錯乱によるものだとばかり思っていた。

しかし――

(彼女が訴えていたことって、このサイトに書かれている話につながってくるじゃない)

ゾクリと寒気を感じながら、淳子は、逆ネズミ算の暗黒世界を長々と説明する液晶画面に目を落とした。そして、さらに詳細な状況がよみがえってきた。

(あの若い女性は、カウンセリング中に私の前でも、たびたび感情の爆発を起こすようになった。私は精神病理学者ではあるけれど、医師ではないから、脳神経外科の本庄《ほんじょう》先生に協力してもらって、彼女の脳をＭＲＩで調べることにした)

四十代半ばの本庄誠《まこと》医師は、淳子が取り組んでいる死後の精神病理学に強い興味を示し、共同研究のパートナーを引き受けてくれていた。その本庄が、女性の脳をＭＲＩで断層撮影し、そこに顕著な物理的な変化を認めたのだった。

感情を制御する左脳前部帯状皮質の極端な収縮。

それは心的外傷後ストレス障害《PTSD》の患者に見られる傾向の、さらに顕著なものだった。

(彼女の名前……なんだっけ)

必死に思い出そうとした。

耀子という下の名前は、字面も含めてパッと思い出せたが、名字がなかなか出てこない。

カウンセリング中の会話でも、彼女のことを「耀子さん」と呼んで、名字はあまり口にしなかったからだ。

「水村さん、ここだけの話ですが」MRI診断で左脳に極端な異常を見つけた本庄医師が、淳子にこっそり耳打ちした。そのときの場面が思い出される。

「あの女性は、目もおかしいですよ」

「目が？」

「私はそちらの専門ではないから、ハッキリしたことは言えないのですが、いちど精密検査をしたほうがいい」

「どういう意味でしょう」

「目が動いていないんですよ」

「え？」

淳子は、本庄医師の言わんとするところが、すぐにはわからなかった。

「目が据わっている、ということですか」

それは、耀子と面と向かっているときに、淳子も感じていたことだった。なんとなく目の動きに精彩がないな、と。

だが、本庄の指摘はもっと奥の深いものだった。

「たしかに彼女の目は据わっています。しかし、一般的な表現として使われるニュアンスを超えたものなんです」

「というと？」

「固視微動《こしびどう》がなさそうな感じなんですよ、桜井さんの場合は」

本庄との会話を思い出すうちに、耀子の名字が出てきた。

（桜井だ、そう、思い出したわ。桜井耀子）

（……え？　桜井？）

淳子はハッとした表情になった。稲本俊太が伝えてきた、防犯カメラに写っていた新聞記者の名前は何だったか。桜井賢二だ。

（桜井賢二に、桜井耀子……）

偶然とは思えなかった。

淳子は、急いでサイトのつづきをスクロールした。ギロチンで斬り落とされた生首が、まだ呼びかけに反応するという現象を、脳内メモリーという概念で説明しようとした渦波魅伊里は、つぎに何を語りかけてくるのか。

しかし——

出てきた画面には、こう書かれていた。

《このつづきに関心を持った方は、投稿フォームからご連絡を。近いうちに面白《おもしろ》い実験をしようと思っています》

それでサイトは終わっていた。

もしもこのサイトが、ここ数日更新されていないものであれば、近いうちに行なわれる面白い実験とは、あの試写会を指しているに違いない。

淳子の脳裏に、ひとつの解答が浮かび上がってきた。すなわち――

(『トンネル』の仕掛け人は、桜井耀子だった。祖先の記憶が自分の脳にメモリーされていると訴えていた、あの女性だったんだ)

淳子は浜田玲菜の携帯電話を切ると、急いで自分の携帯を取り上げて、ふたたび稲本俊太に連絡を取ろうとした。

そのとき一瞬早く、着信があった。

まさに、その俊太からだった。

「大変だ、水村さん！」

俊太はコードネームではなく、本名で呼びかけてきた。

「ボスたちに大変なことが起きた！」

「どうしたの」

ただごとではない俊太の口調に、淳子は片手をハンドルに掛け、前のめりになって問い質《ただ》した。

「何があったのよ」

「ずっとフリーズしたまま何をやっても変わらなかったパソコンの画面が、急に真っ暗になって、あの瞳《ひとみ》の大群が消えたかと思うと、代わりにボスが……鷲尾さんが出てきて」

「ボスが、パソコンの画面に？」

「難波さんとキャサリンもです。百六十三台のパソコンの、だいたい三分の一に主任が、三分の一に難波さんが、そして三分の一にキャサリンの顔がアップになっているんです」

「まさか……」

淳子は震えた。

「ボスたちも、自分のまぶたを広げているの？」

「いや、それはやっていません。でも、三人とも苦しそうな顔をして、もがいているんですよ。それのアップなんです。見ているほうも苦しくなりそうな」

「動いているの、その画《え》は」

「そうです。静止画像ではなく、動画です。ただし、コマ落としのようにカクカクとした動きですけど」

「声は」

「聞こえません。でも、三人とも何かをしゃべっているのは間違いありません」

「すぐに会議室の様子を見に行かせて」

「もう情報室に連絡は入れました。すぐ下のフロアにいた杉田《すぎた》次長が飛んでいってくれました」

「どうだったの」

「ドアはロックされていたので暗証番号を打ち込んで開けたところ、部屋の中には誰もいなかったそうです。映写機に掛けられた例のフィルムが回っているだけで、どこにも三人の姿は見当たらないと」

「消えちゃったの……ボスたちまで」

「そのようです」

「信じられない……」

「ぼくはどうしたらいいですかね」

「あなたはそこにいて」

片手で携帯電話を持ったまま、淳子はもう一方の手をハンドルにかけた。

「画面の状況をずっとモニターして、変化があったらすぐに連絡をちょうだい」

「わかりました」

「もうひとつ、久光さんに急いで報告を」

久光さんとは内閣情報室の最高責任者、久光一行内閣情報官のことである。

「パソコンモニターの状況も含めて、いま起きていることを説明しておいて」

「了解です」

「私も大至急そっちに向かうから」

言い終えるとすぐに、水村淳子は車を急発進させた。

十二　トンネル

1

「姉貴……ヨウちゃん」

桜井賢二は、顔面蒼白《そうはく》でつぶやいた。

「その声は……なんなんだよ」

「これは、私の声だ」

錯覚ではなかった。

桜井耀子の口から出てくるのは、しわがれた男の声だった。二十代の女性が声色で出せるようなものではなかった。

意識的に喉《のど》を絞った作り声ならば、まだ驚きは少なかっただろう。しかし、ふだんから線の細い声を出す耀子には、どうやっても出せる周波数帯ではない。

「おい、賢二……」

賢二の姉といままで対面したことのない笠井にも、事態の異常さは伝わっていた。

「これは、どういうことなんだ」

「わかりません。……でも、何かが姉貴に取り憑《つ》いているのかもしれない」

「取り憑いている、だって？」

「おまえが笠井か」

耀子が笠井のほうを向き、男の声できいた。

「どうだ、私が電話で伝えたとおりの状況だったろう。真実でないのは、私が泥棒ではないということだけだ」

「おまえが……殺したのか」

震えながら、笠井がたずねた。

「そのとおり」

「いま賢二が言ったように、鍋《なべ》の中にネズミを閉じ込める方法で殺したのか」

「ネズミではない、オオヤマネだ。賢二が説明していただろうが」

男の声を出す耀子の目は、完全に据わっていた。

「ダッチ・オーブンに閉じ込めた三匹のオオヤマネは、伏せた鍋底に載せられた炭火の熱さに苦しんで、なんとか脱出しようと必死になった」

「炭火……」

「まだ台所までは見ていまい。調べれば、そこに炭をおこした跡が発見できるはずだ。なんと旧式なことか、この家は掘りごたつで、しかもいまどき珍しく電気ではなく炭を使うものだった。だから、炭の買い置きがあってな。まさかそれが、おのれの身を苦しめる道具になるとは思わなかったろうが」

笠井を見据えたまま、耀子はつづけた。

「しかし、なかなか火加減というものがむずかしい。あまり火力が強すぎても、オオヤマネがいきなり焼け死んでしまう。かといって火力が弱すぎても、パニックを起こさぬうちに酸欠で息絶えてしまう。ちょうどよい加減に炙《あぶ》り立てれば、あわてたオオヤマネは、柔らかい腹にもぐり込んで熱から逃れようとする。もぐり込まれる側からすれば、それはそれは苦しい出来事でな。三匹のオオヤマネが三つの穴を開け、自分の内臓の中へもぐり込んでいくのを知ったときの、男の顔といったらなかった。具体的な痛みよりも、その状況を思い描いて、精神的に錯乱したのだな。熱せられた鍋の縁で腹の皮膚が大やけどを負っていることにも気づかないほどの取り乱しようだった」

ふはははは、と耀子は男の声で笑った。しかし、その笑い声を発している耀子の顔は、無表情のまま動いていない。

賢二も笠井も総毛立った。

とりわけ、実の弟である賢二のショックが激しかった。

「じゃあ、おまえはずっと見ていたのか」

笠井が追及した。

「そんな酷《むご》たらしいやり方で、この男が悶《もだ》え死んでいくのを平然と見ていたのか」

「拷問というものは、見ていなければ楽しみは半減する」

「もうやめろ、姉貴!」

賢二が叫んだ。

「ぼくは耐えられない! そんな声でしゃべらないでくれ」

「賢二、ちょっと待て。おれにもう少し質問させろ」

恐怖の大波をかぶりながらも、相手が身内ではないという客観性が、笠井にわずかな落ち着きを取り戻させていた。

「おまえは、いったい誰なんだ。賢二の姉さんに取り憑いたおまえは何者なんだ」

「私は、およそ四百年以上前の人間」

「……は？」

「江戸幕府が開かれる前、豊臣秀吉の治世からやってきた。拷問が決して非難されるべき行為ではなかった時代から」

「馬鹿げたことを言うな！」

笠井が怒鳴った。

「おまえはいま、ダッチ・オーブンとかパニックという言葉を使っただろう。秀吉の時代に生きた人間が、そんな言葉を知っているはずがない」

「私は遺伝子に乗って四百年以上の時を生きてきた。その間、宿主とともに時代の流れに合った知識を得てきているのだ」

「ふざけたことを言うな」

「おまえも逆ネズミ算の世界を知れば、私の言っていることの正しさを理解できることだろう」

「逆ネズミ算？」

「いまは説明をしている時間はないし、おまえに説明する必要もない」

「そうはいかないぞ」

笠井は、必死に声を張り上げた。

「こんなひどいことをして、説明責任がないとでも思っているのか。おまえがやったことは、猟奇殺人なんだぞ。異常者なんだぞ、おまえは」

「銀河の向こうを覗《のぞ》いてみたいと思ったことはないか」

「え……」

耀子の声帯から飛び出してくる男の言葉の唐突さに、笠井は眉《まゆ》をひそめた。

「銀河の向こう？」

「宇宙を見たいと、宇宙の果てがどうなっているか、見てみたいと思ったことはないか」

「何を言っているんだ、おまえ」

「宇宙の果てを覗きたいという気持ちが、人間の探求心として自然にあるのと同じように、あるいは、世界でいちばん深い海の底を見てみたいという気持ちが当然の好奇心としてあるのと同じように、私は人間の苦しむ姿を見たいと思うのだ。それは極限を観察したいという点において、宇宙や深海の姿に思いを馳《は》せるのとなんら変わりはない。いわば人間の本能といってもよいだろう」

「そんなものを本能というものか」

「作家・三島由紀夫は、かの『金閣寺』で、主人公にこう言わせている。『なぜ露出した腸が凄惨《せいさん》なのであろう。何故人間の内側を見て、悚然《しょうぜん》として、目を覆ったりしなければならないのであろう。……それはつやつやとした若々しい皮膚の美しさと、全く同質のものではないか』とな」

「……」

「さらに三島はこうつづけている。『内側と外側、たとえば人間を薔薇《ばら》の花のように内も外もないものとして眺めること、この考えがどうして非人間的に見えてくるのであろうか？　もし人間がその精神の内側と肉体の内側を、薔薇の花弁のように、しなやかに飜《ひるが》えし、捲《ま》き返して、日光や五月の微風にさらすことができるとしたら……』。

おお、さすが天才的な作家は、かくも人間の欲望を単純明快に表わしている。まさに三島が書き記したように、その男の腹の穴から覗いている内臓に、私はすばらしい美と個性を感じるのだ。人の顔立ちに個性があるように、人の胃や腸や肝臓の形にも個性がある。そんな感動的な発見から意識的に逃げようとしている現代文明人の愚かさよ、臆病《おくびよう》さよ」

「ごまかすな！」

笠井は唾《つば》を飛ばした。

「いったいこの男は誰なんだ。そして、どういう理由でおまえは彼をこんな目に遭わせたんだ。苦しむ姿を見たいから殺したとか、内臓を見たいから殺したなどという、異常者気取りの弁解は認めないぞ」

「おやおや」

男の声が笑った。しかし今回も、笑い声を発している耀子自身は無表情のままだった。

「さきほど私を異常者と罵《ののし》ったかと思えば、こんどは異常者気取りと非難する。言うことが一貫しない男だな」

「無駄口を叩かず、質問に答えろ。この男は誰だ」

「知りたければこっちにこい」

「なぜ」

「そこにいる賢二には聞かせたくない答えなのだ。だから、そっとおまえだけに教えてやろう」

笠井は、その言葉につられて一歩前に進み出た。

「だめだ、笠井さん」

賢二が注意した。

「姉貴に近寄らないほうがいい」

「だいじょうぶだ」

耀子をまっすぐ見つめたまま、笠井は言った。

「おれは空手の心得はないが、女相手に負けるほどひ弱ではない」

「そいつは、もう姉貴じゃない。女じゃないんだ」

そう言って、賢二は手を伸ばして引き留めようとした。が、それより早く、笠井が前に出た。

「もっとそばまでいらして」

その声に、笠井と賢二は息を呑《の》んだ。

突然、耀子本来の声に戻っていた。

「弟には絶対言えない話なんです。ですから、笠井さんだけの耳にしまっておいてくださいね」

無理にでも笠井を引き戻そうとしていた賢二は、耀子の声が元に戻った驚きで、一瞬動きを止めた。緊張しながら一歩前に踏み出していた笠井も、それでフッと力を抜いた。

「あなた……やっぱり声を作っていたんですか」

「脅かしてごめんなさい。じつはこんなことになったのは、深いわけがあるんです」

静かな声で詫《わ》びてから、耀子は口元に片手で筒を作り、笠井の耳元にささやこうとするポーズをとった。

笠井はますます警戒を解いて、自分の左耳を相手のほうへ向けた。ないしょ話を聞くために。

その瞬間だった。

耳の中に激痛が走った。

「賢二!」

笠井は悲鳴を上げた。

だが、それが笠井にとって、この世で発した最後の言葉となった。

つづいて「助けてくれ」と叫ぼうとするより早く、彼の耳に激痛を生じさせた物体の先端が、脳に達した。幸か不幸か、もうそこは痛みを感じない領域だった。

「あ、あ、姉貴」

賢二は動けなかった。

自分には空手という武器があることも忘れて凍りついていた。

笠井の身体がぐらりと傾き、虚ろな目が賢二のほうを見つめた。信じられない、と瞳《ひとみ》が物語っているように思えた。トレードマークのチョビ髭《ひげ》が、力なく垂れていた。

数秒間、傾いた姿勢を保ったのち、笠井は膝《ひざ》からゆっくりと崩れ落ち、腹に穴を開けられた死体の横に転がった。

桜井耀子の右手には、鋭いハサミが握られていた。

2

「桜井さん、桜井さん。至急、お話ししたいことがあるんです。開けてもらえませんか」

「開けてください。お願いします」

耀子と賢二の姉弟が住む部屋の前で、ふたりの男が交互にドア越しに呼びかけていた。

謎の映画『トンネル』試写会の実施委託費用を振り込んだ人物が判明し、その当人に事情を聴きにきた警視庁捜査一課の捜査官だった。

「桜井賢二さん、おられませんか」

何度もインタホンを鳴らし、ドアをノックし、さらに大きな声で呼びかけても応答がなかったので、捜査官のひとりが試しにドアノブを回してみた。

意外にもすんなりとドアが開いた。

「桜井さん？」

中に向かって、こんどは少し声を落として呼びかけた。

だが、返事はない。

一歩内部に踏み込んだとたん、ふたりの捜査官は室内に漂う異様な気配を察知した。誰かがそこにいるような、それでいて、生きている人間の発する気配とも違う存在感。

たがいに目で合図をすると、彼らは土足のまま部屋の中に上がり込んだ。そしてキッチンを見通す場所まできたところで足を止めた。

ガスレンジに向かって、ひとりの男が前屈みの姿勢で立っていた。縦にも横にも大きいその後ろ姿を見ただけで、会いにきた目的の人物とは異なることがわかった。

ゆっくりと男のほうへ近づいていくと、捜査官たちの目に、巨体の陰に隠れていてわからなかった状況が飛び込んできた。

ガスレンジのひとつには頑丈な鉄鍋《てつなべ》が載せられており、その鍋にはクリームシチューが入っていた。火はすでに止めてあったが、微かに湯気が立ちのぼり、つい先刻まで中身が煮立っていたことを示していた。

男は、その中に顔を突っ込んで動かなくなっていた。

死んでいるのは明らかだった。

にもかかわらず、男は巨体を倒すこともなく、熱くなった鉄鍋を両手で抱え込む格好でシチューの中に顔を沈め、前屈みの姿勢でバランスを保っていた。

矢野翔平、文字どおり立ち往生の姿だった。

ありえない光景をまのあたりにして、修羅場には慣れているはずのふたりの捜査官は、声を出すこともできなかった。

3

「もしもし、本庄先生ですか。ご無沙汰しています、水村です。水村淳子です」

稲本俊太が待つビルへ車を飛ばしながら、水村淳子はハンズフリーにセットした携帯電話に向かって呼びかけていた。

「大至急ご協力いただきたいことがあるんです。詳しい事情を話している時間はないのですが、桜井耀子を覚えていますか。たしか四年前に……」

「ああ、覚えているよ」

突然かかってきた電話で、唐突な用件の切り出し方をされたにもかかわらず、脳神経外科医の本庄誠は、落ち着いた声で対応した。

「おとなしい見た目にもかかわらず、激しい感情の発作を起こし、念のためにMRIをやってみたら、左脳前部帯状皮質の極端な収縮が確認された女性だね。あそこまで極端なケースは初めてだった」

「そのあとのことも覚えていらっしゃいますよね」

「もちろんだ。目だろう。瞳だろう」

「そうです。桜井耀子の瞳について、しろうとの私に代わって説明をしていただきたいんです」

「説明って、誰に」

「内閣情報室の最高責任者に」

「内閣？」

「ごめんなさい、言えないことが多くて」

「それはかまわない。きみが精神病理学者として多彩な活躍をしているのは承知している。きみほど優秀な人間ならば、政府機関の委託を受けて部外秘のプロジェクトに参加していたとしても驚きはしないよ。それをいちいち詮索《せんさく》するぼくではないことを、知ってくれているね」

「はい」

「どこへ行けばいいんだ」

「きてくださるんですか」

「急いでいるんだろう」

「でも、病院は」

「きみは運がいいよ。非番のときにかけてくるとはね。きょう一日、家でのんびりくつろいで、クラシックを聴いていたんだ」

そう言われて初めて淳子は、本庄の携帯電話のほうにかけていたことに気がついた。

4

「苦しい……苦しい……」

突然聞こえてきたうめき声に、稲本俊太はいちばん近くにあったパソコンにかじりついた。

いままで音声が聞こえてこなかったモニターから、鷲尾康太郎主任の声が洩《も》れてきた。百六十三台並べられたパソコンの約三分の一に鷲尾の苦悶《くもん》する顔が映し出されていたが、声は一カ所のみから聞こえてくる。しかし、その出どころは特定できない。

「ボス、どこにいるんです。ぼくの声が聞こえますか」

「おう、俊太か。どこだかわからないが、トンネルの中だ」

鷲尾が返事をした。それに合わせて、画面の顔もコマ落としの映像ながら動いた。まるで程度の悪いテレビ電話という感じの動きだった。

「ぼくの声が聞こえているんですね」

「ああ、聞こえているよ」

「どんな状況ですか」

「とにかく闇だ。それしかない」

「でも、こっちのパソコンにはボスの顔が映っています」

「それでもこっちは闇なんだ。それに窒息しそうに息苦しい」

「酸素が足りないんですか」

「そういう意味ではない。たぶん心理的なものだと思うが」

「動けるんですか」

「動けない。……というより、自分の身体の感覚がないんだ。地面に足がついているんだか、空中に浮かんでいるんだかわからない。宇宙船に乗ったことはないが、無重力空間でしかも完全な暗黒だったら、こんな感じになるのかもしれない」

「仙人とヒトミは」

「わからん。そばにいるんだか、いないんだか」

「私は、ボスのそばにいると思います。おたがいに見えないけれど」

川上キャサリンの声が聞こえた。と同時に、モニターの中のキャサリンの顔が動く。

「キャサリン！　自分の居場所を説明して」

俊太が、キャサリンの顔が映し出されているパソコンの前に移動して呼びかけた。

「きみなら、自分がどこにいるか、わかるだろう」

「無理」

「どうして」

「私の常識を超えた場所にいるみたいだから」

「ふつうの人間の常識を超えた存在のきみが、そんなことを言うなよ」

六歳違いとはいえ、いちばん自分に年齢が近いキャサリンに対しては、俊太は友だちのようなしゃべり方で呼びかけた。

「とにかくトンネルの中なんだろう」

「そうよ。でも、ふつうのトンネルをイメージしないで。道路のトンネルとか、鉄道のトンネルとか、そういうものではないの。真っ暗なのに、そっちのパソコンに私の顔が映っているとしたら、光学的な理論を超えた現象で私の顔が捉《とら》えられているんだと思う」

「だけど、例の映画が撮影された場所なんだよね」

「ええ。私たちはあの映画を見ているうちに、暗闇に吸い込まれたの」

「どんなふうに」

「説明できないわ。完全な闇の中にいるうちに、いまボスが言ったみたいに、自分の居場所がわからなくなったの。会議室に座っていたはずなのに、宙に浮かんでいる感じ。そして、気がついたら別の場所にいる感じ。おかしいと思って立ち上がろうとしても、抵抗がなさすぎて身体が空回りするばかり」

「そうなんだ」

鷲尾が言った。

「照明のリモコンに手を伸ばそうとしても、手が動いているのか動いていないのか、それすら確認できない」

「暗闇のほかには、ぜんぜん何も見えないんですね」

「いまのところは」

「そのうち見えてくるかもしれない」

と、そこで難波鉄之進の声が聞こえた。

俊太は、こんどは難波が映っているパソコンの前に移動して、仙人の顔に向かって呼びかけた。

「難波さんには、何か感じられないんですか。霊の存在とか」

「感じすぎだよ、ネットウォーカー」

難波の声はいつもどおり冷静だったが、迫力があった。

「そろそろ具体的な形をとって、何かが見えてきそうだ」

「何が？」

「それは私にもわからない。ただ、こういう状況に置かれてみて、彼らのやっていたことが理解できるようになったよ」

「彼らがやっていたことって？」

「自分の指先でまぶたを開こうとしていたことだ。なんとか目を閉じずにいようとする、あの行為の意味合いだ」

「教えてください」

「目を閉じても、目を開けても、そこにじゅうぶんな光さえなければ見えてしまうものがあるとすれば——そして、それが世にも恐ろしいものだとすれば、光を求めてまぶたを開こうとするだろう。通常とは逆に、暗黒のときに見える恐ろしい映像があるなら、それを消すためには、まぶたを閉じても無意味で、目を開けつづけているよりないのだ。そのうちに私たちも、映画館から消えた彼らと同じことをしなければ耐えられなくなるのかもしれない。……もっとも、私にはそうした映像に対する耐性はあると思うが、主任が心配だ。それからキャサリンも」

「映画館から消えた連中もそこにいるんですか」

「いない」

難波は短く答えた。

「彼らの存在を感じることはできない」

「でも、同じトンネルに入っていったんでしょう」

「だからキャサリンが言うように、ここはトンネルといっても物理的な穴ではないんだ」

「まさか……」

三百二十六の瞳《ひとみ》に映り込んでいた女の人影を思い出し、俊太が言った。

「渦波魅伊里の瞳の中に飛び込んだというのでは」

「そうではないと思う。キャサリンが指摘するように、明らかに土の匂いを感じるのだ。瞳の中に飛び込んでも、土の匂いは感じまい」

「ネットウォーカー！」

そのとき、キャサリンが叫んだ。

「見えてきたわ」

「何が！」

「渦波魅伊里という名前を使った女のいる場所が見えてきた」

「そう、桜井耀子という女」

「女?」

「桜井……耀子……」

最初にそのことに気づいたのは水村淳子だが、彼女がその事実を俊太に伝えようとしたとき、数秒違いで、俊太が先にパソコンの異変を淳子に伝えた。そのために、まだ俊太は桜井耀子という名前を把握していなかった。

「彼女を止めて」

「止める、とは」

「これ以上、行動させちゃダメ。早く人をやって、彼女をつかまえて」

「どこにいるんだよ」

「目黒区五本木一丁目」

キャサリンは番地まで明確に住所を述べた。

「熊井という表札が見えるわ。木造平屋建ての家。そこに女は弟といっしょにいる。それから、腹に穴を開けられた男の死体もそこにある」

「なんだって」

「わかったぞ、ネットウォーカー」

難波鉄之進がやりとりに加わった。

「私が以前感じ取った、ヌメヌメとした生臭い穴と、その中にいるネズミのような生き物の正体が。それは、その死体の内臓に食い込んだ生き物だ。その死者は、齧歯類《げっし》の小動物に食い殺されるという拷問を受けて殺された」

「早くつかまえて、俊太」

キャサリンの声がせかした。

「彼女は、泳いでいる金魚をハサミでふたつに切るような真似を、幼いときから平気でやってきた女よ。その彼女が布教をはじめようとしている」

「布教？」

「そう。彼女は、決して人間が知ってはいけない真実を広めようとしている。それによって、この世の中にもういちどアレを取り戻そうとしているのよ」

「アレとは」

「人間の残虐性」

キャサリンは答えた。

「現代人にはとても精神的に耐えられないような残虐性こそ、じつは人間の本性なのだという布教を、彼女は行なおうとしている。その最初の大型イベントが渋谷での試写会だったのかもしれない。ケータイのホームページを使って呼びかけをして……。でも、いくらインターネットが普及したといっても、もっと大衆的な伝達メディアがある」

「テレビか」

「そう。彼女をテレビに出したらおしまいよ。だから早くつかまえて。そして」

「うわあああ」

キャサリンの言葉の途中で、鷲尾康太郎の絶叫が響いた。

「見える、見える！」

「何がですか、ボス！」

俊太が大声で呼びかけた。

「何が見えるんですか」

その問いかけに鷲尾が応答する前に、バッンと音を立てて、すべてのパソコンの電源が落ちた。

鷲尾の顔も、難波の顔も、キャサリンの顔も消えた。

俊太は急いで手近のパソコンの電源を入れようとした。が、ダメだった。隣のノートパソコンを試した。それもダメだった。その隣のデスクトップも……ダメだった。

並べられた百六十三台のパソコンすべてが、完全に機能を停止した。

トンネルに閉じ込められた三人との接触方法が、まったくなくなった。

5

「賢二」

いつもの声で、桜井耀子は弟に語りかけた。

「私に質問したいことがいっぱいあるでしょうけど、その前に、あなたがここで何を見たのかを先に話してほしいわ」

「…………」

賢二は、すぐには声を出せなかった。

あまりにもショックが大きすぎた。

耳の穴からハサミを突っ込まれ、脳を貫かれた笠井竜次は、おぞましい死体の脇に転がって、ピクピクと痙攣《けいれん》をしていた。

まだ生命があるのは確実だったが、それが完全に失われていくのも確実だった。やがて笠井は、隣に横たわる物体と同じ存在になるはずだ。しかし、どんなに状況が絶望的であっても、笠井のために救急車を呼ぶべきだと、賢二は頭ではわかっていた。それから警察に助けを求めるべきだ、ということも。

携帯電話はズボンのポケットに入っている。それを取り出して、三ケタの番号を押すだけで、警察や救急隊は出動するのだ。しかし、たったそれだけのことができなかった。姉の右手に握られている、笠井の脳髄が付着しているハサミ――それと笠井の姿を交互に見つめることだけが、いまの賢二にできる精いっぱいの動作だった。

「笠井さんのことはあきらめなさい。どうやっても助からないわ。それに、もう彼は苦痛を感じてはいないし」

淡々とした口調で、耀子は言った。

「いまごろこの人の頭の中では、懐かしいふるさとの風景が広がっていることでしょう。この人も私たちと同じ徳島県人だったわね。いつかあなたが、そんなふうに話してくれたっけ。会うのはきょうが初めてだけど、やさしそうな人ね」

「そう思うんだったら、なぜこんなことをした！」

激しい憤りが、金縛り状態にあった賢二の口を開かせた。

「自分のやったことがわかっているのか」

「そうカリカリしないで。ごらんなさい、笠井さんの平和そうな顔を」

耀子は、笠井を見下ろして言った。

「ね、穏やかでしょう」

いつのまにか断末魔の痙攣が収まっていた。

「いまこの人は、幼いころの私たちが見ていたのと同じ山を、同じ川を、同じ空を眺めながら死んでいくところなの。ただいまメモリーの放出中」

「なんだって？」

「メモリーの放出が行なわれているのよ。いままでの人生において蓄積してきたデータすべてが早送りで再生されている。文字どおり、走馬燈のようにね。……それはたぶん、死にゆく人への最後のプレゼント。あなたはこういう人生を生きてきたんだよって、もう一回だけふり返らせてくれる。うまくできているわ、人間の頭脳って」

「姉貴、何を言ってるんだ」

「そんなことより、早く教えなさい」

耀子の言葉が、少し厳しくなった。

「矢野さんに担ぎ込まれてきたあの日、あなたはここで何を見たの」

「そういえば矢野は？　さっき笠井さんが、矢野がうちに向かっていたようなことを話していたけど」

「彼のメモリー放出はもう終わったわ」

「え？」

「しっかりと下味がついているころかもしれないし」

「矢野にも……何かしたのか！」

「ダッチ・オーブンって、いろいろな使い方があって重宝するわ」

「耀子！」

賢二は姉の名前を呼び捨てにした。

「なんてやつなんだ、おまえは！」

「それが、親代わりにあなたを育ててきた姉に向かって言う言葉？」

「やっぱり、あれは幻じゃなかったんだな。夢や思い込みじゃなかったんだな」

「なんのこと？」

「金魚だよ」

両手の拳《こぶし》を握りしめ、賢二はそれを激しく震わせた。

「小さいころ、姉貴といっしょに行った夏祭り。あのとき、ぼくが金魚すくいでとった金魚たちを、泳いだままハサミで真っ二つにした場面は、やっぱり事実なんだな」

「いつのころからハサミが好きになったのか、わからない」

右手に持ったハサミに視線を移して、耀子はつぶやいた。

「たぶん、あれは香港旅行で見た光景がきっかけになったのかもしれない」

「香港旅行？」

「賢二はまだ生まれていなかったわ。お母さんのお腹の中にもいなかった。私が三つのとき、お父さんとお母さんといっしょに香港ツアーに出かけた。そこで私はショッキングな光景に出会ったの。場所はぜんぜん覚えていないけれど、海に川が流れ込むあたりの、橋の上だったと思う。ひとりのお婆さんがね、釣り上げられたばかりの小さな魚がびっしり詰め込まれたバケツを手元に置いて、そこから一匹ずつ魚を取り上げたかと思うと、ハサミでヒレとシッポをちょん切って、そして別のバケツにそれを入れていくの」

「………」

「たぶん、加工製品にする前に要らない部分を切り取る作業だったんでしょう。ふつうの料理ならば、包丁でやるところを、ハサミで切り取っている。それもピチピチと跳ねている魚をよ。興奮したわ」

うっとりとした表情で、耀子は言った。

「そのお婆さんが、魔法使いに見えた。悪魔のように思えた。だけど興奮した。私はハサミの魔法に取り憑《つ》かれていた。うちの台所では、いつもお母さんが魚をさばくときは、包丁でやっていた。ときどきお父さんが釣ってきた魚を生きたまままさばくのも見ていた。そういうのは見慣れていたのに、包丁ではなく、ハサミで魚を切るという感性に、私はショックを受けた。そして、ずっとそれを見つめていた。迷子になったと思ったお父さんとお母さんが、真っ青な顔で探しにくるまで、私は飽きずにお婆さんのやることを眺めていたわ。そして、自分もやりたいと思った。そのころからだったかしら、自分の心の中に何かが棲《す》んでいると自覚するようになったのは」

耀子は、右手に持ったハサミを開き、そしてシャキンという音を立てて、また閉じた。

「クッキングスクールの助手をしていても、ときどき衝動的な欲望を抑えられなくなるの。調理用のハサミで、お魚をちょん切ってしまいたい、って……。不思議だわ、ほんとうに不思議だわ、ハサミという道具は。なぜ包丁よりも残酷な存在なの」

耀子は、シャキン、シャキンとハサミの刃を二度開閉した。

「去年、お友だちと韓国旅行に行って、ソウルで焼肉屋に入ったとき、骨付きカルビの肉を店のおばさんがハサミでジョキジョキと切り分けるのを見て、興奮で自分の息が荒くなることに気がついたのよ。ああ、私の好きな世界がここにあるって。……ねえ賢二、なぜなの。なぜ肉をナイフで切り分けても何も感じないのに、ハサミで切ると興奮するの？」

「姉貴……」

つぎつぎとまくし立てる姉を、賢二は顔を歪《ゆが》めて見つめていた。

「きっと私の祖先に、ハサミを使って拷問を行なった人がいるんだわ。その血が私にも流れているの。ううん、『血』なんてアナクロな概念を使って説明しちゃいけないわね。遺伝子よ、遺伝子に記憶が組み込まれて……」

「そんな話よりも、ちゃんと答えろよ。ぼくの記憶が正しいのかどうか」

賢二がさえぎった。

「姉貴がぼくの手からビニール袋を奪い取って、その中で泳いでいた金魚をハサミでちょん切ったのは、事実なんだな」

「悪い？」

「悪いに決まってるだろう！」

「そうよね。あなたの感性からすれば、当然の怒りだわよね。昔からあなたは、いい子ちゃんだったから。ね？　正義感のとっても強いボクちゃん」

「そのとおりだよ。小さいころのぼくは正義感が強かった。悪いことは許せない少年だった」

「おとなになってもそうだったから、新聞記者になったんでしょう。純粋よね、賢二は」

「だから、もしもあの場面が事実なら……ぼくは必ず言ったはずだ。言いつけたはずだ。オヤジか、オフクロか、そのどっちかに」

「どっちにも言ったわよ」

耀子の声は冷たかった。

「告げ口ボクちゃんはね、浴衣《ゆかた》の帯もほどけた格好で、泣きながら家に転がり込んできたらしいわ。そして、お姉ちゃんがこんなひどいことをしたと、お父さんやお母さんに言いつけたのよ」

「やっぱりそうか……。で、オヤジたちは姉貴を問い詰めただろう」

「ええ。といってもね、ふたりともぜんぜん信じてなかったわ。いくらなんでも、そんな話をまともに取り合えるはずがないでしょう。それでも遅れて戻ってきた私に、念のためにって感じでたずねてきたわよ。賢二が泣きながらこんなことを報告してきたけれど、まさかほんとうじゃないだろうね、って、お父さんとお母さんが並んで座って、私に問い質《ただ》してきた」

「姉貴はなんて答えたんだ」

「あのとき私は金魚柄の浴衣を着ていたんだけど、たもとに入れておいたハサミを取り出して、浴衣に染め抜かれた金魚のひとつを、真っ二つに切ったのよ。ハサミでジョキンってね。それでじゅうぶんでしょ、答えとしては」

「ふたりとも顔色が変わったわ。幼い息子の報告を事実だと受け止めなければいけない、とわかったらしくて」

6

耀子は、ハサミを持っていないほうの手で長い黒髪を梳《す》き上げ、青ざめる弟に向かって話をつづけた。

「お父さんはね、証拠を確かめたくて、お地蔵さんの裏手の林まで行ったわ。私に案内させて、あの晩のうちにね」

「知らなかった……オヤジが確かめに行ったなんて」

「木の根本に置き去りにしておいたビニール袋の中に浮かんでいるものを見て、お父さんはほんとうに引きつっていた。そして、私の浴衣の襟をつかんで激しく揺さぶったわ。ほんとうにおまえがこんなことをしたのか、と」

父親が震えたのも当然だろうと、賢二は思った。小学生の娘がそんな残虐行為をしたと知ったならば。

「そうよ、って答えたら、どういう理由でこんな真似をした、って、ますます恐ろしい顔になってきいてきたわ。いまの賢二みたいにね。だから私はこう言ったの。これをやったのは私じゃない。四百年前に死んだ私の祖先がこういうことをさせているの、って」

「先祖？　四百年前？」

「詳しく知りたければ、逆ネズミ算のサイトを見るといいわ」

そして、弟が質問を重ねる前に、姉はぽつりと言った。

「それからだわ」

「それから、何だよ」

「お父さんとお母さんの仲が一気におかしくなったのは」

「どうして」

「お父さんは、本気で自分の娘を怖がった。私のいないところで、お母さんに向かって私のことを『化け物』だと言った」

「化け物……」

「そして、娘には自分の血も入っていることを棚に上げて、お母さんに向かって、おまえは悪魔を生んだと罵《ののし》った」

耀子は、唇の端を歪めた。

「ねえ、賢二。お父さんとお母さんが、どういう死に方をしているか、覚えている？」

「ああ、ぼくが小学校三年のとき、家が火事になって」

「どういう火事だった」

「あれは正月休みの夜中だった。プロパンが爆発して、それが買い置きした灯油に燃え移って……オヤジとオフクロは黒焦げになった」

「そのとき、賢二と私は？」

「ぼくは友だちの家に泊まりに行っていた」

「私は？」

「姉貴は、いち早く火事に気がついて逃げ出したんだろう。そして、隣の家に駆け込んで消防車を呼んでくれと頼んだ」

と、そこまで言ってから、賢二はハッとした顔で目を見開いた。

「まさか……ヨウちゃんが殺したのか。オヤジやオフクロを」

「そういうストーリーもひとつの大事件ね」

サラッと、耀子は言ってのけた。

「でも、真相はもっとすごいものだった。たしかにあれは事故ではなかった。放火だったの。そのことを私は知っている」

「だったら、姉貴しかいないじゃないか、家に火を点《つ》ける理由を持っていた人間は」

「ところが、ほかにいるのよ」

「誰だ」

「お父さん」

「ありえない」

賢二は即座に否定した。

「オヤジは、あの火事で焼け死んでいるんだぞ。自分で火を点けて、そのうえ自殺をしたとでもいうのかよ」

「とんでもない。お父さんはね、私とお母さんを焼き殺したかったの」

「なぜ！」

「だから言ったでしょう。私は悪魔で、お母さんは悪魔を生んだ母。お父さんにとっては、ふたりともおぞましい存在だった。ただ、息子のあなたは可愛いから、生かしておこうと思った。だからあなたが友だちの家に泊まったのをチャンスに実行した」

「そんなはずはない。自分が死ぬ危険まで冒して……」

「死んでいないんだってば」

「え？」

「お父さんは、あの火事では死んでいない」

「だけど」

「あの当時は、DNA鑑定なんてなかった。自分に似た身よりのない男を、お母さんに対しては友だちだと偽って家に招き、そして正月のお屠蘇《とそ》気分に便乗して酔いつぶれさせた。そして、お母さんと私もぐっすり寝入ったのを確認して火を点けた。ところが、大誤算があったわけ。それは私が気配で目を覚ましていたこと。お父さんがしたことをぜんぶ見ていたこと」

「ちょっと待てよ」

乾いた唇を舐《な》めてから、賢二は問い質した。

「だけど、警察の現場検証で死体を確認したのは姉貴なんだろう」

「そう、中学生の女の子が気丈にもね、黒焦げの死体を見て、これはお父さんです。お父さんは、寝るときも黒縁メガネをかけたままのことがよくあるから間違いありません、って、ぐんにゃり溶けて顔にへばりついたフレームを指さして言ったのよ」

「じゃあ、姉貴は別人だと知ってそういう証言を」

「ええ」

耀子は皮肉な微笑を浮かべた。

「十何年も前の田舎の警察だから、それでも通用したのね」

「何のために、そんなことを」

「お父さんを逃がしてあげたわけ。そんなに娘から逃げ出したいなら、勝手にそうなさいってね。金魚をちょん切る悪魔のような娘からも、その悪魔を生んだ妻からも逃げ出して、別人になって遠くの世界で暮らすつもりなら、そうしなさいって」

「信じられない」

「信じられなくても、信じなさい。事実は事実なんだから」

「それが事実なら、オヤジはぼくも見捨てたことになる。わざわざぼくが留守のときを狙って家に火を点けたというなら、生き別れを覚悟したわけだろう」

「はじめは、別人になったあとも可愛い息子とは接触するつもりだったかもしれない。でも、あなたのそばに近寄れるわけがないじゃない。だって、悪魔の取り憑《つ》いた娘が生き残ってしまったんだから」

「姉貴……」

　かすれた声で、賢二は言った。

「オヤジに見せたのは、金魚だけじゃないんだろう」

「どういうこと？」

「娘が金魚をハサミでちょん切ったという行為は、たしかに親にとってはショックだろう。

だけど、それだけで実の娘を悪魔だと思ったりするはずがない。オヤジは、娘のもっともっと残酷な部分を見てしまったんじゃないのか。娘として育てていくのが恐ろしくなるぐらいの残虐性を」

「……」

「どうなんだよ」

「鋭いわね」

そっぽをむいて、耀子は答えた。

賢二は、そこから先の具体的な追及はやめた。知らなくていいことは、知らないほうがよいと思った。自分の心を壊してしまわないために。

「ねえ、賢二」

ふたたび弟のほうに顔を向け直して、耀子が言った。

「そろそろ答えてくれてもいいんじゃない。あなたがここで何を見たのかを。あなたの精神状態を一時的に麻痺《まひ》させるほどの恐怖は何だったの」

「自分を……見た」

そのイメージの再生だけはすまいと、よみがえってくる映像を必死に頭から押しのけながら、賢二は言った。

「耐えられない行為をしている自分が見えた」

「拷問をしていたんでしょう」

　耀子が言った。

「吐き気を催すような方法で、誰かの肉体を虐め抜き、苦しめ抜いている自分の姿を見たんでしょう」

「なぜ、わかるんだ」

「あなたと私は、同じ遺伝子を受け継いでいるからよ。お母さんではなく、お父さんのほうからね」

　耀子は、フンと吐き捨てた。

「お母さんを悪魔の母みたいな言い方をしていたくせに、ほんとうは自分なのよ。悪魔の遺伝子を受け継いできたのは、お父さんのほうだった」

「もっと詳しく説明してくれよ」

「しないわ。あなたのためにもね。ただ、ひとつだけ言っておきましょう。あなたが暗闇の中で見た、酷《むご》たらしい行為をしている自分だけど、それはあなた自身ではないのよ」

「じゃ、誰なんだ」

「先祖よ。四百何十年も前に生きていた、私たちの祖先」

「冗談はよしてくれ」

「これが冗談だったら、私がこんなに苦しんでいると思う？　マッチ棒でまぶたを閉じないようにすると思う？」

「ああ、そうだ」

賢二は、すっかり忘れていた姉の奇妙な行動を思い出した。

「あれは、どういうことだったんだ」

「いずれわかるわ」

耀子は、説明を拒否した。

「じゃあ、もうひとつたずねる。さっきの繰り返しだ。笠井さんのためにも、この質問には絶対に答えてもらう」

完全に動かなくなってしまった笠井を見下ろし、さらにその隣の死体に視線を移して、賢二は言った。

「この男は誰なんだ。そして、なぜこの男をこんなひどい方法で殺したんだ。ぼくには教えられないと言ったけど、何が何でも答えてもらいたい」

「バカね、賢二は。まだわからないの。あなたには教えられないんじゃなくて、あなたにしか教えられないから、外部の人には死んでもらうしかなかったんじゃないの。……これを見て」

耀子はハサミと入れ替わりに、いつのまにか黒縁メガネを手にしていた。

それはことしの夏祭りで、金魚を切断された小さな子供が泣きじゃくる様子を遠くから見守っていたとき、耀子がかけていたメガネだった。

そのメガネを姉がときどき使用することは、賢二も知っていた。

「ファッション的にはぜんぜん気に入らないものだけど、これをかけるとね、忘れてはならない人を思い出せていいのよ。やっぱり、顔立ちが似ているから」

耀子はそのメガネを、腹に三つの穴を開けられた死者の顔にそっと載せた。

賢二は、貧血を起こしそうになった。

自分の記憶にある父親が、いまも生きていれば、間違いなくその顔になるはずだった。

十三　死者の瞳

1

四十代半ばにしては、かなり若々しい印象の脳神経外科医師・本庄誠は、脱いだトレンチコートを小脇に抱えて、部屋の中に入ってきた。

さまざまなタイプのパソコンが百六十三台並べられた状況を目にしても、本庄はとくに物珍しげな態度はとらず、よぶんな質問も発しなかった。自分が必要とされていることだけに答え、協力するのが役目であると心得た落ち着きがあった。

彼は水村淳子から内閣情報官の久光一行を紹介されると、部屋の片隅に置かれたパイプ椅子に座った。そして三角形を作るポジションに、久光と淳子が座る。三人は、それぞれ手にコーヒーの入った紙コップを持っている。

わざわざ招いた本庄に対して、それがいまできる精いっぱいのもてなしであったが、そのことだけで、本庄は現在の緊迫した状況を察知した様子だった。

実際、淳子たちの耳には、桜井姉弟の住まいで、沸騰したクリームシチューの鍋《なべ》に顔を突っ込んで死亡していた男のニュースが入っていた。その男が、メトロ・タイムスで桜井賢二の同僚、矢野翔平であることも判明している。

そして、ATM防犯カメラの件で賢二に会いに行った上司の笠井竜次が、連絡の取れない状況になっている情報も伝わっていた。

桜井耀子をテレビに出させるな、という難波鉄之進のメッセージは、久光も淳子も聞かされている。時間的な猶予はあまりない。

室内にはもうひとり、稲本俊太がいたが、彼はパソコンの黒い画面に変化があったとき、すぐに気づくことができるよう、本庄とひとこと挨拶《あいさつ》を交わしたあとは、監視業務に専念し、会話には加わらなかった。

「早速ですが、水村さんから、桜井耀子という女性の特異な体質について説明をしてほしいというご要望がありましたので、お話し申し上げます」

本庄は空いた椅子にトレンチコートを置くと、コーヒーの紙コップを片手に、久光情報官に向かって話し出した。

「四年前の当時、二十五歳だった桜井耀子は、ときどき自分の感情がコントロールできなくなるという顕著な情緒不安定を訴えて、水村さんのカウンセリングを受けていました」

「桜井耀子の現住所は都内目黒区五本木ですが、当時は横浜市戸塚区に住んでいました」

淳子が久光に向かって補足した。

「そのころ私は、横浜のカウンセリング・オフィスに勤務していて、そこのチーフから、桜井さんは年の近いカウンセラーのほうが話しやすそうなタイプだから、あなたが担当しなさいと言われたのです。私もまだ二十九でしたから」

銀縁メガネをかけたスーツ姿の久光は、無言でうなずく。

「途中のプロセスは省きますが」

また話し手が本庄に戻る。

「MRIで桜井耀子の脳を撮影し、感情を抑制する領域が極端に収縮している状況が確認できたのですが、その過程で、私は彼女の目がおかしいことに気づきました」

「目がおかしい、とは？」

「瞳《ひとみ》が固定されているのです」

その言葉を小耳に挟んだ稲本俊太が、モニターに向けていた視線を、チラッと本庄のほうへ移した。三百二十六個の瞳にずっと囲まれてきた俊太は、透視能力者川上キャサリンのコードネームでもある「ヒトミ」という単語に、敏感に反応するようになっていた。

「いまから詳細にご説明しますが、桜井耀子の瞳の状況に違和感を覚えた私は、知人の眼科医に、彼女の眼球の状態を詳細に検査させました。その結果、専門家の彼があきれた顔で報告してきました。こんな目は見たことがない、と。彼女は、人間としてありえない目を持っている、と」

「人間としてありえない目？」

久光が眉間《みけん》に皺《しわ》を寄せた。

「それはどういうことです」

「人間の眼球には、固視微動と呼ばれる特有の動きがあります」

「コシ・ビドウ？」

「ちょっと話が脱線するようで申し訳ないのですが、ミステリーやホラー映画などで、目をカッと見開いたまま死んでいる被害者、という場面がよく出てきますね。最近見た映画にも、そういうのがありましたが」

唐突な話題の飛び方に戸惑いながらも、久光は「ええ」と相づちを打った。

「もちろん、死体といっても生きている俳優さんが演じるわけですから、長時間、目を見開いていることは困難です。それだけでなく、眼球を動かさずにじっとしていることも、かなりの忍耐力を要します。死んでいるはずの被害者の目が微妙に動いているのを見つけて、なんだ動いているじゃないかと得意げに指摘する観客も少なくありません。しかし、じつは眼球というのは、どうがんばっても自動的に動いてしまうのです。

有名なのはヒッチコックの映画『サイコ』に出てくる瞳のクローズアップですが、あれなどはたいへんよく頑張っているほうですが、それでも死者の瞳ではないとわかってしまう」

「そりゃ、目を大きく見開いたままじっとしているのは、プロの役者さんでも大変でしょうな」

仕方なしに、という感じで、久光は合いの手を入れた。

「絶対動くな、と言われれば言われるほど、意識してかえって目は動いてしまうものですからね」

「それが違うのです、久光さん」

コーヒーを一口飲んでから、本庄はつづけた。

「意識過剰になったから動くのではなく、そもそも人間の眼球というものは、つねに微かに動いており、その動きを止めることはできないのです。映画監督が動くな、と命令しても無理なのです。これを固視微動といいます。固視微動すらやめろ、と役者に要求するなら、まさしく死んでもらうよりありません」

「それは知らなかったな」

「では、何のために固視微動があると思いますか」

「うーん」

銀縁メガネのフレームに手をやって、久光情報官はうなった。

「人間の身体は意味のない動きはしませんからね。それなりに重要な意味があるんだろうが……そうですな、乾燥を防ぐためですかね」

「乾燥を防ぐのは、まぶたの役割です。固視微動は、肉眼ではなかなか認知できないほどの動きなんです。しかし、それが停止していると、見る者に違和感を覚えさせます。生きている人間の眼球から固視微動がなくなると、印象としては死人になります。死者の瞳になります」

「死者の瞳……」

「私が桜井耀子の目を覗《のぞ》いたときの第一印象がそれだったんです。彼女は死人の目をしているじゃないか、と」

本庄の言葉に、久光はゾクッと寒そうに肩を寄せた。

「じつは、固視微動がないと、人間は正しく物を見ることができないのです」

「ああ、わかった」

久光は、これが答えだろうという顔で言った。

「微妙に眼球が動いているから、立体的な位置関係が正しく捉《とら》えられるんだ」

「いえ、違います。それは両眼の視差によって認識されるものです」

「じゃあ、わからんな」

「固視微動の存在意義というのは、突きつめていけば、有限と無限の違いは何か、という人類がいまだ解明し得ない哲学的課題へと導かれていくのです」

「はあ?」

「無限とは何でしょうか、久光さん」

「驚いたね、これは。そんな問答が出てくるとは」

久光はそうつぶやきながら、驚きというよりも、むしろ不満そうな眼差《まなざ》しを水村淳子のほうに送った。この緊急事態の最中に、おまえは変わり者を私に紹介するつもりか、と言いたげに。

しかし、パソコンの行列の陰にいた稲本俊太は、無限とは何か、という本庄の語りかけに、興味津々の様子で聞き耳を立てていた。

「人間の想像力は意外なほど貧弱なもので、無限という概念をイメージせよと言われても、あっさり立ち往生してしまいます。たとえば宇宙の果てはどうなっているか、と突きつめられたら、もうお手上げです。無限に広がっているのさ、と答えても、では無限の果てはあるのか、それともないのか、と問いつめられると、完全にギブアップです」

黙って聞いている俊太は、内心で驚いていた。本庄医師の言っているのと同じことを、つい先日、難波鉄之進がこの部屋で語っていたからである。

「無限の概念をイメージする難しさは、無限大という広がりに関してだけではありません。分割という領域においても、無限は厄介者です。長さ一センチの線分をどこまでも等分に分割していったら最後はどうなるのか、という答えも、またかんたんに描くことはできません」

「その大変さはわかりますがね、本庄さん」

ついに久光は不満を口に出して表明した。

「我々は、ある事情があって桜井耀子という女性を追っています。その彼女に関する重大な情報をお持ちだというから、私はいまお会いしているのであって、数学の講義を聴くためにいるのではないのですが」

「私の前置きがくどいとお感じになっているのであれば、率直におわびします」

本庄は、紙コップのコーヒーがこぼれないように注意しながら、頭を下げた。

「けれども、彼女の特異性をご説明申し上げるためには、どうしてもこのようなアプローチをとらざるをえないのです。おわびついでに、また話が飛んでしまうことをお許し願いたいのですが、こんどはアニメ映画について考えてみたいと思います」

そのテーマの切り替えに、久光はカンシャクを起こしそうな顔になった。

2

「日本のアニメは、世界でも最高水準にあることは誰もが認めるところですが、その最も原始的な形は、パラパラ漫画にあります。少しずつ形の違う図形を描き、それをまとめてパラパラとめくっていけば、画像がいかにも動き出す印象を与える。それのコマ数をもっと増やし、一枚一枚の原画の完成度を高めていったところに、アニメーションの発展があったわけですが」

「数学の授業が終わったかと思ったら、こんどはアニメ映画の講義ですかね」

「このアニメと実写は、映画の世界ではまったく別の領域のように区別されています」

久光の忍耐が切れかかっているのを承知で、本庄はマイペースの話をつづけた。

「しかし、実写であろうとアニメであろうと、それの基本原理は同じです。実写映画も、そのフィルムを見ればおわかりのとおり、微妙に違う写真を連続して見せることで、スムーズな動きを見る者に感じさせるわけですからね」

「……」

久光は一気にコーヒーを飲み干すと、その紙コップを床に置き、腕組みをして黙りこくった。言葉に出さなくても、「もういい加減にしたまえ」と言いたい様子がありありと浮かんでいた。

だが、本庄を紹介した淳子は、久光とは対照的に、きわめて落ち着いた様子で話を聞いていた。話の核心を、さきほど電話で事前に知らされていたからである。

「では、実写映画と肉眼で直接見る現実の光景とは、同じ原理で動いて見えるのでしょうか」

「違うに決まっとるじゃないかね、映画と人間の目は」

ついに久光は、爆発した。

「私は時間がないんだよ。まわりくどい話につきあっているヒマはないんだ」

「残念ながら、違います」

「何が違うんだね」

「久光さんのお答えが違っている、というのです」

本庄は冷静な口調で言った。

「実写映画と、現実に見る光景は、じつはまったく同じ原理で我々の目に届いています。つまり、私たちは連続した動画を見ているのではなく、微妙に異なる写真の積み重ねを認識しているという点で、実写フィルムやアニメ映画となんら変わりはないメカニズムを使っているのです」

「そんなバカなことがあるもんかね。それじゃいま私の目に映っている状況は、アニメのようなパラパラ漫画だというのかね」

「そうです」

「この動きが、アニメーションだというのかね」

久光は椅子から立ち上がり、そしてまた座った。

「この私の動きが、きみの目にはパラパラ漫画の原理で捉えられていると」

「そのとおりです」

「ありえない」

「そうおっしゃると思いましたので、最初に私は無限という概念の難しさについて、少しお話を申し上げたのです」

「無限……」

「細かい話をはしょって、できるだけ基本的な概略だけ申し上げますが、私たちにとって物が見えているのは、目から入った光の情報が脳のしかるべき領域に刺激として伝達されるからです」

「そんなことはわかっとるよ」

「いま、光の情報と申し上げましたが、まさしくそれはカラーテレビの原理とまったく同じメカニズムが働いています。人間の網膜には錐体《すいたい》細胞と呼ばれる、色彩を判別する細胞が並んでいます。どうやって色彩を判別するかというと、この錐体細胞には、感度の違う周波数に敏感な三種類が存在する。ここだけ、いささか専門的になることをお許しいただきたいのですが、ひとつは波長七百ミリの光に敏感な錐体細胞、ひとつは波長五百四十六ミリに敏感な錐体細胞、そしてもうひとつは波長四百三十五ミリに敏感な錐体細胞。この三種類の錐体細胞が、網膜に適切な配列で並んでいます。

　波長七百ミリの光とは赤、波長五百四十六ミリの光とは緑、波長四百三十五ミリの光とは青です。すなわち赤と緑と青という光の三原色を分析する能力を、私たちの瞳《ひとみ》は持っているわけです。ですから、カラーテレビそのものなんです」

「ふむ」

　短く久光がつぶやいた。

本庄の話に、やや興味を引き戻された反応だった。

「この三原色の分析装置を通って得た刺激を統合して、私たちは色を識別します。それからもうひとつ、網膜には杆体《かんたい》細胞というものがある。これは錐体細胞の約百倍の感度を持つ、明暗を識別する細胞です。この杆体細胞の高感度性のおかげで、カメラの高感度フィルムには写らないような暗い星も、私たちはきちんと見えるわけです。わかりやすく言えば、カラーを識別する錐体細胞は昼用のフィルムで、高感度の杆体細胞は夜用のフィルムです。そして、とくに物の動きというのは、明暗を識別する杆体細胞の情報量変化が大きな役割を果たすことになります」

本庄は、さきほどと変わらぬペースで解説をつづけた。

「これらの細胞の先端には外節《がいせつ》と呼ばれる部分があって、そこまで光の粒子が――つまり光子《こうし》が到達すると、光受容タンパク体が刺激を受けて活性化し、それまで細胞膜を自由に透過していたナトリウムイオンが封じ込まれてしまう。ナトリウムイオンはプラスに電荷していますから、そこで電位の差が起きる。これが視神経を通って脳へ伝達される電気信号になるわけです。

もちろんこの電位差の刺激が伝わる速度は猛烈に速い。けれども有限です。無限小ではありません。目から飛び込んできた光子が、杆体細胞や錐体細胞外節にある光受容体を刺激し、その刺激によってイオンチャンネルが開閉して電位差が生じ、その電気信号が脳の後頭連合野《こうとうれんごうや》と呼ばれる視覚領域に到達するまでには、明らかに有限の時間がかかるのです。無限小ではない、有限の時間が」

ここで有限と無限のコンセプトが出てきた。

「さらに、光子の衝突によってタンパク質の変容を起こした外節では、その状態をまた元に戻さなければ、つぎの刺激に対して正しい反応ができなくなります。一度計算をした電卓のキャンセルボタンを押してゼロにするように、光受容体も刺激変化をキャンセルしてゼロに戻さないと、つぎの計測ができないのです。とりわけ高感度ゆえに光に敏感な杆体細胞は、強い光を浴びると一時的に麻痺《まひ》をしてしまいます。トンネルから急に明るいところに出たりすると、あまりのまぶしさに何も見えなくなってしまいますが、そうした現象がこれにあたります」

トンネル、という単語に、また稲本俊太が反応した。

「杆体細胞も錐体細胞も、その細胞が担当する光の刺激をいったん遮断することで、電卓の数値をゼロに戻すようなキャンセル作業が完了します。これにも有限の時間を要します。これでおわかりになってきたと思いますが、人間の目というのは、超高速でシャッターを切りつづけるスチルカメラのようなものなのです。ひとつの光子が飛び込んできて、それに関するデータを分析伝達し、受容体をキャンセルして、またつぎの刺激に備える。このワンサイクルが終わるまでは、猛烈に短い時間ですが、時間がかかることに変わりはありません。決して無限に連続して映像を取り込んでいるのではないのです。ですから私は、人間の視覚とアニメは同じ原理だと申し上げたのです」

「では、我々はアニメを見るような感覚で物の動きを見ているのですか」

「そのとおりです。いや、意識に刻み込むというレベルで捉《とら》えるならもっと粗雑で、アニメよりは原始的なパラパラ漫画に近い状態です。たとえば、私が久光さんから水村さんへ視線を移すとします」

本庄は、首をゆっくりと回した。

「この間、私の網膜から大脳の視覚領域へ、連続しているようで、じつはこまぎれになったデータの積み重ねが送られています。その処理速度は、思ったよりもずっと遅い。新幹線の窓から見る近くの風景をほとんど認知できないことからも明らかなように、視覚データの処理サイクルのスピードは、早い動きにはまったくついていけません。豪速球投手の球が打ちづらいのも同じ理屈です。

さらに、頭脳でその画像を明確に認識するとなると、その画像データの数はもっと少なくなってきます。いま私がやってみせた、きわめてゆっくりとした首の動きの間でさえ、目に入ってきた情報をすべて私が認識するのは不可能です。そんなことをやっていたら、物を見ながらしゃべることも、考えることもできなくなってしまう」

「たしかに……」

「このように、私たちの目は連続映像を頭脳に伝えているのではなく、静止画像の連続を受信し、それを頭脳へ転送し、さらにそこから枚数を選び抜いた画像のみを認知しているのです。これが視覚の実態です」

本庄は、紙コップに入っていたコーヒーを一気に飲み干し、口調を改めてつづけた。

「ここから、いよいよ本題に関わってくるのですが、超高速でデータの取り込み作業を行なう視覚細胞は、直前のデータをキャンセルするために——つまり、光受容タンパク体を元の状態に復帰させるために——一瞬でもいいから、いまと違う場所を見て、細胞ごとの受光量を落とさなければなりません。光で変化した受光システムを元に戻す役割を務められるのは、闇だけだからです。ただし、違うところを見るといっても、視線を動かすような大げさな動きは要りません。微かに眼球を震わせるだけでいい。これが固視微動です」

「なるほど……」

「固視微動は人間の意識でコントロールできるものではなく、自動的に継続的に行なわれています。ですから、一点を見つめたまま死んでいる殺人の被害者を、生きている役者が演じようとしても、固視微動は止められません。その微妙なゆらぎこそが、人々の瞳に生き生きとした生命の息吹を与えているのです。ところが桜井耀子の瞳は、その固視微動をときどき止めてしまうことがあるのです。固視微動停止中の間、彼女は死者の瞳を持つ女になります」

本庄の話がそこまでくると、もう久光は不満を並べ立てたりせずに、身動きひとつせずにじっと聞き入っていた。

「もしも私たちの眼球が固視微動を止めてしまったら、同じ画像をじっと見つめているとデータの飽和状態になり、徐々に画像がかすれていくことになります。意識的に視線を動かしたり、顔の向きを変えたりしないと、データのキャンセル作業ができなくなってしまいます」

「四年前、桜井耀子は……」

そこで水村淳子が割り込んだ。

「検査によってその特殊な症状を知らされた翌日から、私たちとの連絡を断ちました。おそらく、自分の本質に関わる問題点を指摘され、いたたまれなくなったのでしょう。けれども、私たちにしても、無理に追跡調査をかける立場にもなかったから、『死者の瞳を持つ女』の一件は、しだいに昔話になろうとしていたところだったのです」

「じゃあ、水村さん」

まだ話がつづきそうだったのに、そこで急に本庄医師が腰を浮かせた。

「説明すべきところは、これですべて説明申し上げたから、ぼくはこのへんで」

「あ、でもこれから私の話も聞いていただこうと……」

「それはいいよ」

本庄は、笑顔で淳子に言った。

「さっきの電話で、このあとにつづくきみの着想を聞かせてもらったが、脳神経外科の専門医としてコメントをはさむことは避けておきたい」

「先生……」

「いや、誤解しないでほしいが、ぼくは決してきみの見解を否定しているわけではない。むしろきみのような柔軟な思考の持ち主が、これからの時代、人間の本質について、どんどん新しい発見をしていくことになると思っている。ただ……」

本庄は軽く肩で息をついた。

「ぼくは一介の医者にすぎない。医療的な分野に関することであれば、どんなに飛躍的な発想も拒んだりはしないし、いっしょになって研究もしていきたいと思う。しかし、今回の件に関しては」

そこで本庄は久光情報官に目を向け、さらに百六十三台のパソコンを監視している稲本俊太にも目を向けてから言った。

「ぼくが全面的に深入りしてよい問題ではなさそうだ。自分の守備範囲を逸脱しないよう、そろそろおいとまさせていただくことにするよ」

そして本庄は、隣の椅子に置いたトレンチコートを抱えて席を立ち、三人に目礼をしてから部屋を出ていった。

「賢い男だ」

一時は不愉快そうな反応を見せた久光が、ドアのほうにまだ目を向けたまま、好意的な表情でつぶやいた。

「チーム・クワトロへの参加を求めたいような人物だな」

「ええ」

「それで?」

久光は淳子に向かってアゴをしゃくった。

「きみの守備範囲に移って、話のつづきを聞かせてもらおうか」

3

弟の車を、いまは自分でハンドルを握り、持ち主の弟は助手席に乗せて、桜井耀子は目的地にやってきた。港区汐留にあるメトロTV。笠井、賢二、矢野らが勤務するメトロ・タイムスの系列局である。

その敷地内に入るには、警備員二名が常駐するゲートを通らなければならない。きょうは、そのゲートのそばに私服警官が二名張っていた。渋谷の大量消失事件の重要参考人としてのみならず、矢野翔平殺害の容疑者として緊急手配された桜井耀子・賢二姉弟の立ち寄る可能性が高い候補地のひとつに入っていたからである。

耀子は、張り込みの事実は知らなかったが、そのまま局の敷地内に乗りつけることはせず、入口から百メートルほど離れた道路の端に車を寄せて停めた。

「テレビ局なんかにきて、これからどうするつもりなんだ、姉貴」

助手席の背もたれにぐったりと頭をあずけたまま、賢二はきいた。

彼は、目の前で姉に上司を殺され、さらに動物に処刑された男の正体を知らされ、激しいショックを受けていた。加えて、親友の矢野までが姉の手にかかって生命を落としたと知って、容易に立ち直れないダメージを食らっていた。

その三人の死体は、それぞれの場所に放置されたままだった。自宅には戻っていないので、ふたりとも矢野翔平の無惨な姿が捜査陣に発見されたことを知らない。

「これから世間にアピールするのよ」

フロントガラス越しに、テレビ局の大きな建物を見やりながら、耀子が言った。

「アピールって、何を」

「逆ネズミ算の世界というものを」

「バカなことはよせよ」

ここまでくる車中で、耀子は弟に向かって滔々《とうとう》とその世界をまくし立てていた。渦波魅伊里の名前で、ケータイサイトに掲示した、あの逆ネズミ算の思想を。

「賢二は私を異常者だと思っているかもしれないけれど、これが人間の本質なのよ」

「どんな本質だ！」

「第一に、すべての人間には残虐遺伝子が受け継がれていること。第二に、その残虐性こそが、すべての人間に備えられた共通の美的価値観であること。そして第三に、人類の悠久の歴史において、すべての人間は高い確率で遺伝子を交換しあい、誰が身内で誰が他人などという区別はないこと。言い換えれば、誰が善人で、誰が悪人という区別は無意味だというこど」

片手でバンバンとハンドルを叩《たた》きながら、耀子は髪の毛を振り乱して訴えた。

「テレビで正義の味方を気取っているキャスターも、猟奇殺人や残酷な少年犯罪に眉《まゆ》をひそめているコメンテイターも、根っこにあるものは彼らが非難している対象者と同じなの。『信じられない』とか『想像もできない』なんて驚きながら、じつは心の片隅では『殺したやつの気持ちがよくわかる』と納得し、『おぞましい』『鳥肌が立つ』と震えるふりをしながら、自分も同じことをやってみたいと秘かに思う」

「そんな主張を、姉貴はテレビでまくし立てるつもりなのか」

「そうよ。そうすれば世の中は変わる」

「どう変わるんだ」

「自分も異常者と同体なのだと認識することで、異常が異常でなくなり、そこに愛が芽生えるはず。真の意味の人間愛が」

「ふざけるなよ!」

ヘッドレストに頭をあずけていた賢二は、身を起こして怒鳴った。

「姉貴の言ってることはメチャクチャだ」

「いいえ、いまの世の中の道徳観のほうが、よっぽどふざけてるわ。よっぽどメチャクチャだわ。偽善的で、欺瞞《ぎまん》的で、人間の本質から目をそむけて、頭でっかちの善人を作ろうとしている。公開処刑に興奮して群がって、食事をしたり笑っておしゃべりしながらそれを楽しげに見物することを、どの国でもほんの少し前までふつうにやってきていたのに、生首が転がるのを見て熱狂していたくせに、いまになって死刑反対、加害者にも人権を、心神耗弱により無罪……バカ言ってるんじゃないわ。そんな嘘っぽい基準で人間を見てどうするのよ。いまの基準で異常だと決めつけている人間の姿こそが、正常な姿だとなぜわからないの」

「頭おかしいぞ、耀子は！」

「いいえ、私は正常。私の言っているのが正しいと、賢二だって知っているはず。だって、あなたも見たでしょう。見たからパニックを起こしたんでしょう」

「………」

「私だって、ほんとうのことを言うと弱い人間よ」

ハンドルを激しく叩くことをやめ、耀子は急に声を落とした。

「だから、あなたも見たような、ああいう心象風景を目にしたくなくて、マッチ棒をまぶたにはさんだりした。人間の視覚には二種類あって、内なる視覚を追及していくと、まぶたを閉じてもアレが見える。そのことが理屈でわかっていても恐ろしくて、私は必死に目を開けつづけようとした。でも、人間の本質を見きわめるにはそれを乗り越えないといけないの」

「『トンネル』の試写会を仕掛けたのは、やっぱり姉貴なんだな」

「そうよ。人類に与えられた『第二の目』の存在を――内なる視覚の存在を多くの人に知らせたかった。こうすれば人間の本質が見られることを教えたかった。少し前から、ケータイ版のホームページを作って呼びかけていたけど、人間の本質を知ることで、かえってショックを受けパニックに陥った人も多かった。目を閉じても追いかけてくるアレに耐えられなくてね……。だから、私の開いた逆ネズミ算のサイトを見た人間は、次々に精神を乱し、死んでいく者もいた。そのすべては知らないけれど、新聞を読んで、ああ、これがそうだとわかったケースもある。たぶん浜田玲菜もそのひとり」

「浜田玲菜？」

おもわず大声で、賢二はきき返した。

「あのトンネル事故を起こした、女優の？」

「ええ」

遠くを見つめて、耀子は言った。

「あの人も、内なる視覚に耐えられなかったのよ。自分の本質を認める勇気を持てなかったのよ」

そして耀子は、キーをひねって車のエンジンを止めた。

「さあ、行くわ」

「ちょっと待て」

賢二が姉の手を引き留めた。

「渋谷の映画館から大勢の若者をどこかに消したのも、姉貴のしわざなのか」

「それは私の力を超えた現象よ」

「彼らはどこに行った」

「知らないわ」

「じゃあ、『トンネル』はどういう映画なんだ」

「第二の目の潜在能力を高めるためのトレーニング・フィルムと思って撮影したものよ」

「何を撮ったものなんだ」

「暗闇。トンネルの闇を撮影しただけ」

「どこのトンネルだ」

「具体的な場所ではないの。私たちの祖先が眠っている土の中を心に思い描き、それを念写したもの」

「なんだって……」

「地面の土というのはね、何万年にも及ぶ死体の蓄積場よ」

助手席の弟をふり向いて、姉は静かに語った。

「現代の日本人は、火葬の徹底で自然に土に還ることがほとんどなくなり、舗装路の発達で直接ナマの土に触れる機会もめっきり減ったけれど、それまでは、とくに人が住みつづけてきた地域の土は、それじたいが巨大な墓場だった。のべ何億人、何十億人、何百億人という死者の身体を吸い込んで、豊かさを保ってきたのが国土というものよ。私はその壮大なる自然の墓場に眠る祖先の霊に触れるため、土の中をフィルムに念写した。人々が自由に残虐性を謳歌《おうか》できた、古き良き時代の霊に触れるためにね」

「念写だなんて、そんなことができるわけがないだろう」

「すべての視覚情報は電気信号よ。頭の中で想像する内的視覚もね。だから念写を可能にする人間が存在するわけ。内的視覚の電気信号を増幅する手段を得た者が、その人たちよ。私の念写能力はまだ決して高いとは言えないけれど、土の中という画像的にシンプルなものは、一枚の写真にとどまらず、動画として映画フィルムに焼きつけることも可能だった。五十七分で、集中力が限界にきてしまったけれど」

「わからない」

「いまはわからなくてもいいわ」

耀子は車のドアロックを開けた。

「これから日本中の人たちに、私がきちんと説明してあげるんだから」

「待てよ」

ふたたび賢二は姉の腕をつかんだ。

「耀子の危険思想を世の中に広めるわけにはいかない」

「危険思想？　これが？」

「決まってるじゃないか。人間と人間の境界がないなんて、身内と他人の区別がなくて、誰にでも残虐遺伝子がメモリーされているなんて、そんな思想をテレビを通じて広めさせるわけにはいかないんだ」

「あなたって……」

弟の顔をしげしげと見つめて、耀子はつぶやいた。

「ほんとうに愚かなまでに正義感のかたまりなのね」

「悪いかよ」

「悪いわ」

「……」

「なによ、すごい目つきで睨《にら》むのね」

「…………」

「私のことが、憎い？」

「憎いというより、恐ろしい」

「恐ろしいから、憎いでしょ」

「……そうだ」

「じゃあ、いいわ」

突然、耀子は賢二の目の前にハサミを突きつけた。笠井竜次の脳漿《のうしょう》で汚れたハサミだった。

「どうするつもりだ」

「こうするつもりよ」

耀子は、強引に賢二の手におぞましいハサミを握らせた。

4

「いま本庄先生が説明してくださったように……」

　水村淳子は久光情報官に向かって、固視微動の停止という症状から導いた第二段階の推論に移っていた。

「桜井耀子は、人間として本来ありえない眼球の機能障害に悩まされていました。彼女の感情的な暴走というのは、決してそれとは無縁ではなかったと思われます。耀子は、固視微動の停止中に外的視覚を失い、その代わりに内的視覚と向き合う機会が増えていた。それによって、恐ろしい事実に気がついたのではないかと思うのです。内的視覚によって、祖先からリレーされてきたメモリーを再生できることに」

「ちょっと待った」

　久光がさえぎった。

「外的視覚、内的視覚というのが、私にはわからないが」

「ふだん人間は意識していないことですが、人間の視覚には外的なものと内的なものの二種類があります」

　両手を膝《ひざ》の上に揃え、背筋を正した美しい姿勢で淳子は語りつづけた。

「外的視覚とは、眼球の網膜を通して外部の情報を見る、いわゆる通常の視覚です。一方で内的視覚とは、夢とか記憶の再生画像です。『夢を見る』という表現が、それをズバリ言い表わしています。私たちは、内的視覚によって夢を見て、さらには外的視覚で取り込んだ映像を、記憶を呼び戻すという形で見ることができるのです。これは聴覚にも言えることです。鼓膜の振動によって得る外的聴覚と、夢や記憶で再生される内的聴覚の区別ですね」

「しかし夢とか記憶というのは、なんというのかね、想像力の一環であって、実際に目で見たものとは根本的に違うだろう」

「いいえ」

淳子は首を振った。

「網膜を経由して外から取り込んだ画像も、頭の中で思い描いた画像も、どちらも同じ信号を出して脳を刺激していないと、同じ画像は得られません。違いますか」

「………」

「たとえばいま久光さんは、私の顔を外的視覚によって見ていますけれど、ここで目を閉じてみてください。そして、いま見たばかりの私の顔を再生してください」

「ああ、再生しているよ」

言われたとおりに目をつぶって、久光は言った。

「どうですか」

「美人はとりわけ印象的に思い起こすことができるな……いや、そんな冗談を言っている場合ではないが」

「それが内的視覚です。どうぞ目を開けてください」

指示にしたがってふたたび目を開けた久光に、淳子は言った。

「またこの段階で、私の顔に関する情報は外的視覚に切り替わりました。けれども、内的視覚であろうと、外的視覚であろうと、同じ色合いを再現しようとすれば、同じ色彩情報を信号として再現しなければなりません」

「しかし、目を閉じて思い起こすきみの顔は、それほど色彩が明瞭《めいりょう》ではないがね。それにディテールが思い描けない」

「それは通常の視覚でも同じことです。ただし、外からの視覚は、継続的に画像情報が入ってきます。目を開けて私の顔をじっと見つめておられるかぎり、固視微動で古いデータをキャンセルしながら、いくらでも頭に情報を焼きつけていけます。それが明瞭な画像の正体です」

淳子の説明に熱が入ってきた。

「それよりも、内的視覚と外的視覚の決定的な違いは別のところにあります。内的視覚では、画像の位置と大きさを勝手に変えられることです。通常の視覚では、いま私は久光さんの真正面にいますから、それを変えることはできません。でも、頭の中に思い浮かべる私の顔は、それを正面に持ってきたり、右上や左上に移動したりと、位置を自由に変えられると思います。また、顔の大きさも拡大、縮小、自由にできます」

「たしかにね」

久光は、また目をつぶってそのことを自分で確かめた。

「その自由さが内的視覚の現実味を薄れさせるところなんですが、桜井耀子は、心に描くイメージの精密さを、目で見る光景とまったく変わらない水準まで引き上げる方法をつかんだのではないでしょうか」

「なに」

淳子の言葉に、久光一行情報官は目を見開いた。

「画像記憶の再生信号を継続的に発することで明瞭な解像度を保ち、位置関係や大小の認識も、通常の視覚どおりに得られるとしたら、夢や記憶の再生がきわだってリアルなものになり、とくに真っ暗な空間とか、まぶたを閉じるなどして、外的視覚要因をすべて排除できる状況でそれを再現したら、まさに心に描いた光景が、目の前に実在しているかのような錯覚を引き起こすかもしれません」

「記憶が目の代わりをするわけかね」

「第二の目、ですね」

偶然にも、淳子は桜井耀子と同じ言葉を使った。

「これは難波さんやキャサリンが無事戻ってきたときにたずねようと思いますが、念写を行なえる超能力者は、第二の目が第一の目と同等の機能を持ち、しかもその画像信号を、フィルムを感光させるまでに増幅する能力を持っているのだと思います」

「そんな理屈が成立するのか」

「ただし、念写というのは文字どおり、自分が念じたものを写し出す能力です。けれども自分が知らないうちに頭脳に蓄積されていたショッキングな映像が、きわめてリアルに見られるとしたら、それは見る者にパニックを引き起こすと思われませんか」

淳子は、そこで桜井耀子が開設したとみられるケータイサイトで主張される、逆ネズミ算の世界をなぞった。

「もしも彼女が言うように、残虐性を好む危険な人格の遺伝子が、その人物が大脳に蓄積してきた邪悪な体験と想像のイメージも含めて後世の子孫に伝わっていくならば、それが内的視覚として自動再生されることも、ありえない話ではないかもしれないのです」

「自動再生かね」

久光は、ぶるっと頬を震わせた。

「人間の本質を思い起こさせるために、祖先が見せる恐怖の映画というわけか」

「はい」

「しかも、残虐遺伝子のリレーというのは決して特殊なケースではなく、どの人間にも共通して言えることだというんだろう。逆ネズミ算式発想によれば」

「そうなんです」

「私もその例に洩れない、というのかね」

「私も、ですね。身内と他人の区別がないとすれば」

「想像ができんな。自分のことはさておき、きみにも猟奇殺人者のデータがコピーされているなど、考えられないよ」

　久光は長いため息を洩らした。

「……ところで、いまの話を聞いていて、思い出した言葉がある」

「なんでしょうか」

「目は心の窓、だよ」

　じっと淳子を見つめて、久光は言った。

「もしかするとその言葉は、心に描いた画像データを、目を通して逆に外部へ放出できる真理を示唆しているのかもしれない、などと思ったりしてね」

「それにしても……」

それまで黙ってふたりのやりとりを聞いていた稲本俊太が、独り言を洩らした。

「三百七十四人はどこへ消えたんだろう。ボスや難波さんやキャサリンはどこへ行っちゃったんだろう」

久光も、淳子も、その問いに答えることはできなかった。

5

「姉貴、姉さん、何をするんだ!」

車の助手席で、桜井賢二は大きな叫び声を上げた。

弟の手にハサミを握らせたかと思うと、耀子はその刃先を自分の目に向けるように力を加えた。

賢二は驚いて姉の手を振り払い、ハサミを耀子の顔から遠ざけた。

「どういうつもりなんだ」

「私のことが恐ろしいんでしょ。お父さんが娘の私を化け物だと恐れたように、賢二も私が怖いのよね」

運転席の姉は、弟のほうへ身を乗り出した。

「それだけじゃない。あなたは三人の男の仇《かたき》を討ってやると思っている。父親をあんな目に遭わせ、上司と親友を猛烈に苦しめながら死に至らせた自分の姉を、殺したいほど憎んでいる。いいえ、殺すよりも拷問で生殺しにしたほうがいいとさえ思っている」

「そんなことは考えていない」

「格好つけなくていいのよ、賢二」

心の中を見透かしたように耀子は言った。

「耀子を殺したい、と言いなさい」

「言わない。言いたくない」

「じゃ、言わなくてもいいわ。では、黙って実行しなさい、そのハサミで」

無防備な状態で、耀子は顔を弟のほうへ近づけた。

「ハサミで憎い姉の目をえぐり取ったらどう？」

「冗談じゃない。できるもんか、そんなこと」

「それぐらい、私のことを憎んでいるでしょう」

「憎んでいるのは事実だ」

賢二はうめくような声で言った。

「殺したいほど憎らしい。たしかにそのとおりだ。いや、もっと言おう。生きていて欲しくない」

歯ぎしりを交えて、賢二は言った。

「耀子には、これ以上生きていてほしくない。自分の犯した罪を、自分の生命をもって償うべきだ」

「そうよ。そうやって正直な気持ちを私にぶつけなさい。生命をもって償えと思ったなら、その感情のままに行動に出ることよ。憎しみのぶんだけ私を酷《むご》たらしく殺して」

「なぜだ。なぜ姉貴はそんなことを言うんだ。どうしてぼくに、自分を殺させようとするんだ」

「あなたに人間の真実を知ってほしいからよ。……ほら、あなたの身体は私への怒りで、こんなに正直に反応しているじゃない」

姉に言われて、賢二は自分の右手を見た。

爪が真っ白になるまでハサミを強く握りしめていた。その手が、ガクガクと震えていた。

「あなたが私を殺さないと、私はテレビでしゃべるわよ。マスコミは大歓迎でしょうよ。子供のころから金魚をハサミでちょん切っていた女が、人間の心の闇に迫る——どう、この番組キャッチは。テレビ局がつけそうなフレーズでしょ」

ふふっ、と耀子は笑った。

「でも、バカよね、『心の闇』なんて言葉を安易に使う連中は。そこに絶対見たくないものがあるから『心の闇』という言葉を持ち出すのね。闇にしておけば、わからなくて当然だという逃げの論理が打てる。最初から真実と向き合う姿勢を放棄しているから、『心の闇』と言うんだわ。だけど私、そういう人たちを横着とか怠惰という言葉では責めないわ。彼らはみんなわかっているの。真実をわかっているの。残虐性こそが人類にとって最高のエンターテインメントだという真実を……。それを確認するのが怖いだけ。いえ、気恥かしいだけなの。

あら、なんだか雪が降ってきそうね」

耀子はフロントガラス越しに、空を見上げた。

冬の夕闇が迫ってきていた。その仄暗《ほのぐら》い空は、いまにも白いものを地上にまき散らしそうな顔をしている。

「殺さないなら、私は行くわよ。テレビの前で布教活動をするわよ」

耀子は弟に最後の確認をした。

「いいのね。あなたの正義は、私の行動を黙認するのね」

「……………」

弟の返事がないので、耀子は助手席のほうへ乗り出していた身を引き、運転席側のドアを開けて外に出た。

そして耀子は、後ろをふり返らずにテレビ局の建物に向かって歩きはじめた。

警備ゲートで張り込みにあたっていたふたりの刑事が、耀子の姿に気がついた。そして耀子も、前方の様子がおかしいことに気がついた。

引き返したほうがよさそうだ、と直感し、耀子は立ち止まった。その瞬間、背中から腹部にかけて、猛烈な激痛が走った。

「え？」

耀子の喉《のど》から出た言葉はそれだった。

そして彼女は、自分の胸元を見た。長い柳刃包丁の刃先が、肝臓を貫いてコートの前に突き出していた。

身体ぜんたいは、もうふり返ることができなかった。首をひねるのが精いっぱいの動きだった。

真後ろに弟の賢二が立っていた。

「貴様」

男の声が、耀子の声帯から飛び出した。

「貴様……」

「オヤジの包丁だ」

後ろから耀子の背中にしがみつくようにして、賢二は言った。

「おまえのおかげで、罪もない妻を殺し、息子を捨て、自分の名前を捨てることになったオヤジは、熊井という名前で孤独な独り暮らしをつづけてきた。そのオヤジが、自分で料理を作るために使っていた包丁だよ。あの家を出るとき、台所から持ち出したのに気づかなかったな」

「う、ぐぐぐ……」

耀子は、男の息遣いであえいだ。

前方の刑事たちがふたりの異変を察知した様子で、ゆっくりと歩き出した。

「ぼくはハサミなんかは使わないぞ」

姉の耳元で賢二はささやいた。

「耳の中にハサミを突っ込んだり、目をえぐったりはしないぞ。そんな行為は人間がやることじゃない。怒りを表わすなら、ちゃんと正統的な方法で殺してやる」

耀子の肝臓を貫いた包丁の刃先を、賢二は何度か往復させた。耀子の胸元から、包丁の刃先が隠れたり現れたりした。

最も血液が集中する臓器への、決定的なダメージを与える方法だった。しかし、大量の出血以外には、外から確認できる酷《むご》たらしさはない。

「これでぼくは殺人者になるだろう。だけど、決して猟奇殺人者にはならない。憎しみを歪《ゆが》んだ形では絶対に表現しない。ぼくのポリシーだ」

「この野郎」

耀子が、男の声で罵倒《ばとう》した。

「てめえ、この野郎……おれの遺伝子を持っているくせに」

しかし、その声は弱々しかった。

賢二は、自分のほうに首をひねってきた姉と目を合わせた。まだ生命があるのに、死人の瞳《ひとみ》をしていた。

固視微動が停止して、外部からの視覚情報が飽和状態となり、弟の顔もはっきり確認できていないことを、賢二は理解していなかったが、とにかくこれは死人の目だ、と思った。

前方の刑事たちの歩みが、小走りに変わった。

と、そのときだった。

肉体的には死が急接近しているはずなのに、耀子の目に突然、生気がよみがえった。固視微動が復活したのだ。両の瞳が小刻みに揺れて、そこにさざ波が立っているような錯覚を賢二は覚えた。

「ありがとう」

本来の声に戻って、耀子はつぶやいた。

「賢二、私を殺してくれて……ありがとう」

「え？」

驚いて、賢二は包丁に込めていた力を緩めた。

「長い間、ふたりで暮らせて、楽しかったわ」

「姉貴……ヨウちゃん！　また姉貴に戻ったんだな」

賢二はあわてた。あわてて、いつもの呼び方で姉に呼びかけた。

「ごめん、ごめん、ほんとにごめん」

とっさに、謝罪の言葉が出た。

「悪かった、ヨウちゃん。こんなことをするつもりじゃなかった」

「いいのよ」

「救急車……救急車を呼ぶから」

「呼ばないで。このままでいいの」

潤んだ目で、耀子は弟を見つめた。

朦朧《もうろう》とした意識の中で、耀子はその網膜にはっきりと弟の顔を捉《とら》えていた。

「やっと……トンネルの……」

「え？」

「出口が……見えたわ」

小走りから猛ダッシュになったふたりの刑事が駆け寄る少し前に、桜井耀子は弟の腕の中で息絶えた。

姉に取り憑《つ》いていた何かが離れたのを、弟の賢二は、たしかに感じ取った。

「耀子、死ぬな！」

賢二は姉の身体をあおむけに抱き直し、叫んだ。

「ぼくが殺そうとしたのは、姉貴じゃなくて悪魔だ。殺したかったのは、そいつなんだ。姉貴は死んじゃダメだ。目を覚ませ！」

走ってきたふたりの刑事が口々に何か叫んでいるのが賢二の視野に入った。だが、彼らの怒号は賢二の意識には届いていなかった。

「耀子、返事をしろ！　姉貴、いつもの声を聞かせてくれよ」

答えはない。

しかし賢二は、姉の瞳がまだ死者のそれになっていないことに気づいていた。

呼吸も心臓の鼓動も停止していたが、瞳はまだ死んでいなかった。耀子は、これまでの人生をふり返る眼差《まなざ》しになっていた。そして、弟とともに過ごした美しい故郷の山河に遊んでいた。

「姉さん……おねえちゃん……」

賢二の呼び方が、幼いころのそれに変わった。

「おねえちゃんが死んだら、ぼくはどうすればいいんだよ」

耀子の瞳が、「あなたはだいじょうぶよ」というふうに笑った……ように思えた。

それが最愛の弟に与えた、最後の錯覚だった。

つぎの瞬間、耀子の瞳から人間の感情が完全に消え、死の色に包まれた。二十九年にわたって彼女の大脳に蓄積されてきたメモリーが、完全に放出されたのだ。

「耀子！」

事情をまったく解さぬ刑事たちが見つめる中、桜井賢二は涙声で叫んだ。

「たのむから、生き返ってくれよ！」

悲痛な呼びかけにも、姉はもうまったく反応を示さなかった。

弟の涙が片方の瞳に落ち、小さなゆらめきの輪を作っても、それは決してさきほどのような生命の波動にはならなかった。

いつのまにか、墨色の空から粉雪が舞い降りていた。

それはあっというまに激しい降りに変わり、過去の暗黒世界へつながっていたトンネルの入口を——桜井耀子の瞳を——純白のベールで完璧《かんぺき》に覆い尽くしていった。

エピローグ　蛍

十一月三十日の夕刻から降り出した雪は、この季節としては珍しい本降りとなり、暦が十二月に変わったころには首都圏の道路網を完全にダウンさせるほどの降雪量となった。十二月一日の午前二時を回ったころには、都心の道路を走る車はほとんどなく、あたりは静寂に包まれた雪野原の様相を呈していた。

その雪のじゅうたんに深い足跡を刻みながら、三百七十七人の集団が皇居のほとりをゆっくりと歩いていた。

行列の先頭に立っているのは、雪と同じ色合いの鬚《あごひげ》を長く伸ばした難波鉄之進。その左横には、雪のように白い肌を持ったハーフの川上キャサリン。そして右横には鷲尾康太郎。さらに彼らの後ろには三百七十三人の若者と、ひとりの映写技師がつづいていた。

その誰もが、自分たちがいままでどこにいたのか、具体的な場所を特定できずにいた。霊能者の難波も、透視能力者のキャサリンでさえも、自分たちがどこからどうやってお濠《ほり》端《ばた》まで出てきたのかが、わからない。

その長い行列の中で、暗黒の数日間、それぞれが体験したことを口に出してふり返ろうとする者はひとりもいなかった。だから、降りしきる雪の中を行進する彼らは葬列のように静かだった。

やがて、先頭を行く難波鉄之進が、鬚と同じ色の息を吐き出しながらつぶやいた。

「人間の心は、美しくなければならない。この雪のように。それが我々に与えられた永遠の課題というものだ」

両脇を歩くキャサリンと鷲尾が、無言でうなずいた。

「人間の未来は美しいものであり、決して残酷が当然であった時代に後戻りしてはならない」

一歩一歩雪を踏みしめながら、難波がつづけた。

「たとえ、過去には猛獣と変わらぬ野蛮な本能を持っていた時期があったとしても、そこから美しき道徳心の完成に向かって精進してゆく努力を怠ってよいはずはない。それこそが、我々人間がこの地球上に生かされつづけている意味合いなのだから。その努力を放棄して、人間は本質的に猟奇的な生物であると開き直ることは絶対に許されない」

「同感です」

キャサリンが小さくつぶやいた。

「ほんとうにそうだと思います」

透視能力者だけに、キャサリンが暗黒世界で見てきたものは、映画館にいた若者たちが見たものよりも、また、いっしょに消えた鷲尾康太郎が見たものよりも、もっと強烈な衝撃に満ちていた。感知した情報量が圧倒的に多かったからだ。

しかし、彼女は崩れそうになった精神を懸命に支え、いま現実世界に戻ってきていた。おれは超能力者ではないから、おかしなものは見ないと言っていた鷲尾も、その常識的な先入観を完璧に覆されたショックから、必死に立ち直ろうとしていた。

彼を支えていたのは、チーム・クワトロの統括者であるという責任感だった。その意識が、暗黒のトンネルで我を失うのをかろうじて防いだのだった。

鷲尾は見た。桜井賢二が見たように、キャサリンや難波が見たように、自分の先祖が形づくる逆ネズミ算式ピラミッドの中に、生きたまま人間の目をくり抜いたり、舌を引き抜く拷問が三度のメシより好きという人物が存在していた過去の歴史を見た。そして、その人物が自分そっくりの顔と声の持ち主であったことも、脳で感じ取っていた。内的視覚と内的聴覚による生々しい再現により、遺伝子のメモリーが引き出されたのだ。

二度と思い返したくはなかった。だが、目を閉じればそのイメージがよみがえってくる。

目を開けて少しでも外光を採り入れたら、その邪悪な画像は消えてくれる。しかし、周囲を完全な闇に包まれたり、あるいはまぶたを閉じたりすると、何の前ぶれもなく、そいつがまた襲ってくるのだ。

その不気味な映像に脅かされるということは、すなわち、目を閉じて眠れないことを意味していた。恐怖から逃げるために睡眠薬を使おうとしても、目を閉じた段階で、その恐怖と遭遇してしまうからだった。

けれども、鷲尾は覚悟を決めていた。必ずこの邪悪なメモリーを自力で排除しようと。難波鉄之進や川上キャサリンは、すでに困難を乗り越える決意を表明した。ふたりのような超能力者ではないが、自分もそうしなければならないと鷲尾は決心した。

鷲尾の後ろにつづく三百数十名の若者たちも、遺伝子に刻みつけられた暗黒の歴史と対《たい》峙《じ》し、その恐怖からの脱却が急務だった。

彼らは自分たちを恐怖のトンネルに導いた悪魔が、宿主としていた桜井耀子の肉体からすでに分離追放されたことは知らない。そのおかげで元の世界に帰還できたことも知らない。しかし彼らは、ひとつの重要な真実を学んで戻ってきた。

それは、自分というひとりの人間の成り立ちには、善人悪人取り混ぜて、数え切れないほど大勢の「他人」が関与している、という事実だった。その重大さを世の人々に伝えるために、彼らは暗黒世界から帰還してきたといってもよかった。

「今回の経験は、決して悪いことばかりではなかった」

鷲尾は、自分自身に言い聞かせるようにつぶやいた。

「おれは大きな教訓を学んだ気がする。それは、人格の偏りを表わすのに『異常』という概念を安易に用いてはならない、という教訓だ。なぜなら、異常性格は誰の心にもある要素だからだ。したがって、心の病に対してタブーを作ってもいけない、ということだ」

やや勢いは弱まったものの、なおも夜空から降りそそぐ雪を見上げ、その冷たさを顔に感じながら、鷲尾はつづけた。

「心神喪失、心神耗弱、精神異常――それらを特別視し、そのテーマでオープンに議論することをタブー視する背景には、無知による恐怖と、無知による傲《おご》りがある。とりわけ『自分は完全に正常であって、彼らとは違うのだ』という横柄な錯覚が、もっとも始末に負えない。そういう連中にかぎって、滑稽《こっけい》な優越感に浸りながら人権や人道をウンヌンするのだ。

だが、いまやおれは理解した。すべての人間の根っこは同じなんだ。だから、たまたま心の歪《ゆが》んだ症状が顕著に現れた人間だけを取り上げて別格扱いすることとじたい、大きな誤りなんだ。その愚かさを悟っただけでも、トンネルの中で苦しめられた意味があった」

不思議なトンネル空間に捕捉《ほそく》されている間に、鷲尾自身も意識しないうちに、逆ネズミ算の哲学が大脳に擦り込まれていた。

「心の病を肉体の病と分けて考え、それを『きわめて配慮すべき状況』として、法律上の免責を与える。そうした甘い特例措置の設定は、現代精神病理学の未熟さを証明するものでしかない」

声の高まりとともに、鷲尾の吐く息の白さが際立ってきた。

「心の病に対するタブーを作るのは、無知による恐怖と、無知による傲りがあるからだ」

鷲尾は同じ言葉を繰り返した。

「人間の本質を分析しきれていないから、心の病を持つ者を腫《は》れ物にさわるような扱いにし、平等な法のもとに責任を負わせてもよいケースでも、罰するわけにはいかないと放免してしまう。それがすばらしき人権尊重だと思っている。……そういう思想に凝り固まった連中に、逆ネズミ算の哲学を教えてやりたいものだ」

「だいぶお怒りのご様子ですな、鷲尾主任」

難波鉄之進が、軽く肩をすくめた。

「しかし、ご心配なさらなくても、精神病理学に関する新時代の礎《いしずえ》は、我らがチーム・クワトロに所属する有能なメンバーが、きっと築いてくれると思いますよ、ビューティーがね」

「水村淳子が？」

「そうです。彼女こそ、間違いなくそのお役目を背負ってこの世に生まれてきた人物であろうと思っております」

「霊能者が保証しますか」

「はい」

「透視能力者も保証します」

と、キャサリンも微笑みながら言い添えた。

「なるほどね」

鷲尾はうなずいた。

「たしかに淳子ならば、ひどい目に遭った我々の経験を活《い》かし、現状の歪んだ認識に一石を投じてくれるかもしれんな。……おお、そういえば、すっかり忘れていたが、おれたちはまだ行方不明者のままなんだぞ。急いで本部に状況を報告せねば」

そして鷲尾が携帯電話を使おうと蓋《ふた》を開けたとき、それを見越したように、着信音とともにランプが点滅した。

液晶画面を見ると、いま話題にしていた水村淳子の名前が出ていた。

「おう、淳子か。すばらしいタイミングで電話をよこしてくれたもんだな」

受話口から聞こえてきた相手の声に、鷲尾は表情を緩めた。

「そうなんだ、何がどうなったのかわからんが、ともかくシャバに舞い戻ってきたよ。仙人とヒトミもいっしょだ。それから、渋谷の映画館から消えた三百七十四人の連中もだ。……え、いまいる場所か。皇居のお濠端《ほりばた》をぞろぞろと歩いているところだよ。いきなり季節はずれの大雪に遭遇して震え上がっているがね。……さあ、なぜ突然トンネルから解放されたのかとたずねられても、その理由はおれにもわからん」

髪の毛に降り積もった雪を払い落として、鷲尾はつづけた。

「ともかくこれから、彼らを警視庁まで連れていくことにする。三百七十四人じゃ、事情聴取だけでも大変な作業になりそうだがね。……ところで、俊太はどうしている。暗闇に閉じ込められたとき、どこからか聞こえてきたあいつの声が、ほんとうに救いになったんだ。あのときほど、若い俊太を頼りに思ったことはなかったよ。うん、おれたちが消えてしまったあと、きみらが必死になって捜してくれた様子はじゅうぶんに感じ取れた。心の底から感謝しているよ」

鷲尾は、元気な声でつけ加えた。

「それじゃ、チーム・クワトロ全員に命令だ。三十分後に本部へ再集合。いいな」

淳子から鷲尾への電話をきっかけに、後ろにつづく若者たちが持つ携帯電話もつぎつぎと鳴り出し、着信ランプの点滅があちこちではじまった。彼らの家族が一斉に無事を感知し、連絡を取ってきたのだ。

液晶画面のライトが安堵《あんど》に輝く若者たちの顔を照らし出し、その反射光で周囲の雪面が明るくなった。しかし、三百七十四人の喜びの声は降り積もった粉雪の絨毯《じゅうたん》に吸い込まれ、夜の静寂を壊すまでに大きくなることはない。

「きれいだな」

後ろをふり返りながら、鷲尾がつぶやいた。

「まるで蛍だ」

その言葉に難波とキャサリンも立ち止まり、若者たちのほうへ目をやった。

白い雪が斜めに降りそそぐ夜の闇をバックに、携帯電話がひとつ、またひとつと輝いていく情景は、たしかに乱舞する冬の蛍を見るようだった。

《参考文献》

『死刑全書』 マルタン・モネスティエ 著（原書房）

149.「舞鶴の雪」殺人事件	トクマ・ノベルズ	2003・5
150. 霧積温泉殺人事件	JOY NOVELS	2003・6
151. 黒白の十字架【完全リメイク版】	講談社文庫	2003・6
152. トンネル	角川ホラー文庫	2003・9

【舞台脚本】

◎ 新宿銀行東中野独身寮殺人事件 1994・1
(劇団スーパー・エキセントリック・シアター 15周年記念公演)

◎ パジャマ・ワーカーズ ON LINE 2001・10
(劇団スーパー・エキセントリック・シアター 秋の本公演)

124. 京都天使突抜通の恋　集英社　2001・5
125. お見合い　角川ホラー文庫　2001・6
126. 回転寿司殺人事件　ケイブンシャ・ノベルス　2001・6
講談社文庫　2003・2
127. あじゃ＠109　ハルキ・ホラー文庫　2001・8
128. 「北京の龍王」殺人事件　角川文庫　2001・8
129. 「横濱の風」殺人事件　トクマ・ノベルズ　2001・9
130. 心霊写真 ―氷室想介のサイコ・カルテ―
カッパ・ノベルス　2001・10
131. 嵐山温泉殺人事件　講談社文庫　2001・11

【2002】（作品 NO.132〜143）　12 作
132. 蛇の湯温泉殺人事件　JOY NOVELS　2002・1
133. 平安楽土の殺人―魔界百物語 2―
カッパ・ノベルス　2002・2
134. キラー通り殺人事件【完全リメイク版】
講談社文庫　2002・3
（5．『キラー通り殺人事件』を完全改稿）
135. 卒　業　角川ホラー文庫　2002・3
136. やさしく殺して　集英社文庫　2002・4
137. 幻視鏡　双葉文庫　2002・5
138. オール　ハルキ・ホラー文庫　2002・7
139. 十津川温泉殺人事件　JOY NOVELS　2002・7
140. 有馬温泉殺人事件　講談社文庫　2002・9
141. 「鎌倉の琴」殺人事件　トクマ・ノベルズ　2002・10
142. 別れてください　集英社文庫　2002・10
143. 第一印象　双葉文庫　2002・11

【2003】（作品 NO.144〜152）　現在 9 作
144. 樹　海　角川ホラー文庫　2003・1
145. Black Magic Woman　JOY NOVELS　2003・1
146. かげろう日記　角川ホラー文庫　2003・3
147. 夫の妹　集英社文庫　2003・4
148. ボイス　角川ホラー文庫　2003・4

【1998】（作品 NO.106〜107）　2作

106．正しい会社の辞め方教えます	カッパ・ブックス	1998・6
107．鬼死骸村の殺人	ハルキ・ノベルス	1998・7
	ハルキ文庫	1999・7

【1999】（作品 NO.108〜115）　8作

108．「吉野の花」殺人事件	トクマ・ノベルズ	1999・3
109．たった3カ月でTOEICテスト905点とった		
	ダイヤモンド社	1999・6
110．地獄谷温泉殺人事件	講談社文庫	1999・6
111．ｉレディ	角川ホラー文庫	1999・8
112．怪文書殺人事件	ケイブンシャ・ノベルス	1999・8
	光文社文庫	2003・1
113．地球岬の殺人	ハルキ・ノベルス	1999・8
	ハルキ文庫	2000・12
114．京都魔界伝説の女―魔界百物語 1―		
	カッパ・ノベルス	1999・11
	光文社文庫（上・下）	2003・6
115．ケータイ	角川ホラー文庫	1999・12

【2000】（作品 NO.116〜119）　4作

116．京都瞑想2000	アミューズブックス	2000・1
117．天井桟敷の貴婦人	トクマ・ノベルズ	2000・2
	徳間文庫	2002・2
118．「倫敦の霧笛」殺人事件	角川文庫	2000・8
119．ゼームス坂から幽霊坂	双葉社	2000・9
	FUTABA NOVELS	2001・12
	双葉文庫	2003・5

【2001】（作品 NO.120〜131）　12作

120．「ナイルの甲虫」殺人事件	角川文庫	2001・1
121．孤独	新潮文庫	2001・1
122．ついてくる―京都十三夜物語	アミューズブックス	2001・4
123．「シアトルの魔神」殺人事件	角川文庫	2001・4

88．猫魔温泉殺人事件	講談社ノベルス	1996・5
	講談社文庫	1998・12
89．侵入者ゲーム	講談社	1996・7
	講談社ノベルス	1998・4
	講談社文庫	1999・8
90．ふたご	角川ホラー文庫	1996・8
91．王様殺人事件(伊藤果七段共著)	毎日コミュニケーションズ	1996・11
92．定価200円の殺人	角川mini文庫	1996・11
93．「あずさ2号」殺人事件	カドカワノベルズ	1996・11
	角川文庫	1999・4
94．城崎温泉殺人事件	JOY NOVELS	1996・12
	講談社文庫	1999・12
95．「富士の霧」殺人事件	トクマ・ノベルズ	1996・12
	徳間文庫	1999・9

【1997】(作品NO.96〜105)　10作

96．金田一温泉殺人事件	講談社ノベルス	1997・2
	講談社文庫	2000・3
97．多重人格の時代	PLAY BOOKS	1997・2
98．日本国殺人事件	ハルキ文庫	1997・4
99．ラベンダーの殺人	角川mini文庫	1997・5
100．「長崎の鐘」殺人事件	トクマ・ノベルズ	1997・5
	徳間文庫	2000・1
101．空中庭園殺人事件	光文社文庫	1997・7
102．がん宣告マニュアル 感動の結論	アミューズブックス	1997・7
(タイトル変更) こころのくすり箱—いのちのエピローグ	アミューズブックス(新書)	2002・3
103．新幹線 秋田「こまち」殺人事件	カドカワ・エンタテインメント	1997・8
	角川文庫	2000・5
104．クリスタル殺人事件	光文社文庫	1997・9
105．鉄輪温泉殺人事件	講談社ノベルス	1997・10
	講談社文庫	2001・1

73．血液型殺人事件	角川文庫	1994・12
(20．『ABO 殺人事件』を完全改稿)		

【1995】(作品 NO.74〜83)　10 作

74．血洗島の惨劇	トクマ・ノベルズ	1995・ 1
	徳間文庫	1998・ 7
75．知床温泉殺人事件	講談社ノベルス	1995・ 3
	講談社文庫	1997・11
76．天城大滝温泉殺人事件	JOY NOVELS ＊	1995・ 6
	講談社文庫	1998・ 3
77．銀河鉄道の惨劇（上）	トクマ・ノベルズ	1995・ 7
	徳間文庫	1999・ 1
78．先　生	角川ホラー文庫	1995・ 8
79．「巴里の恋人」殺人事件	角川文庫	1995・ 8
80．「カリブの海賊」殺人事件	角川文庫	1995・ 8
81．「香港の魔宮」殺人事件	角川文庫	1995・ 8
82．私の標本箱	講談社ノベルス	1995・ 9
(タイトル変更)		
ベストセラー殺人事件	講談社文庫	1998・ 9
83．トワイライト エクスプレスの惨劇		
	カドカワノベルズ	1995・11
	角川文庫	1998・ 5

【1996】(作品 NO.84〜95)　12 作

84．家族の肖像	中央公論社	1996・ 2
	C★NOVELS	1997・ 2
(タイトル変更)		
踊る少女	角川ホラー文庫	1999・ 4
85．銀河鉄道の惨劇（下）	トクマ・ノベルズ	1996・ 2
	徳間文庫	1999・ 1
86．能登島黄金屋敷の殺人	カッパ・ノベルス	1996・ 2
	光文社文庫	1999・ 3
87．西銀座殺人物語	角川文庫	1996・ 4
(71．『私も組織の人間ですから』＋書き下ろし表題作)		

(17.『そして殺人がはじまった』を完全改稿)		
57. 旧軽井沢R邸の殺人	光文社文庫	1994・2
(9.『スターダスト殺人物語』を完全改稿)		
58. 白骨温泉殺人事件	ケイブンシャ・ノベルス	1994・2
	ケイブンシャ文庫	1996・12
	講談社文庫	1999・2
59.「北斗の星」殺人事件	徳間文庫	1994・3
(19.『雪と魔術と殺人と』を完全改稿)		
60. 富士山殺人事件	ノン・ノベル	1994・3
	光文社文庫	1996・9
61. 文　通	角川ホラー文庫	1994・4
62. 宝島の惨劇	トクマ・ノベルズ	1994・4
	徳間文庫	1998・1
63. 水曜島の惨劇	トクマ・ノベルズ	1994・5
	徳間文庫	1998・4
64. シンデレラの五重殺	光文社文庫	1994・7
(11.『五重殺＋5』を完全改稿)		
65. ランプの秘湯殺人事件	フェミナノベルズ	1994・7
	講談社文庫	1997・3
66. 五色温泉殺人事件	講談社ノベルス	1994・8
	講談社文庫	1996・12
	ケイブンシャ文庫	1999・11
67. ミステリー教室殺人事件	光文社文庫	1994・9
68. 一身上の都合により、殺人	祥伝社	1994・9
	角川文庫	1997・7
69. 小樽「古代文字」の殺人	カッパ・ノベルス	1994・10
	光文社文庫	1997・12
70. 観音信仰殺人事件	カドカワノベルズ	1994・11
	角川文庫	1997・11
	徳間文庫	2003・8
71. 私も組織の人間ですから	角川書店	1994・11
※書き下ろし中編を加えて87.『西銀座殺人物語』に		
72. ダイヤモンド殺人事件	光文社文庫	1994・12

	徳間文庫	2003・4
43．アインシュタインの不在証明	ノン・ポシェット	1993・4
	講談社ノベルス	1996・12
	講談社文庫	2000・11
44．檸檬色の悲劇	JOY NOVELS	1993・4
(タイトル変更)		
哀しき檸檬色の密室	角川文庫	1996・2
45．金閣寺の惨劇	トクマ・ノベルズ	1993・5
	徳間文庫	1997・7
46．銀閣寺の惨劇	トクマ・ノベルズ	1993・5
	徳間文庫	1997・7
47．由布院温泉殺人事件	講談社ノベルス	1993・6
	講談社文庫	1996・7
	ケイブンシャ文庫	1998・12
48．読書村の殺人	C★NOVELS	1993・7
	中公文庫	1996・11
	ケイブンシャ文庫	2001・4
49．初　恋	角川ホラー文庫	1993・7
50．瑠璃色の悲劇	JOY NOVELS	1993・8
(タイトル変更)		
妖しき瑠璃色の魔術	角川文庫	1996・3
51．龍神温泉殺人事件	講談社ノベルス	1993・9
	講談社文庫	1996・10
52．［会社を休みましょう］殺人事件		
	光文社文庫	1993・9
53．金沢W坂の殺人	カッパ・ノベルス	1993・11
	光文社文庫	1996・12
54．邪宗門の惨劇	角川文庫	1993・12
	徳間文庫	2002・10

【1994】(作品 NO.55〜73) 19作

55．「伊豆の瞳」殺人事件	徳間文庫	1994・1
(13．『私が私を殺す理由』を完全改稿)		
56．「戸隠の愛」殺人事件	徳間文庫	1994・2

～地底迷宮篇	ハルキ文庫	1998・9
33．最後の惨劇	トクマ・ノベルズ	1992・9
	徳間文庫	1996・3
34．ニュートンの密室	ノン・ポシェット	1992・10
	講談社ノベルス	1996・11
	講談社文庫	2000・6
35．時の森殺人事件　4	C★NOVELS	1992・10
	中公文庫	1995・10
（サブタイトル追加）		
～異形獣神篇	ハルキ文庫	1998・10
36．それは経費で落とそう	角川書店	1992・11
	カドカワノベルズ	1993・8
（タイトル変更）		
丸の内殺人物語	角川文庫	1995・10
37．薔薇色の悲劇	JOY NOVELS	1992・11
（タイトル変更）		
美しき薔薇色の殺人	角川文庫	1996・1
38．時の森殺人事件　5	C★NOVELS	1992・11
	中公文庫	1995・11
（サブタイトル追加）		
～秘密解明篇	ハルキ文庫	1998・10
39．修善寺温泉殺人事件	ケイブンシャ・ノベルス	1992・12
	ケイブンシャ文庫	1995・12
	講談社文庫	1998・11

【1993】（作品NO.40～54）　15作

40．時の森殺人事件　6	C★NOVELS	1993・1
	中公文庫	1995・11
（サブタイトル追加）		
～最終審判篇	ハルキ文庫	1998・10
41．御殿山の殺人	カッパ・ノベルス	1993・2
	光文社文庫	1996・4
42．出雲信仰殺人事件	カドカワノベルズ	1993・3
	角川文庫	1996・9

【1992】（作品 NO.20〜39） 20 作

20．ABO 殺人事件	カドカワノベルズ	1992・1
※完全改稿して 73．『血液型殺人事件』に		
21．時の森殺人事件　1	C★NOVELS	1992・4
	中公文庫	1995・9
（サブタイトル追加）		
〜暗黒樹海篇	ハルキ文庫	1998・9
22．花咲村の惨劇	トクマ・ノベルズ	1992・5
	徳間文庫	1995・11
23．夜は魔術	光文社文庫	1992・6
24．鳥啼村の惨劇	トクマ・ノベルズ	1992・6
	徳間文庫	1995・12
25．黒白の十字架	TENZAN NOVELS	1992・6
	ケイブンシャ・ノベルス	1994・4
	ケイブンシャ文庫	1996・6
26．六麓荘の殺人	カッパ・ノベルス	1992・6
	光文社文庫	1995・8
27．時の森殺人事件　2	C★NOVELS	1992・6
	中公文庫	1995・9
（サブタイトル追加）		
〜奇人魍魎篇	ハルキ文庫	1998・9
28．死者に捧げるプロ野球	FUTABA NOVELS	1992・7
（タイトル変更）		
「巨人ー阪神」殺人事件	光文社文庫	1997・6
29．風吹村の惨劇	トクマ・ノベルズ	1992・7
	徳間文庫	1996・1
30．月影村の惨劇	トクマ・ノベルズ	1992・8
	徳間文庫	1996・2
31．ピタゴラスの時刻表	ノン・ポシェット	1992・8
	講談社ノベルス	1996・10
	講談社文庫	2000・2
32．時の森殺人事件　3	C★NOVELS	1992・9
	中公文庫	1995・10
（サブタイトル追加）		

	角川文庫	1992・3
(タイトル変更)		
幽霊作家殺人事件	角川文庫	1997・12
8．編集長連続殺人	光文社文庫	1990・7
(サブタイトル追加)		
～13日目の惨劇	角川文庫	1999・10
9．スターダスト殺人物語	カッパ・ノベルス	1990・9
※完全改稿して57．『旧軽井沢R邸の殺人』に		

【1991】(作品NO.10～19)　10作

10．三十三人目の探偵	角川文庫	1991・1
(タイトル変更)		
ハイスクール殺人事件	角川文庫	1997・9
11．五重殺＋5	カッパ・ノベルス	1991・1
※完全改稿して64．『シンデレラの五重殺』に		
12．OL捜査網	光文社文庫	1991・4
13．私が私を殺す理由	トクマ・ノベルズ	1991・4
※完全改稿して55．『「伊豆の瞳」殺人事件』に		
14．トリック狂殺人事件	カドカワノベルズ	1991・5
	角川文庫	1994・2
	光文社文庫	2000・8
15．死者からの人生相談	KKベストセラーズ	1991・7
	徳間文庫	1994・6
16．算数・国語・理科・殺人	ノン・ポシェット	1991・8
	講談社文庫	1997・5
17．そして殺人がはじまった	トクマ・ノベルズ	1991・9
※完全改稿して56．『「戸隠の愛」殺人事件』に		
18．英語・ガイジン・恥・殺人	ノン・ポシェット	1991・12
(タイトル変更)		
[英語が恐い]殺人事件	講談社文庫	1997・7
19．雪と魔術と殺人と	トクマ・ノベルズ	1991・12
※完全改稿して59．『「北斗の星」殺人事件』に		

発売順　著作リスト（完全版）

※2003年9月上旬時点　既刊152点

吉村達也公式ホームページPC版（http://www.my-asp.ne.jp/yoshimura/）
同　　iモード版（http://i.my-asp.ne.jp/yoshimura/）
同　　J-SKY版（http://j.my-asp.ne.jp/yoshimura/）
の作品検索ページでさらに詳しい情報を見ることができます。

（C★NOVELS＝中央公論社、JOY　NOVELS＝実業之日本社、JOY　NOVELS＊＝実業之日本社／有楽出版社レーベル、PLAY　BOOKS＝青春出版社、カッパ・ノベルス＝光文社、ノン・ノベル＝祥伝社、ノン・ポシェット＝祥伝社、フェミナノベルズ＝学習研究社）

【1986〜1989】（作品NO.1〜6）　6作

1．Kの悲劇	扶桑社	1986・2
	角川文庫	1991・3
	徳間文庫	1994・11
2．カサブランカ殺人事件	廣済堂ブルーブックス	1987・4
（タイトル変更）		
逆密室殺人事件	角川文庫	1991・5
	〃（新装版）	2000・7
3．創刊号殺人事件	実業之日本社（有楽出版ノベルス）	1987・7
	角川文庫	1991・12
	〃（新装版）	2000・10
4．南太平洋殺人事件	廣済堂ブルーブックス	1987・8
	角川文庫	1991・9
	〃（新装版）	2000・12
5．キラー通り殺人事件	講談社Jノベルス	1987・9
※完全改稿して134．『キラー通り殺人事件【完全リメイク版】』に		
6．エンゼル急行を追え	C★NOVELS	1988・3

【1990】（作品NO.7〜9）　3作

7．ゴーストライター	カドカワノベルズ	1990・5

トンネル

吉村達也《よしむらたつや》

角川ホラー文庫　H12-13　13003

平成15年９月10日　初版発行
平成19年６月10日　８版発行

発行者——井上伸一郎
発行所——株式会社角川書店
東京都千代田区富士見2-13-3
電話/編集(03)3238-8555
〒102-8078
発売元——株式会社角川グループパブリッシング
東京都千代田区富士見2-13-3
電話/営業(03)3238-8521
〒102-8177
http://www.kadokawa.co.jp
印刷所——暁印刷　製本所——BBC
装幀者——田島照久

ISBN4-04-178975-3 C0193

角川文庫発刊に際して

角川源義

第二次世界大戦の敗北は、軍事力の敗北であった以上に、私たちの若い文化力の敗退であった。私たちの文化が戦争に対して如何に無力であり、単なるあだ花に過ぎなかったかを、私たちは身を以て体験し痛感した。西洋近代文化の摂取にとって、明治以後八十年の歳月は決して短かすぎたとは言えない。にもかかわらず、近代文化の伝統を確立し、自由な批判と柔軟な良識に富む文化層として自らを形成することに私たちは失敗して来た。そしてこれは、各層への文化の普及滲透を任務とする出版人の責任でもあった。

一九四五年以来、私たちは再び振出しに戻り、第一歩から踏み出すことを余儀なくされた。これは大きな不幸ではあるが、反面、これまでの混沌・未熟・歪曲の中にあった我が国の文化に秩序と確たる基礎を齎らすためには絶好の機会でもある。角川書店は、このような祖国の文化的危機にあたり、微力をも顧みず再建の礎石たるべき抱負と決意とをもって出発したが、ここに創立以来の念願を果すべく角川文庫を発刊する。これまで刊行されたあらゆる全集叢書文庫類の長所と短所とを検討し、古今東西の不朽の典籍を、良心的編集のもとに、廉価に、そして書架にふさわしい美本として、多くのひとびとに提供しようとする。しかし私たちは徒らに百科全書的な知識のジレッタントを作ることを目的とせず、あくまで祖国の文化に秩序と再建への道を示し、この文庫を角川書店の栄ある事業として、今後永久に継続発展せしめ、学芸と教養との殿堂として大成せんことを期したい。多くの読書子の愛情ある忠言と支持とによって、この希望と抱負とを完遂せしめられんことを願う。

一九四九年五月三日